Em *Chá com elefantes*, Robin Jones Gunn dá vida à exuberante selva africana. Esta história leve e lindamente escrita envolverá você como as cálidas ondas do mar, afastando o estresse do dia e sussurrando uma suave promessa de esperança e amizade duradoura. Um livro totalmente encantador.

> **Tessa Afshar**, autora best-seller da revista *Publishers Weekly* com o livro *O Príncipe Oculto*

Todo mundo reconhece que Robin Jones Gunn tem talento para criar personagens inesquecíveis. Basta perguntar a qualquer um que cresceu lendo a Série Cris, e sem dúvida a pessoa irá falar e falar sobre o quanto essa série significou para ela ao longo da vida. Agora esses fãs podem crescer ao lado de duas novas personagens. Fern e Lily, também conhecidas como as Peregrinas, vão conquistar o coração dos leitores logo no começo de *Chá com elefantes*. Ao ler a história dessas jovens encantadoras, não pude deixar de sorrir com suas alegrias, chorar com suas tristezas e desejar embarcar em aventuras com elas.

> **Susie Finkbeiner**, autora dos livros *The All-America* e *The Nature of Small Birds*

Quando você lê um livro de Robin Jones Gunn, sabe que vai receber uma lição delicada e será abençoado por isso.

> **Francine Rivers**, autora best-seller do *The New York Times*

A narrativa de Robin é um sopro de ar fresco. Seu coração terno e sua sabedoria tornam todos os seus livros tocantes e inesquecíveis.

> **Karen Kingsbury**, autora best-seller do *The New York Times*

ROBIN JONES GUNN

CHÁ com ELEFANTES

Thomas Nelson
histórias

Copyright © 2024, por Robin's Nest Productions, Inc. Todos os direitos reservados.
Copyright da tradução © 2024, por Vida Melhor Editora LTDA. Todos os direitos reservados.

Título original: *Tea with elephants*

Todos os direitos desta publicação são reservados à Vida Melhor Editora Ltda. Nenhuma parte desta obra pode ser apropriada e estocada em sistema de banco de dados ou processo similar, em qualquer forma ou meio, seja eletrônico, de fotocópia, gravação etc., sem a permissão dos detentores do copyright.

Copidesque	Daniela Vilarinho
Revisão	Gabriela Oliveira e Maurício Katayama
Capa	Camila Gray
Projeto gráfico e diagramação	Sonia Peticov

Dados Internacionais de Catalogação na Publicação (CIP)
(Câmara Brasileira do Livro, SP, Brasil)

G985c Gunn, Robin Jones
1.ed. Chá com elefantes / Robin Jones Gunn; tradução Thaís Pereira Gomes. – 1. ed. – Rio de Janeiro: Thomas Nelson Brasil, 2024.
320 p.; 13,5 × 20,8 cm.

Título original: *Tea with elephanths*.
ISBN: 978-65-52172-05-1

1. Amizade. 2. Aventuras. 3. Ficção cristã. I. Gomes, Thaís Pereira. II. Título.

11-2024/38   CDD:813

Índice para catálogo sistemático: Literatura norte-americana 813
Bibliotecária responsável: Aline Graziele Benitez – CRB-1/3129

Os pontos de vista desta obra são de responsabilidade de seus autores e colaboradores diretos, não refletindo necessariamente a posição da Thomas Nelson Brasil, da HarperCollins Christian Publishing ou de suas equipes editoriais.

Thomas Nelson Brasil é uma marca licenciada à Vida Melhor Editora LTDA. Todos os direitos reservados à Vida Melhor Editora LTDA.

Rua da Quitanda, 86, sala 601A - Centro,
Rio de Janeiro/RJ - CEP 20091-005
Tel.: (21) 3175-1030
www.thomasnelson.com.br

Para Wambura *Asante sana* por me apresentar à sua linda terra natal. Nosso safári com Alice, Yna e Jeanette foi maravilhoso. O chá da tarde na copa das árvores do monte Quênia foi inesquecível.
Você é um presente.

PRÓLOGO

Aprenda a ser um amigo fiel de sua alma.

Hildegard de Bingen

Certas manhãs, acordo achando que acabei de ouvir o grito alegre do macaquinho travesso que observava Lily e eu de sua árvore de nêspera. Tenho certeza de que consigo sentir o aroma doce e picante de uma xícara fumegante de *masala chai* colocada na mesa de cabeceira.

Então, eu abro os olhos e vejo que estou em minha cama, com o brilho suave da arandela do corredor deslizando por baixo da porta. Não estou mais com a minha melhor amiga, naquele lugar de delicado mistério, de campos de chá cor de esmeralda, gnus galopantes, elegantes girafas e uma vista perfeita da silhueta de uma única árvore baobá no horizonte âmbar.

Estou em casa, aninhada debaixo de meu edredom grosso, instalada em minha vida mais uma vez comum.

No entanto, nada continua como era dois anos atrás, quando Lily me ligou no meio de um estressante dia de trabalho. Seu anúncio inesperado e empolgado despertou em mim as brasas há muito adormecidas de um desejo que havíamos sussurrado uma para a outra vinte anos antes.

Tínhamos grandes sonhos naquela época, no tempo em que éramos adolescentes com brilho nos olhos por ter acabado de sentir o primeiro gostinho do outro lado do mundo. Sonhávamos em viajar juntas e éramos ingênuas o suficiente para acreditar que tudo era possível.

Foi então que crescemos e não fomos a lugar nenhum.

O anúncio surpresa da Lily nos tirou do impasse de nossos desejos não realizados. O sogro dela havia lhe dado um presente: um safári no Quênia para duas pessoas. E Lily disse que eu tinha que ir com ela. Eu tinha que ir e pronto. O marido dela não queria ir e disse que eu deveria ir no lugar dele. Se Lily e eu não usássemos aquele pacote com tudo incluso, iríamos perdê-lo.

Eu resisti.

Ela insistiu.

A viagem era inviável. Não fazia sentido. Não quando as coisas no meu trabalho estavam tão intensas. Eu era a editora sênior de ficção de uma editora de livros e estava plenamente ciente de que nossas vendas nos últimos dois anos não tinham sido muito boas. De jeito nenhum. Eu só poderia pedir férias no ano seguinte.

Lily insistiu.

Novamente, eu resisti.

Ela implorou daquele seu jeito irresistível, lembrando-me de que esse era o nosso sonho. Nosso desejo sincero e intenso de ir a um lugar emocionante, naquela época em que ainda cabíamos em nossas calças jeans apertadinhas.

Eu amoleci.

Ela perguntou se eu me lembrava.

Claro que me lembrava. Como eu poderia esquecer o verão em que nos conhecemos, quando éramos voluntárias em um centro de conferências cristão na Costa Rica?

Nossa oração de entrega a Cristo na última noite ao redor da fogueira foi marcante para nós duas. Nós fomos sinceras ao erguer os olhos para o céu e dizer ao Criador das estrelas que agora pertencíamos a ele. Queríamos servi-lo por onde quer que fosse, até o fim da vida. Duas garotas preparadas para qualquer coisa.

Voltando para nossa cabana, conversamos baixinho até tarde da noite. Será que passar a vida fazendo o que Deus nos criou para fazer envolveria viagens? Sim, Senhor, por favor! Para onde ele nos enviaria? Europa. Inglaterra. Irlanda. Brasil. Ou até mesmo... Lily sussurrou o nome do continente misterioso com muita expressão.

— Áaa-friii-caaa.

Agora estava sorrindo em minha mesa enquanto ela dizia isso de novo ao telefone, trazendo de volta todos aqueles sentimentos de aventuras que nos aguardavam.

— Áaa-friii-caaa! Pense nisso! Conseguimos uma viagem de graça. Eu proíbo você de dizer que não virá comigo. Esperamos muito tempo por uma chance de viajarmos juntas novamente. — Lily baixou a voz e fez a pergunta que finalmente derrubou minha resistência. — Se não for agora, quando vai ser?

Sem pensar, respondi:

— Você tem razão. Sim, temos que ir. Precisamos ir.

Eu não tinha ideia de como resolver aquilo. Planejando com cuidado, talvez desse certo no verão seguinte. Talvez na primavera.

Foi então que Lily incluiu alguns pequenos detalhes. As datas do pacote turístico não poderiam ser alteradas. Partiríamos em três semanas, no dia 7 de novembro. Ah, e, por falar nisso, ela tinha uma tia e um tio que moravam nos arredores de Nairóbi e que estavam nos esperando.

Antes que eu pudesse voltar atrás em minha resposta impulsiva, Lily desligou.

Meu coração batia como um tambor. Recostei-me na cadeira e pisquei os olhos. Era como se Lily tivesse surgido no meu escritório e aberto um saquinho de *glitter*, e agora possibilidades brilhantes estavam todas flutuando ao meu redor. Como colocar o *glitter* invisível de volta no saquinho? Eu não conseguia me forçar a ligar para ela e insistir que meu sim havia sido muito precipitado. No entanto, eu sabia que não conseguiria ir. Não em três semanas. Impossível.

Mas então — triste, alegre e inesperadamente — foi possível.

Três semanas depois, eu estava em um avião a caminho do continente africano.

Desde nossa viagem inesquecível, não parei de pensar *nela* — na África. Cada vislumbre de sua beleza notável me fazia querer ver mais. Cada imagem vívida e cada som único, cada fragrância e cada novo sabor me convidavam a absorver o encanto.

De certa forma, eu captei a sensação por trás das palavras do livro *A fazenda africana*:

> Eu conheço uma canção sobre a África... da girafa e da lua nova africana deitada em suas costas... mas será que a África conhece uma canção sobre mim?

Lily e eu passamos apenas uma semana no Quênia, mas, mesmo assim, gosto de pensar que ouvimos um pouco de sua canção. Um murmúrio baixo e inconfundível de contentamento. Um murmúrio que fez eu me perguntar o que a grande dama gentil pensava de nós.

Nos primeiros dias, quando meu carinho pelo país estava se formando, lembro de me sentir tímida, como acontece em um novo relacionamento quando você teme que seu profundo afeto seja constrangedoramente unilateral. Mas então eu me senti envolvida na presença feminina do Quênia e tive certeza de que conseguia ouvir mais do que seu murmúrio. Eu conseguia ouvir o ritmo das batidas de seu coração à medida que ele se apresentava a nós e nos atraía para perto.

Lily e eu chegamos em um alvoroço tal que não percebemos que trouxemos conosco grandes marcas de dor em nossa alma machucada e amassada. Havíamos escondido, até mesmo uma da outra, nossos medos e sentimentos mais profundos. Até que chegamos às portas do Quênia.

Quando fomos recebidas sem hesitação, nos acalmamos e entendemos por que realmente viéramos de tão longe. Hoje sorrio ao pensar na maneira gentil e maternal com que o Quênia nos repreendeu, e como ele nos acolheu e aconchegou. Ele nos deu um lugar para descansar e crescer, como um dos excelentes pães caseiros da minha mãe.

E realmente crescemos. Chegamos até o topo do monte Quênia, onde minha melhor amiga e eu contemplamos alegremente a chegada silenciosa da hora dourada e calmamente tomamos chá com elefantes. Duas mulheres preparadas para qualquer coisa.

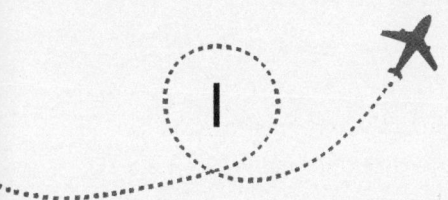

> Não existe melhor amigo do que aquele velho
> amigo que partilhou de nossos dias de alvorecer.
>
> OLIVER WENDELL HOLMES SR.

ANTES DE EU contar a história do Quênia, preciso contar a história da Lily.

No verão seguinte à nossa formatura do Ensino Médio, fizemos algo corajoso. Ela em seu estado e eu no meu, pegamos um voo para a Costa Rica, onde ficamos sentadas no mesmo banco do lado de fora do aeroporto, esperando.

Após alguns momentos de constrangimento, Lily me perguntou:

— Você está esperando carona para o Campo Cielo?

— Sim! Você também?

— Sim! — Ela sorriu confiante e se virou para mim.

Eu li as palavras "Universidade Rancho Corona" em seu moletom de aparência antiga. Eu não fazia ideia de onde ficava essa faculdade, mas naquela época eu não conhecia muito o mundo fora da comunidade agrícola onde cresci no Michigan. Foi por isso que me voluntariei para passar o verão servindo na América Central. Eu queria mais. Queria ver o que havia neste vasto mundo.

— Meu nome é Lily. — Seus brilhantes olhos cinzentos fixaram-se nos meus, esperando uma resposta.

— O meu é Fern.

Coloquei uma mecha de meu cabelo castanho atrás da orelha, já prevendo o que Lily ia dizer em seguida, como a maioria das pessoas faz quando digo meu nome.

— Fern? — Ela repetiu, inclinando a cabeça como se não estivesse certa de ter ouvido corretamente.

— Sim, Fern, igual samambaia em inglês. Minhas irmãs e eu ganhamos o nome de personagens dos livros favoritos da nossa mãe. O meu livro foi *A teia de Charlotte*.

— Sério?

Na maioria das apresentações, essa é a hora em que eu mudo de assunto, ansiosa para afastar o constrangimento que sempre sinto com o meu nome. Naquele dia eu expliquei um pouco mais, como costumava fazer, sendo a caçula de cinco irmãs.

— Eu sei. É um nome estranho. Ninguém se lembra da menina desse livro. As pessoas lembram do porquinho Wilbur e da aranha Charlotte. Se eu tivesse ficado com o nome da aranha, pelo menos seria um nome normal e...

— Fern. Gostei do seu nome. Faz parte de uma das minhas palavras preferidas.

Eu não conseguia lembrar de nenhuma palavra que começasse nem mesmo parecesse com "fern". Minha expressão deve ter deixado claro que eu estava confusa.

Ela se inclinou mais para perto, como se estivesse prestes a me contar um segredo.

— *Fernweh* — disse.

Aquela palavra soou como o bater das asas de um pássaro. Eu nunca a tinha ouvido antes e estava com receio de admitir. Ou de pronunciar a palavra incorretamente.

— *Fernweh* significa "desejo de ir para lugares distantes". — Lily ergueu as sobrancelhas. — Parece com a gente agora, não é? Quero dizer, provavelmente não estaríamos aqui se não tivéssemos um desejo de ir para lugares distantes.

Meu constrangimento desapareceu. As palavras dela repousaram sobre mim com uma reconfortante sensação de afirmação. Foi incrível. Com apenas algumas frases nos poucos minutos em que nos conhecemos, Lily conquistou minha amizade para sempre. Ela deu ao meu nome, à minha identidade, um toque de charme e mistério.

Nas sete semanas seguintes, Lily e eu ficamos no mesmo dormitório e trabalhamos em várias funções em Campo Cielo: realizar intermináveis tarefas de cozinha, organizar brincadeiras em grupo à tarde e até fazer os primeiros socorros quando alguém precisava de uma bolsa de gelo ou curativos. Eu não me sentia mais a dispensável menina da fazenda que estava para sempre ligada a um porco falante e a uma aranha. Agora eu era a garota que sonhava com lugares distantes.

Foi a época mais feliz da nossa vida, ainda na flor da idade. Dávamos risadas até mal conseguirmos respirar e sempre ficávamos com os olhos marejados nos momentos de louvor. Lily tinha uma voz agradável e cantava com os olhos fechados, como se ninguém além de Jesus estivesse ouvindo.

Nós amávamos as noites ao redor da fogueira, quando levantávamos os olhos e contemplávamos milhares de estrelas esperando para realizar nossos desejos. Aquele verão nos tornou quem realmente somos. E aquele verão nos uniu.

Minha foto favorita de nós duas é uma em que estamos entrando no aeroporto de volta para casa no final do nosso verão incrível. Nossos braços estão entrelaçados e damos longas passadas em nossos jeans desbotados. Nossas malas surradas vêm atrás de nós com as rodas bambas.

A cabeça de Lily, com seu cabelo loiro fino e leve como uma pena, está inclinada na minha direção. Meu cabelo castanho longo e espesso está arrumado em uma única trança descendo pelas minhas costas. Nós éramos tão jovens. Tão cheias de vida! Levávamos conosco o brilho residual da fogueira de encerramento, quando estávamos prontas para "ir por todo o mundo" e sonhávamos com mais aventuras em terras distantes. A Costa Rica tinha sido apenas um gostinho da empolgação que nos esperava.

Eu ainda sinto um toque de alegria toda vez que olho para aquela foto clássica de nós duas.

Nosso momento de começos inocentes e despedidas afetuosas foi registrado por Tim Graden, o salva-vidas do acampamento, que conseguiu tirar essa nossa foto. Tim conseguiu algo mais naquele dia. O número de telefone da Lily.

Ele não pediu o meu. Só o da Lily. Notei que ele esperou até o último momento para pedir, quando ela e eu estávamos nos abraçando com lágrimas nos olhos antes de seguirmos para nossos portões de voo diferentes.

Quatro dias depois, Tim ligou para ela. Ele morava a menos de duas horas de Nashville e inventou um motivo para ir até lá no sábado seguinte.

Lily ainda estava um pouco sem fôlego quando me ligou imediatamente após ele desligar. Achei fofo ela ter ficado surpresa em saber que Tim estava interessado nela. É claro que ele estava. Claro que queria vê-la novamente. Todos os sinais estavam óbvios no acampamento. Porém, como a equipe tinha regras quanto a relacionamentos e tanto Tim como Lily seguiam as regras, seu interesse mútuo permaneceu em segredo e adormecido até o telefonema dele.

Naquele momento, enquanto Lily repetia cada palavra de Tim, eu entendi que nós duas não iríamos fazer as malas para a África nas férias de junho. Não realizaríamos nosso desejo íntimo de ver outra parte do mundo. Nosso verão na Costa Rica foi uma aventura de uma vez e só. Nunca senti tanta pena de mim mesma.

Só entrei em um avião de novo menos de um ano depois, quando fui para Nashville para o casamento de Tim e Lily. Logo em seguida, minha mãe encontrou uma vaga de estágio em uma editora no Colorado, que havia sido publicada em um dos sites de interesse literário dela. Voei para Denver em meio a uma tempestade e entrei silenciosamente no mundo editorial, onde fiquei por duas décadas, subindo de cargo até me tornar editora sênior.

Além dos voos comuns de volta ao Michigan para feriados, casamentos e o funeral do meu avô, além de algumas viagens para ver Lily, Tim e seus dois filhos, o espírito *fernweh* que uma vez bateu as asas dentro de mim foi diminuindo até se tornar uma pequena esperança aprisionada.

Até que, em uma tarde de outono, o telefonema de Lily despertou nossos velhos sonhos com um simples assobio.

Naquela mesma tarde, fui ao escritório do meu chefe com um pó invisível de possibilidades em meu cabelo. Meu coração continuava a bater fortemente, tanto quanto no momento em que concordei em fazer a viagem. Eu ainda não tinha ligado arrependida de volta para Lily porque tive a ideia de trabalhar horas extras em casa e, assim, poder antecipar minhas férias não utilizadas.

Vinte minutos depois, saí do escritório. A resposta que recebi foi inesperada e complexa. Baixei os olhos e fui para o banheiro. Minha visão estava embaçada por lágrimas impossíveis de conter.

Nas semanas seguintes, Lily não fazia ideia de como foi difícil para mim não desistir da viagem. Isso porque não contei a ela o que aconteceu entre sua ligação e o momento em que embarquei no avião em Denver. Mantive a cabeça baixa e atravessei uma avalanche de obstáculos. Continuei dizendo a mim mesma que, no momento em que guardasse minha bagagem de mão e colocasse o cinto de segurança, a tempestade passaria e o nevoeiro se dissiparia.

Mas não foi o que aconteceu.

O avião decolou, e eu senti como se ainda estivesse caminhando dentro de um sonho: não um sonho aconchegante e feliz, e sim um sonho com a sensação de ser o primeiro dia de aula do 7º ano e eu não conseguir abrir meu armário.

Como se eu já não estivesse suficientemente abalada com os problemas do trabalho, uma das minhas irmãs, Anne (sim, Anne com *e*), ficou me contando sobre o aumento dos ataques a viajantes internacionais, e meu pai ficou mandando notícias de que o continente africano seria o berço da próxima pandemia.

Duas décadas atrás, voar sozinha para a Costa Rica havia sido libertador e emocionante. Mas agora meu voo para Heathrow, onde eu deveria encontrar Lily, parecia assustador e eu me sentia vazia.

Peguei o livro que eu trouxe. Na minha juventude, ler era meu portal para outros mundos. Depois de editar ficção por uma década e meia, ler por prazer costumava ser algo difícil de fazer. Acabei com o vício profissional de querer mudar a estrutura das frases ou melhorar as qualidades do protagonista. As histórias costumavam ser um destino para onde eu escapava a fim de vivenciar indiretamente as aventuras de um novo amigo imaginário.

Agora, eu era a protagonista, presa a uma viagem, naquele momento de suspense no final do primeiro capítulo.

Eu era a mulher de algum tipo de jornada heroica, atravessando obstáculos para chegar a um final desconhecido. Tudo o que estava pela frente (tanto na África quanto na volta para o Colorado) seria novo, inédito, selvagem e estranho. Ler apenas me lembrava de que, quando voltasse para casa, precisaria arranjar um novo emprego.

Eu não suportava pensar nisso. Assim como Scarlett (não minha segunda irmã mais velha, e sim a protagonista de *E o vento levou*), eu só iria pensar amanhã.

Ou melhor, eu pensaria nisso mais tarde, quando meu voo de volta me trouxesse outra vez ao mundo (agora alterado) que me esperava no Colorado.

Dani estaria lá quando eu voltasse. Ele era a melhor parte de voltar para casa. Era minha rocha. Seguro e firme. A minha perda repentina do emprego não o preocupou. Passamos por muita coisa desde aquele sábado tempestuoso de abril, três anos atrás, quando repetimos nossos votos de casamento, olhando profundamente nos olhos um do outro. Dani tinha os olhos mais bonitos do mundo. Sinceros e cativantes. Três dias atrás, ele me disse que estava convencido de que ir para o Quênia era a coisa certa a fazer. Ele acreditava que tudo daria certo quando eu voltasse para casa.

Coloquei meu livro de lado, ouvi dois podcasts que eu havia baixado no celular e, de alguma forma, consegui dormir até que o avião estivesse sobrevoando o Atlântico. O descanso, junto com o chá servido em um copo descartável, foi o suficiente para me preparar para atravessar o enorme terminal de Heathrow. Encontrei o portão de embarque para o nosso voo a Nairóbi e encontrei Lily parada na fila de embarque, acenando com os dois braços sobre a cabeça para chamar minha atenção.

No momento em que vi seu sorriso contagiante, desejei já ter contado a ela sobre a reviravolta na minha situação de trabalho. Eu queria me sentir tão livre quanto ela parecia estar naquele momento.

Ela me deu um abraço apertado e balançou por um momento.

— Consegue acreditar que estamos fazendo isso? Estou tão animada!

— Eu também.

Lily me segurou com os braços esticados. Dezenas de estranhos nos cercavam. Os olhos cintilantes dela percorreram meu rosto, lendo minha expressão.

— Teve um voo longo, hein?

Eu sabia que ela estava lendo mais do que os efeitos do fuso horário nos meus olhos turvos.

— Sim. Foi longo. Como foi o seu voo?

— Não foi ruim. Você está bem?

— Sim, estou bem. — Desviei o olhar, vasculhando o interior da mochila em meu ombro. — Mas será que estamos na fila certa?

— Sim. Direto para Nairóbi.

Peguei meu celular e cliquei no cartão de embarque.

— A placa dessa fila diz que aqui é a primeira classe.

— Isso mesmo — disse ela. — Eu contei para você, não contei? Minha sogra só aceita viajar se for na primeira classe. E, como as passagens foram transferidas para nós, podemos nos comportar como duas madames!

Respirei fundo, sentindo um sorriso mais natural em meus lábios.

— Acho que nunca precisei ser uma madame antes.

Ela sorriu.

— É a primeira vez para muitas coisas nessa viagem. Para nós duas.

Naquele momento, parei de olhar para trás pensando em todas as incertezas que ficaram em casa. De repente, lembrei da história da mulher de Ló, que olhou para trás e se transformou em uma estátua de sal. Eu não queria ficar presa no que ficou para trás. Queria olhar para o que estava adiante. Muitas esperanças. Muitas possibilidades. Com a companhia da Lily e o convite para agir como uma madame diante de mim, voltei meu olhar para o Quênia e todas as suas misteriosas boas-vindas.

Vinte minutos depois, estávamos acomodadas lado a lado em assentos reclináveis de couro, recebendo as bebidas que escolhemos e vendo todos os brindes nas *nécessaires* azuis que ganhamos: meias macias, máscara de dormir, escova de dente, creme dental de coco, tampões de ouvido e creme para as mãos. O cobertor e o travesseiro nos nossos assentos, como todos os outros itens, tinham um grande logotipo da companhia aérea estampado.

— Nada parecido com meu último voo — falei em voz baixa, mesmo que dificilmente alguém pudesse me ouvir. Os poucos passageiros espalhados ao nosso redor estavam quase escondidos em seus próprios mosteiros confortáveis.

— Digo o mesmo — falou Lily. — Quando tive que mudar nossa viagem e adiá-la alguns dias para que pudéssemos ver minha tia e meu tio, a agente de viagens teve que alterar as passagens que tínhamos. Nosso voo só foi confirmado na primeira classe há alguns dias. Provavelmente foi por isso que eu não avisei você antes. Sei que você odeia surpresas. Na correria de última hora, esqueci de contar.

— Bem... isso aqui — fiz um gesto apontando para o luxo ao nosso redor — é o melhor tipo de surpresa que eu conheço. Vai parecer um sonho quando chegarmos à aldeia onde sua tia mora.

— Não é uma aldeia. Você leu tudo o que eu escrevi naquele longo e-mail? Eles moram em um centro de conferências. De novo, desculpe a minha falta de comunicação. Eu estava com muita coisa na cabeça nos últimos dez dias.

— Eu também. Na verdade, Lily, eu...

— Aqui. Encontrei as informações sobre onde eles moram. Eu devia ter enviado isso para você.

Lily me mostrou a tela do celular e eu li o primeiro item em seu detalhado programa de viagem. Eu tinha encaminhado uma cópia para Dani para que ele soubesse onde eu estaria o tempo todo, mas não li todas as páginas. O celular de Lily dizia: *Jim e Cheryl Lorenzo, Centro de Conferências Brockhurst, Limuru, Quênia.*

Meu coração acelerou e olhei para Lily com os olhos arregalados.

— Brockhurst? Estamos indo para o Brockhurst? Esse é o acampamento para o qual eu me inscrevi.

Lily ficou confusa.

— Logo depois que você se casou, enviei minha inscrição para trabalhar na cozinha. Foi então que minha mãe ficou sabendo do estágio na editora do Colorado, que acabou ficando no lugar do voluntariado de seis meses no Brockhurst.

— Como você consegue lembrar de coisas de vinte anos atrás? Seria loucura se fosse o mesmo lugar.

— É, sim. Há quanto tempo seus tios estão lá?

— Eu não sei. Não os conheço. Eles estão na África desde que se casaram. Meu pai insistiu que acrescentássemos alguns dias no planejamento para poder ficar com eles.

Conforme o avião decolava, recostei minha cabeça no encosto confortável. Meus braços formigavam, como se eu tivesse acabado de mergulhá-los em água fria. A sensação de estar subindo no ar facilmente não era a única a me envolver. Depois de conviver com a sensação de estar em queda livre nas últimas semanas, agora eu sentia que estava sendo levantada. O que estava acontecendo comigo era mais do que um convite aleatório para fazer uma viagem extravagante. Eu sentia que estava sendo vista. Deus não tinha se esquecido de mim nem me colocado de lado. A ternura dessa ideia fez meus olhos lacrimejarem.

— Desculpe eu não me lembrar de que você tinha se inscrito para o Brockhurst — disse Lily quando o avião nivelou na altitude de cruzeiro. — E que eu tinha parentes lá. Tudo o que eu conseguia pensar naquela época da minha vida era no Tim.

— Eu sei.

Ela me cutucou de brincadeira.

— Ei, talvez eles deixem você lavar alguns pratos quando estivermos lá.

Eu sorri. De alguma forma, a ideia de lavar pratos no Brockhurst me fazia feliz. Sei que é algo bobo, mas seria a realização de um sonho que eu tinha pesquisado timidamente há muito tempo.

Uma aeromoça esbelta se inclinou sobre nossos assentos e perguntou se gostaríamos de ver o menu do *brunch*. Ficamos surpresas com a variedade dele: *waffles* belgas com frutas vermelhas, omeletes feitas na hora, café da manhã inglês completo, doces, frutas frescas, vitaminas e uma seleção de chás e *espressos*.

— Como eles conseguem preparar toda essa comida em um avião? — perguntei. — Ou será que é tudo preparado de antemão?

— Ouvi dizer — disse Lily — que algumas companhias aéreas têm *chefs* a bordo.

— Você está brincando.

— E aí, o que você vai pedir?

Nós duas pedimos o especial: ovos *poché* em um *croissant* com rúcula e salame de Gênova, cobertos com molho de abacaxi e coentro. Eu pedi um chá de Assam com leite e uma vitamina de morango pequena. Lily pediu um *cappuccino* com espuma extra.

— Sabe quem ficaria maluco com tudo isso? — perguntou Lily. —Meus filhos.

— Sério?

— Eu sei que o Tyler e o Noah são vistos como dois atletas que só se importam com o próximo jogo, mas o avô deles gosta de mimá-los e eles criaram gosto pelo que minha sogra chama de "as coisas boas da vida".

Levantei meu copo e balancei o último gole de meu *ginger ale* de "bem-vindo a bordo".

— Às coisas boas da vida.

— Sim — disse Lily.

Enquanto a refeição não chegava, fomos nos instalando no avião: o banheiro era surpreendentemente grande, maior do que o lavabo do meu primeiro apartamento. Quando voltei ao assento, Lily já havia trocado os sapatos pelas meias que recebemos de cortesia. Ela colocou a máscara de dormir como uma tiara, afastando seu cabelo fino da testa, e cobriu as pernas com a manta, apoiando o travesseiro na janela fechada. Imitei-a com as meias e a manta, e me senti completamente confortável.

— Acho que eu seria uma ótima pessoa rica — disse ela. — Você não acha que eu fui feita para viver esse estilo de vida?

Ela cobriu os olhos com a máscara vagarosamente e reclinou o assento.

— Com certeza. Você nasceu para isso. O único problema é que você nunca mais vai conseguir voar de classe econômica. Vai sempre ficar inclinada no corredor tentando dar uma espiada no que está acontecendo com as pessoas chiques lá na frente.

— Verdade — murmurou Lily. — Muito verdade.

Ela provavelmente teria dormido se nossas refeições não tivessem chegado em um carrinho com um toque de classe. Nossa aeromoça usou pinças para levantar toalhas de rosto enroladas e fumegantes de uma bandeja de prata e nos oferecer uma para cada uma de nós. Ela tinha um leve aroma de capim-limão, e o calor em minhas mãos era tão bom que esfreguei a nuca e o queixo antes de colocá-la na pequena bandeja vazia estendida para nós. Torci para que minha minilavagem não tivesse sido uma gafe de primeira classe.

Em seguida, outra aeromoça colocou guardanapos de pano em nosso colo e nos apresentou nossas refeições lindamente servidas. Eu senti vontade de rir com o luxo de tudo aquilo.

Comemos cada pedaço daquela comida deliciosa e logo nos foi oferecida outra apresentação encantadora. Nossas bebidas foram um show à parte. Meu chá preto veio em um bule de prata e passado em um coador de prata. O leite veio em uma leiteira de prata combinando, e me ofereceram quatro tipos de adoçantes. Lily fechou os olhos depois de tomar o primeiro gole de *cappuccino*. Com um sorriso satisfeito, ela sussurrou:

— *Fernweh*.

Eu sorri. Não apenas porque ela estava evocando a palavra que me encantou há tanto tempo, mas também porque, quando ela abaixou a xícara, uma franja de espuma se prendeu ao seu lábio superior. Eu apontei e ela delicadamente tocou sua boca com o guardanapo.

— Esse avião — disse ela. — Esses assentos. Esse é o lugar distante mais exótico em que eu já estive. Vou passar o resto da minha vida sonhando com esse avião. Não com o destino do voo. Apenas com o voo em si, bem aqui, neste assento, com este *cappuccino* perfeito.

— *Fernweh* — repeti, levantando minha xícara de porcelana e tocando suavemente o lado da xícara dela.

Continuamos em um estado de felicidade tranquila por meia hora, satisfeitas em comentar sobre o sabor do molho dos ovos *poché* e especular sobre a mistura de tecidos de nossas mantas. Nós estávamos tão relaxadas.

No entanto, meus pensamentos anteriores me incomodavam. Eu precisava contar a Lily tudo o que eu tinha escondido dela e precisava fazer isso antes que chegássemos a Nairóbi e nos envolvêssemos no mundo de seus tios. Eu não sabia quanta privacidade teríamos lá ou no resto da viagem.

Inclinei-me para ela.

— Lily, preciso dizer uma coisa.

— Deixe-me adivinhar. — Ela invocou seu melhor sotaque chique da série de TV *Downton Abbey*. — Você gostaria que eu chamasse a aeromoça para que ela preparasse seu baaanho.

Eu ri. Talvez esse não fosse o momento certo. Nosso voo duraria mais de oito horas. Será que eu realmente queria arruinar o prazer da nossa experiência luxuosa?

— Guarde o que está pensando por um segundo. — Lily levantou a mão para chamar a aeromoça. — Poderia me mostrar como fazemos para assistir a um filme? Eu vi no menu da programação que vocês têm *Entre dois amores*.

Sorrindo para mim, Lily acrescentou:

— Escolha perfeita, não acha?

Com alguns cliques, a aeromoça já tinha o clássico de Meryl Streep e Robert Redford em nossas telas, prontas para que colocássemos os fones de ouvido e iniciássemos o filme.

— Que maravilha — disse Lily com um suspiro satisfeito. — Agora me diga o que você ia dizer, depois podemos assistir juntas.

Eu hesitei. Ela parecia tão feliz. Eu estava tão feliz. Por que arruinar aquele momento?

Coloquei meus fones de ouvido.

— Eu digo depois.

2

> Não há melhor espelho do que um melhor amigo.
>
> Provérbio africano

Enquanto nosso avião começava a descer para Nairóbi, aproximei-me de Lily e assistimos às luzes aparecerem lá embaixo na escuridão.

— Você não ia me dizer algo antes do filme? — perguntou ela. — Ou já falamos disso quando estávamos olhando o programa de viagem?

Depois de assistir *Entre dois amores*, conversamos sobre o filme, o que nos levou a falar sobre o que esperávamos da nossa viagem e a revisar a agenda que eu tinha apenas olhado brevemente. Então as aeromoças nos serviram petiscos e bebidas chiques, depois o cochilo sobreveio como uma nuvem pesada.

Quase esqueci que eu tinha outra vida antes dessa vida luxuosa nos assentos reclináveis confortáveis. O tempo passou rápido demais.

— Bem, eu... — Eu não conseguia pensar em como suavizar a notícia.

Lily segurou meu braço:

— Você está grávida?

— Não!

— Bem, é uma possibilidade. — Lily ainda parecia esperançosa.

— Sim, mas eu não estou grávida. — Respirei fundo. — Estou desempregada.

— Como assim? — Ela deu um meio sorriso, como se tentasse entender uma piada que eu acabara de fazer.

— Eu perdi meu emprego. Fui demitida.

As sobrancelhas dela se arquearam.

— Você está falando sério?

Eu fiz que sim e fiquei aliviada por não estar chorando nem sentindo o soco no estômago que eu esperava desde minha primeira tentativa de contar a ela horas atrás.

— O que aconteceu? Quando?

— Três semanas atrás.

— Três semanas! Por que você não me contou?

— Eu devia ter contado. Eu sei. Desculpe por não ter contado. Muita coisa estava acontecendo. Toda vez que conversávamos, tínhamos detalhes da viagem para discutir. Eu mantive minha notícia fora das conversas porque não queria estragar a viagem. Eu queria sentir que tinha algo pelo qual ansiar e que havia uma pessoa na minha vida que não estava com pena de mim. Isso provavelmente soa patético e egoísta, mas eu queria que alguém falasse comigo sobre coisas felizes, e essa pessoa era você.

— Fern, eu quero falar sobre coisas felizes. Mas você pode me contar coisas tristes também.

— Eu sei. É que, quanto mais eu hesitava, mais difícil ficava dizer qualquer coisa.

— Eu entendo. Não precisa se desculpar. — Ela estendeu a mão e apertou a minha.

Eu senti que deveria continuar explicando. Mais cedo ou mais tarde, ela iria perguntar, então, em vez de apenas dizer apenas o superficial, eu poderia muito bem falar tudo de uma vez.

— Nossa editora foi comprada por uma editora de Nova York e minha posição se tornou redundante. Eu descobri quando perguntei sobre tirar férias para esta viagem.

Lily segurou meu braço novamente.

— Foi por isso que eles demitiram você?

— Não. Minha chefe estava planejando me contar quando fosse anunciar a notícia para todos na semana seguinte, mas eu meio que apressei as coisas. Agora estou grata por ter descoberto logo, porque tive um pouco mais de tempo para preparar meus escritores antes de entregar os livros deles para o novo editor sênior.

— Ah, Fern, não consigo imaginar como essas conversas devem ter sido difíceis. Você ama seus escritores.

Eu sei. Eu senti como se os estivesse abandonando. Uma autora está no meio de uma reescrita complicada do segundo livro dela. Ela está um tanto perdida. Depois que eu disse que tinha que passá-la para outro editor, desci para o carro e chorei.

Eu podia ver lágrimas se formando nos olhos de Lily. Eu não precisava de palavras de conforto dela. A resposta do coração dela estava estampada em seu rosto. Ela soltou o ar lentamente.

— Sinto muito por não ter estado com você nessa hora.

— Lily, não diga isso. Você está aqui agora. Nós estamos aqui agora. É um novo começo. Um novo capítulo. É assim que me sinto em relação a esta viagem. Não tenho ideia do que vou fazer depois de voltar para casa, mas por enquanto quero estar totalmente presente aqui.

Lily gentilmente apoiou a cabeça no meu ombro. Encostei minha bochecha no cabelo dela e soltei uma longa e lenta respiração. Aquele momento ilustrou a essência da nossa amizade. Corações afetuosos lado a lado. Poucas palavras eram necessárias.

Ela levantou a cabeça.

— O que o Dani disse?

Uma imagem clara encheu meus pensamentos. Vinte horas atrás, meu marido estava segurando meu rosto em suas grandes mãos e me dando um beijo de despedida no aeroporto.

— Ele disse: "Aslan está agindo"*

Lily sorriu.

— Boa analogia, já que esperamos ver um leão ou dois daqui a alguns dias.

Sentimos o impacto das rodas tocando o asfalto enquanto o avião chegava até o portão de desembarque. Nossa vista do lado de fora parecia a de qualquer outro grande aeroporto iluminado e vivo com aviões e carrinhos de bagagem circulando.

Lily apertou meu braço uma última vez antes de soltar o cinto de segurança.

— Saiba que podemos falar sobre isso o quanto quiser. Ou não falar, se você preferir assim. Certo? Estou aqui para você.

A expressão preocupada em seus olhos cinzentos era reconfortante. Entendi que eu não precisaria explicar se precisasse encontrar um lugar para chorar bastante. Mas eu esperava que isso não acontecesse. Tristeza e confusão não foram convidadas para essa viagem, nem eram aceitas como clandestinas.

Pegamos nossas coisas no avião e Lily deu um tapinha no encosto de cabeça do assento antes de se levantar.

---

*[N. T.] Em *As crônicas de Nárnia,* uma série de livros infantojuvenis escrita por C. S. Lewis, Aslan é um leão que representa Jesus.

— Adeus, querido país do conforto. Vou sonhar com você em todos os voos que eu fizer, pelo resto da minha vida.

Sua despedida emocionada colocou um sorriso no meu rosto.

— Aliás, eu não perguntei — disse ela, enquanto eu alcançava o compartimento superior para pegar nossas malas de mão. — Foi difícil fazer caber tudo na sua mala?

— Nem tanto. Mas eu deixei um monte de coisas na cadeira do nosso quarto. Espero não me arrepender de não as ter trazido. E você?

— Eu gostei do desafio de viajar com tão pouca bagagem — respondeu Lily. — Veremos se isso foi uma boa ideia.

Eu esperava que aquele "saber se foi uma boa ideia" fosse sobre viajar com pouca bagagem nessa aventura e não sobre a aventura em si.

Uma onda inesperada de entusiasmo seguida por um forte senso de hesitação tomou conta de mim enquanto nos dirigíamos à alfândega em meio à enxurrada de viajantes que se aglomeravam em filas irregulares. Sair da bolha da primeira classe e entrar em um turbilhão de idiomas, pessoas, imagens e sons desconhecidos foi chocante. Eu me senti branca e fora de lugar. Vi uma dúzia de outras pessoas caucasianas enquanto nos movíamos pelo terminal, mas, na maior parte, aquele era um centro para africanos de todos os tons de pele, tamanhos e estilos de vestimenta. Fiquei fascinada por tudo aquilo. Pelo menos o inglês era um dos idiomas usados nas placas do terminal. E felizmente passamos rápido pela alfândega, já que não tínhamos despachado bagagem.

No horário local eram quase 22h quando saímos para a noite levemente úmida. O número de viajantes e o congestionamento de carros disputando lugares para estacionar me surpreenderam. Nairóbi não era o lugar remoto, desacelerado e distante que eu imaginava. O bombardeio aos nossos sentidos era emocionante e chocante ao mesmo tempo.

— É aqui que devemos esperar. — Lily verificou seu celular. — Nossa motorista da agência de turismo se chama Wanja. Ela estará em uma van branca com o nome da empresa na lateral.

Tentamos avistar a van na confusa aglomeração de carros, mas os múltiplos faróis dificultavam a visão. Alguns motoristas buzinavam repetidamente, enquanto outros mantinham as janelas fechadas e pareciam dirigir na confusão sem se preocupar com a possibilidade de sofrer uma batida com outro veículo.

Um casal ao nosso lado acenou para um pequeno carro azul que se posicionou em um ângulo ruim. Isso impediu que outros carros se afastassem da calçada e provocou mais buzinas.

Lily e eu observamos quatro crianças entusiasmadas saírem do banco de trás, seguidas por um homem mais velho que saiu do banco do motorista. Uma mulher com um véu na cabeça permaneceu no assento do passageiro da frente.

O casal foi recebido de forma efusiva em um idioma que eu supus ser o suaíli. Estavam todos falando ao mesmo tempo enquanto o homem mais velho empurrava uma das malas grandes para dentro do pequeno porta-malas. A segunda mala e uma caixa plástica foram colocadas em cima do carro, e uma corda fina foi lançada sobre elas. Tentei não ficar encarando quando os dois homens removeram os cintos e amarraram apressadamente a carga. O casal e as quatro crianças se espremeram no banco de trás e fecharam as portas.

Quando o carro partiu, os quatro adultos estenderam os braços para fora das janelas abertas, segurando as pontas dos cintos e da corda, ambiciosamente mantendo a mala e a caixa no lugar.

— Definitivamente não estamos mais no Kansas — comentei.

— Espero que eles não tenham que ir muito longe — disse Lily.

— "Se você quer ir rápido, vá sozinho. Se você quer ir longe, vá acompanhado."

Lily olhou para mim.

— Você acabou de inventar isso?

— Não. Você nunca ouviu isso antes? É um ditado africano bem conhecido.

— Onde você ouviu?

— Eu li em um livro faz uns anos. Desde então, já o ouvi uma dúzia de vezes. Provavelmente essa será minha única contribuição cultural para a nossa viagem, então aproveite.

Um par de faróis piscou em nossa direção.

— Você acha que é ela? — Lily acenou com um braço, esticando-o acima da cabeça. Eu tinha esquecido que ela fazia aquilo. Ela fez aquele gesto no acampamento de verão e novamente quando me avistou em Heathrow. Lily teria sido uma ótima líder de torcida.

Uma pequena van branca com o nome da agência de turismo na lateral cortou o fluxo de carros e parou na calçada a cerca de seis metros de onde estávamos. Uma jovem africana saiu da van e abriu a porta lateral, cumprimentando-nos com uma breve oi. Entramos e puxamos as malas para dentro.

Ela olhou de volta para a calçada.

— Essa é toda a sua bagagem?

— Sim — respondemos juntas.

— Que surpresa. — Wanja fechou a porta. Antes de ela voltar para o assento do motorista do lado direito da van, seu rosto pegou a luz do terminal bem de frente, iluminando sua pele lisa. Eu a achei linda. Seu cabelo era uma cascata de tranças longas, finas e retorcidas, que começavam nas laterais de sua cabeça e caíam sobre os ombros.

Ela dirigiu com habilidade para fora do aeroporto, enquanto Lily e eu silenciosamente a acompanhávamos, fixando os olhos na estrada à frente. Os motoristas ao nosso redor pareciam seguir regras de trânsito diferentes de tudo o que eu já tinha visto. As linhas no asfalto pareciam ser meras sugestões de faixas de tráfego. E por que dar seta quando você pode simplesmente buzinar para avisar que fará uma curva, sabe-se lá para qual lado?

Eu prendi a respiração e pensei em segurar a mão de Lily.

Vários minutos depois de sairmos do aeroporto, Wanja nos olhou no retrovisor.

— Bem-vindas a Nairóbi! Eu não tinha dito isso ainda, tinha?

Seu sotaque soava levemente britânico, mas era diferente à sua própria maneira. Ela parecia mais à vontade agora que tínhamos entrado em uma faixa e estávamos nos movendo lentamente. O que me deixava desconcertada era que Wanja estava no assento "do passageiro" e os carros que vinham na nossa direção estavam do lado direito da estrada.

— Eu devia cumprimentá-las com *Jambo!* — disse ela. — A maioria dos visitantes gosta de ouvir um pouco de suaíli em nossos passeios. Mas ainda não estamos em um passeio e sua bagagem me diz que vocês não são turistas comuns. Já estiveram no Quênia antes?

— Não — respondeu Lily.

— Quase — acrescentei. — Há muito tempo.

— Por que não vieram naquela época?

— Porque eu me casei — explicou Lily. — E a minha vida mudou totalmente.

— Não! — A resposta de Wanja saiu em voz alta. — Não me diga que casar muda tudo. Vou me casar daqui a quarenta e três dias.

— Parabéns — falei rapidamente.

— Obrigada. Esperamos por muito tempo que ele terminasse a facul. Finalmente estou acreditando que vamos nos casar.

— Facul? — repetiu Lily.

— Faculdade. Ele vai ser geólogo.

— Desejo a vocês tudo de bom — disse Lily.

— *Asante.* — Com outro olhar para nós no espelho, Wanja perguntou: — Qual de vocês tem parentes em Limuru? No Brockhurst.

— Sou eu. Meus tios moram lá — respondeu Lily. — Jim e Cheryl Lorenzo.

A voz de Wanja se elevou novamente.

— Ah, que pessoas maravilhosas! Minha avó trabalha no Brockhurst. Eu conheço a maioria dos residentes permanentes. Cheryl é uma das minhas favoritas.

— Você disse que sua avó trabalha lá? — perguntou Lily.

— Sim. Ela só tem cinquenta e oito anos. Casou-se cedo e minha mãe também. Eu sou a única quebrando a tradição, me casando tão velha. — Wanja riu. — Talvez vocês cheguem a conhecer minha avó. Ela é a rainha da cozinha.

— Isso vem bem a calhar — disse Lily. — Porque, se ela precisar de ajuda para lavar louça, eu conheço alguém para indicar.

— Sério? É mesmo? Vou dizer de novo. Vocês duas não são visitantes típicas.

Lily se inclinou e me deu uma cotovelada alegre, como que me lembrando da oportunidade perdida de servir na pia anos atrás. Acho que ela também gostou de ouvir que não éramos típicas. O braço dela acabou tocando o local onde eu tinha recebido minhas vacinas, e eu fiz uma careta porque ainda estava sensível.

— Eu mesma já lavei muitos pratos no Brockhurst — disse Wanja. — Vocês são bem-vindas no reino da cozinha da minha avó a qualquer momento, com ou sem avental.

Lily fez mais perguntas sobre o centro de conferências, a família de Wanja e sua cidade natal. Descobrimos que estávamos indo para o interior. Limuru estava situada em uma área agrícola fértil, onde a família de Wanja trabalhava nos campos de chá há gerações. Como uma apreciadora de chás, fiquei empolgada em saber que ficaríamos perto de campos de chá.

— Você acha que poderíamos ver um campo de chá quando estivermos lá? — perguntei. — Poderíamos fazer um passeio?

Wanja fez uma pausa antes de responder. Percebi que meu pedido deve ter soado tão bobo quanto alguém visitar o lugar onde eu cresci e perguntar se poderia fazer um passeio para ver um milharal. Eu teria rido de uma pergunta dessas.

Em vez de rir, Wanja disse:

— Há uma fazenda de chá a cerca de uma hora de distância que ainda oferece passeios nos fins de semana, eu acredito. Mas vocês estarão no safári nessa época.

Eu não queria admitir que estava mais interessada em ver um campo de chá do que um gnu.

— Vocês não precisam de um passeio para conhecer os campos em Limuru — acrescentou Wanja. — Encontrem alguém no Brockhurst que vá caminhar com vocês. Os campos ficam a apenas alguns quilômetros do centro de conferências.

Passamos em cima de um buraco na estrada que nos sacudiu e me fez querer ter sentado na frente com Wanja.

Estava escuro na subida íngreme da estrada, exceto pelos faróis dos carros que vinham na direção contrária. O ar que entrava pela janela da frente aberta estava mais fresco do que o do aeroporto. Continuamos subindo a colina e eu senti como se meus ouvidos estivessem fechando. Tentei bocejar e isso ajudou.

— Seu cabelo é lindo — comentou Lily. — Acho que é falta de educação perguntar, mas foi você mesma que fez?

— Ah, não, eu não conseguiria fazer isso sozinha. Fiquei metade de um dia na cadeira do salão da minha irmã enquanto ela fazia as tranças. Meu cabelo de verdade é só dez centímetros disso. Vou tirar antes do casamento, mas ainda não decidi o que vou fazer no meu cabelo para a cerimônia. Depende da minha irmã. Ela vai saber o que fazer.

— É muito bonito mesmo — acrescentou Lily.

— *Asante sana*. Significa "muito obrigada" em suaíli.

— Como dizemos "de nada"? — perguntei.

— *Karibu*.

— *Karibu* — repetimos juntas Lily e eu.

— Muito bem. Mas não se preocupem. Todo mundo fala inglês. Por causa da colonização.

Passamos em cima de outros dois buracos grandes na estrada. Ao nosso lado seguia um fluxo constante de ônibus, caminhões e carros. Àquela hora da noite, parecia bastante movimento. Fiquei feliz por Wanja ter nos buscado. Quando estávamos em casa, Lily tinha dito que poderia alugar um carro para dirigir até o Brockhurst e depois voltar para Nairóbi e pegar nosso voo curto para Masai Mara, onde faríamos nosso safári. A agente de turismo garantiu que ela não iria querer dirigir, especialmente depois de um voo tão longo e com o fluxo de tráfego sendo oposto ao dos EUA.

Ela estava certa. Dirigir naquela estrada à noite, no lado "errado" da estrada, teria sido difícil.

— Obrigada por nos buscar e nos levar ao centro de conferências — falei. — *Asante sana*.

— *Karibu* — disse Wanja com uma risada. — Sem problemas. Eu queria ver minha avó por alguns dias. Cresci em Limuru e faz semanas que não vou ao interior. Essa é a minha última oportunidade antes do casamento. — Sua voz mudou para um tom provocador quando acrescentou: — E uma vez casada, entendi que tudo vai mudar.

Eu olhei para Lily, esperando que ela tivesse algumas palavras amigáveis para animar Wanja. Em vez disso, ela estava olhando pela janela.

Eu me aproximei e vi que ela estava chorando silenciosamente.

3

> O momento de maior felicidade em uma peregrinação é o início dela, quando a única coisa em que o viajante se concentra é seu destino, entregando-se à sorte desconhecida e a todas as expectativas de aventura à sua frente.
>
> CHARLES DUDLEY WARNER

— Vou pegar a chave da sua cabana com o guarda — disse Wanja enquanto nos aproximávamos dos portões de entrada do Centro de Conferências Brockhurst. — Alguém irá ao quarto de vocês pela manhã e lhes dará as boas-vindas adequadas.

Ela se inclinou pela janela quando o guarda saiu de seu posto e veio cumprimentá-la. Eles brincaram um com o outro, deixando claro que se conheciam.

Eu me aproximei de Lily e sussurrei:

— Você está bem?

Ela fez que sim.

Tentei ler sua expressão na luz fraca e percebi que a desvantagem da nossa amizade a distância era que não sabíamos ler a linguagem corporal uma da outra, devido às poucas vezes que estivemos juntas pessoalmente.

Quase sussurrei "Por que você estava chorando antes?", mas pareceu melhor conter minha curiosidade e preocupação.

Eu perguntaria a ela depois. Sua sobrecarga emocional poderia ser pela mudança de fuso horário. Eu certamente estava sentindo os efeitos disso. Ou poderia ser algo que ela havia escondido de mim, assim como eu tinha escondido dela a notícia da minha perda de emprego. Eu esperava que pudéssemos conversar quando estivéssemos em nosso quarto.

O guarda olhou ao redor de Wanja e nos cumprimentou.

— Cheryl e Jim estão ansiosos para vê-las amanhã.

Ele deu um grande sorriso e acenou para nós enquanto Wanja dirigia pelas terras do centro de conferências. Estava escuro demais para ver muita coisa ao nosso redor quando estacionamos e saímos da van. Lily e eu puxamos nossas malas por um caminho irregular até uma fileira de cabanas lado a lado. Eu esperava que o barulho alto das rodinhas das malas não estivesse perturbando ninguém tentando dormir nas outras cabanas.

— A cabana de vocês é a última. — Wanja nos entregou a chave. — Querem que eu entre com vocês?

— Não, já conseguimos nos virar agora — disse Lily. — *Asante sana.*

Dei em Wanja um abraço informal ao estilo americano, meio de lado, que ela trocou por um abraço de verdade em mim e depois em Lily.

— Vejo vocês na sexta-feira.

Lily girou a chave na fechadura. Entramos em um quarto escuro e tateamos a parede em busca de um interruptor de luz. Apertamos o botão e ele clicou, mas a luz não acendeu.

Vasculhei minha mochila e peguei uma pequena lanterna, que o Dani me deu como presente de despedida quando me deixou no aeroporto. Ele achava que eu deveria estar preparada para tudo e comprou uma série de itens indispensáveis, como um adaptador elétrico universal e protetores anticlonagem para meu cartão de crédito e passaporte.

Lamento admitir que, quando ele me mostrou aquele monte de presentes de viagem, eu os ignorei e não mostrei muita gratidão por suas precauções. Mas Dani estava certo sobre a lanterna. Era exatamente o que precisávamos naquele momento e proporcionou luz suficiente para chegarmos às camas de solteiro. Tentei acender o abajur na mesa de cabeceira, mas não funcionou.

— Aqui. — Lily pegou uma pequena caixa de fósforos na mesa embaixo da janela da frente, perto da porta. Ela acendeu uma grossa vela de castiçal. Nosso quarto deixou de parecer um misterioso campo de obstáculos e se transformou em uma cabana aconchegante e encantadora.

À luz trêmula, demos uma olhada ao redor. As estruturas de ferro forjado das camas se curvavam em voltas arredondadas nas extremidades. As colchas eram de um padrão africano tecido em tons terrosos de amarelo e marrom. O piso era feito de grandes azulejos de cor ferrugem e as paredes pareciam ter um leve tom creme.

— Está frio aqui, não? — Lily abriu a porta dos fundos do quarto, o que revelou um banheiro suíte. — Isso é bom. E adivinha só? Temos uma banheira! Estou tão feliz por não termos que ir lá fora e usar um banheiro coletivo. Esse lugar é muito mais confortável do que eu esperava.

— Temos água quente?

Levei a lanterna comigo enquanto Lily abria a torneira.

— Não.

— Talvez tenhamos amanhã. Eu também gosto do nosso quarto. Você se importa se eu ficar com a cama perto da janela?

— Não. Fique à vontade. Veja se há cobertores extras naquela cômoda.

Abri duas gavetas vazias e então encontrei o que procurava na última gaveta.

— Mais dois cobertores. De lã pesada.

— Ótimo! Vamos dormir bem esta noite — previu Lily.

Ela estava certa. Depois de trocarmos poucas palavras, preparamos nosso corpo cansado para dormir e apagamos a vela. A combinação do ar fresco e das camadas de cobertores pesados foram uma bênção. Perguntei se Lily queria conversar um pouco sobre por que chorou no carro. Ela respondeu com um murmúrio e fiquei feliz por não ter dito sim. Eu teria dificuldade em ficar acordada para ouvir.

Fechei os olhos e sussurrei uma oração. Acho que nem me mexi naquela noite.

A manhã entrou gentilmente em nosso quarto com uma luz receptiva, mas sem muito calor. Lily se virou na minha direção enquanto eu procurava meus óculos na mesa de cabeceira e sussurrou:

— Bom dia.

Minha voz rouca repetiu sua saudação e ela escorregou para fora da cama com um cobertor enrolado nos ombros, arrastando-se até o banheiro. Rolei debaixo das cobertas quentes e olhei pela janela. Foi então que notei as cortinas verde-escuras que poderíamos ter deslizado pela haste preta para ter mais privacidade e calor na noite anterior.

O que chamou minha atenção foi a grande janela com seu amplo peitoril. Os doze painéis quadrados de vidro alinhavam-se como um tabuleiro de xadrez transparente e que lembrava uma cabana inglesa antiga. Do outro lado daquela janela havia uma árvore e naquela árvore algo estava se mexendo.

Um vulto súbito de pelo preto pulou para um galho mais alto. Sentei-me na cama e procurei ter uma visão melhor.

Um assobio veio do animal e depois o barulho se transformou em um grito agudo. Vi mais três companheiros peludos subindo para os galhos mais altos.

— Macacos! Lily, você precisa ver isso! Temos macacos bem na nossa janela!

— O que eles estão fazendo? — perguntou ela pela porta fechada do banheiro.

— Parece que estão prestes a brigar por algo que pegaram na árvore.

— Não abra a porta da frente — disse ela.

— Eu não vou. Além disso, temos uma visão clara deles pela janela. Acho que são nêsperas.

— Achei que você tinha dito que eram macacos.

Eu ri.

— Não, eu quis dizer a fruta. Acho que é isso que eles estão colhendo. As nêsperas são pequenas e alaranjadas, do tamanho de uma azeitona verde gigante.

Os macacos começaram a gritar alto e os quatro de repente fugiram, pulando no telhado, e o som deles se debatendo indicava que estavam indo para o lado de trás da nossa cabana.

— Ah, você perdeu.

Lily soltou um grito e entrou correndo no quarto, fechando a porta do banheiro.

— Eu vi, sim. Um desses macaquinhos atrevidos ficou me olhando pela janela do banheiro! Eu abri a persiana para ter mais luz. Péssima ideia.

Eu comecei a rir, mas fui interrompida por uma batida suave na nossa porta.

— Será que devemos abrir? — sussurrou Lily.

— Sim, eu acho que macacos não sabem bater à porta.

Lily abriu cautelosamente a porta. Uma mulher elegante com cabelos curtos grisalhos entrou carregando uma bandeja com três canecas de cerâmica e um prato de torradas. Ela sorriu calmamente, olhando para Lily e depois para mim. Seu olhar voltou para Lily.

— Eu sou sua tia Cheryl.

— Ah, oi! Olá! — Lily virou-se para mim. — Esta é a Fern. Muito obrigada por nos deixar ficar aqui.

— Claro. Ficamos felizes que tenha dado tudo certo. Ouvi um grito quando estava subindo. Está tudo bem?

— Eu vi um macaco — disse Lily. — Sou uma turista novata. Não esperava ter uma carinha fofa me olhando pela janela do banheiro.

Cheryl riu.

— Eles me viram chegando e fugiram.

— Nós os ouvimos correr pelo telhado — falei.

— Eles não vão incomodar vocês. Vejam, eu trouxe chá para vocês.

Ela colocou duas canecas na mesa de cabeceira e depois repousou a bandeja com a terceira caneca na mesa antes de puxar uma cadeira e se acomodar perto de nós.

— É *masala chai*, um dos chás mais apreciados daqui.

Eu peguei minha caneca e aspirei o doce perfume de canela, noz-moscada e cardamomo. Uma camada perfeita de espuma de leite flutuava no topo. Meu primeiro gole foi magnífico: como mel fluindo lentamente por todo o meu corpo até os dedos dos pés, ele instantaneamente me aqueceu.

— É muito bom. Obrigada.

— Está frio aqui dentro, não? — Cheryl estendeu a mão para apertar o interruptor de luz. — Vocês tinham eletricidade quando chegaram ontem à noite?

— Não, mas passamos bem — disse Lily, enfiando-se de volta na cama. — Graças a esses cobertores.

— Vou pedir para alguém verificar isso. Vocês provavelmente vão querer água quente no chuveiro.

— Sim, por favor — falou Lily.

Eu concordei com a cabeça e tomei um gole do abençoado *chai*. Cheryl me entregou um prato com algo que parecia ser torradas com geleia. Geleia de nêspera, talvez? Nossa conversa fluiu fácil, com notícias sobre a família da Lily e nosso entusiasmado relato de como nos comportamos feito madames na primeira classe de Heathrow a Nairóbi.

Cheryl nos deu uma visão geral de onde ficavam as coisas no terreno do centro de conferências e de para onde ir para as refeições. Antes de sair, ela perguntou se poderia fazer mais alguma coisa por nós.

Eu não hesitei em dizer a ela que queria visitar um campo de chá.

— Wanja disse para eu perguntar se alguém está indo para lá e ver se eu poderia ir junto.

— Claro. Eu aviso você. Sempre tem alguém indo para lá. Tem mais alguma coisa que posso trazer para vocês? Querem mais comida?

— Estamos satisfeitas — respondi por nós duas.

— Vou ver se ligam a água quente e a eletricidade. — Antes de Cheryl sair, ela se aproximou de nós e disse: — Estou feliz que vocês estejam aqui.

Em seguida, ela nos deu um beijo maternal na testa. Eu me senti como se estivesse sendo abençoada.

— Ela é maravilhosa — comentei com Lily depois que Cheryl fechou a porta. — Tão rústica e ao mesmo tempo tão delicada.

— Eu não imaginava que ela seria assim. Não sei o que eu esperava, mas eu já a amo.

— Eu sei. Eu também.

— Eu contei para você que ela foi atacada faz uns anos quando estavam em outro lugar da África? Eu não lembro onde. Ela e o filho foram esfaqueados — falou Lily.

Senti um aperto no coração.

— Que horrível! Mas parece que ela está bem. O filho dela ficou bem?

— Sim, ele está bem. Ele tem mais ou menos a nossa idade. Ela quase não resistiu, mas olha agora. Ela é uma mulher forte e terna.

Eu entrei totalmente dentro de meus cobertores, tentando aquecer minha pele tanto quanto meu interior havia sido aquecido pelo *masala chai*.

— No nosso planejamento, não pensamos na possibilidade de algo terrível acontecer conosco aqui no Quênia, pensamos? — perguntei.

— Não, porque coisas terríveis podem acontecer em qualquer lugar. Não acho que precisamos ter um medo especial de alguma coisa aqui.

— Exceto dos macaquinhos na janela do banheiro? — brinquei.

— Ei, ele me assustou. Você também teria gritado. Você deu uma boa olhada neles? Eles têm o pelo todo preto, exceto por um círculo branco no rosto. E aqueles olhinhos pequenos. — Lily fez uma cara medonha.

— Lily, já reparou que nós duas não temos muita afeição por animais?

Ela fez uma pausa, pensando em minha pergunta. A expressão fofa em seu rosto dizia tudo. Eu ri.

— Você e eu estamos entre as mulheres menos propensas a fazer um safári ou ir a qualquer lugar especificamente para estar perto de animais. Ainda mais os selvagens.

— Verdade. — Lily desatou a rir, lembrando-me das nossas muitas risadas abafadas tarde da noite na Costa Rica.

— Prometa que não vai gritar de novo quando ver sua primeira zebra — falei.

— Eu prometo. Mas pode ser que você ouça um gritinho de felicidade quando eu vir minha primeira girafa. É o único animal africano que quero ver de perto. Sou apaixonada por girafas.

— Bom saber.

— Qual é o seu animal que merecia um gritinho? — perguntou Lily.

Pensei por um momento.

— Talvez um bebê elefante.

— Boa escolha. Você já viu vídeos deles brincando na água?

— Sim. São muito fofos. E quando eles tentam correr para acompanhar a mãe e suas orelhas começam a bater? Quero dizer, vamos concordar que não tem nada mais fofo do que isso.

Lily se enterrou mais fundo em suas camadas de cobertores.

— Você não viveu cercada de animais quando era pequena?

— Não de elefantes — falei em tom de sarcasmo.

— Não, eu quis dizer animais de fazenda.

— Tínhamos galinhas. E um cachorro. Eu já contei a você sobre o Roger? Ele era um ótimo cachorro. Mas não tínhamos vacas nem animais de curral.

— E as galinhas?

— O que tem elas?

— Eram animais de estimação para você?

— Não. Bem, minha mãe tinha uma galinha preferida quando eu estava no Ensino Médio. Ela a chamava de

Maud. As outras não ganharam nomes. Nós as alimentávamos e elas nos davam ovos.

— Vocês as comiam?

— Claro.

Lily fez uma cara de nojo e eu ri.

— Você realmente é uma garota da cidade, não é?

De repente, a lâmpada do quarto acendeu.

— Oba! Vamos torcer para logo termos água quente também.

Eu deslizei minhas pernas nuas para fora dos cobertores. Tarde da noite do dia anterior, Lily e eu optamos por dormir de calcinha e camisola para ir para a cama o mais rápido possível sem ter que esvaziar as malas. Mas agora era hora de abri-las.

Eu a puxei para a borda da cama e cuidadosamente abri o zíper. Eu temia que minha mala se abrisse com tudo, e eu tivesse de me afastar quando todas as minhas roupas amassadas explodissem pela sala.

Em vez disso, encontrei tudo na mesma ordem condensada como eu havia deixado no dia anterior. Ou foi há dois dias?

— Preciso tentar ligar para Dani ou ver se meu pacote de dados extra funciona para enviar mensagens. Tentei fazer isso quando estávamos no carro ontem à noite, mas não deu certo. Você já tentou ligar para casa?

Lily disse algo em voz baixa, mas seus olhos estavam fechados. Ela parecia prestes a curtir mais uma soneca. Se hobbits podem desfrutar de um segundo café da manhã, por que Lily não poderia desfrutar de um segundo sono?

Ela ainda estava cochilando quando eu terminei de me aprontar para sair do nosso quarto e ir explorar. A água ainda não estava quente, então me contentei com uma lavagem rápida na pia e coloquei minhas lentes de contato. Enquanto trançava meu cabelo em uma única trança, fiquei feliz por não o ter cortado. Em momentos como aquele, eu me virava bem com uma trança ou torcendo o cabelo no topo da cabeça. Naquela noite eu queria tomar um bom banho quente e lavá-lo.

Coloquei minha mochila no ombro, deixei um bilhete para Lily apoiado na vela da mesa e fechei a porta suavemente.

Um mundo verde, exuberante e perfumado surgiu diante de mim.

Precisei parar e respirar fundo. Aquele momento não estava na lista das coisas que eu imaginava ver como primeira impressão do Quênia. Ainda pensando em dormir e comer de novo, senti como se tivesse entrado no Condado dos Hobbits.

Caminhei devagar até o prédio principal, tentando examinar melhor as abundantes plantas floridas. Reconheci algumas que havia visto quando Dani e eu estávamos em nossa lua de mel na praia de Laguna, na Califórnia. Adorei os lírios-do-nilo que acompanhavam o caminho. Elas me lembravam fogos de artifício. No topo de seus longos caules verdes, havia uma mancha de flores azul-claras explodindo.

Dos meus dois lados se estendia uma grama verdejante. Parei para ouvir os pássaros nas grandes árvores de sombra. Eles cantavam canções desconhecidas, o que fazia o ambiente parecer ainda mais mítico. Uma brisa fresca fluiu pelos galhos estendidos da árvore sob a qual eu estava, fazendo com que as folhas verde-claras tremulassem até duas delas, em forma de lágrimas, caírem flutuando a fim de me cumprimentar.

Era encantador. Tudo aquilo era encantador. Eu me senti como se tivesse entrado em um livro de fantasia.

O prédio principal apareceu, parecendo uma grande mansão firmemente plantada no interior inglês do Quênia. O longo edifício tinha janelas na frente e um telhado inclinado com um vermelho desbotado.

A imagem reavivou a memória de que, anos atrás, quando encontrei o site oficial do Brockhurst, esse edifício principal era a foto da página inicial, seguida de uma breve história do lugar. Se bem me lembro, a primeira ala do prédio foi construída há um século para acomodar britânicos e americanos ricos que vinham para o Quênia para caçar animais exóticos.

Outra memória veio a mim de como, depois de pesquisar sobre esse prédio principal, fui à biblioteca da minha cidade natal e encontrei uma cópia surrada de *As verdes colinas de África*, o clássico relato de Hemingway sobre seu safári após a Segunda Guerra Mundial. Ele fez descrições fascinantes das pessoas e animais locais, mas também deu detalhes horríveis das caçadas. Eu pulei a maioria das descrições da matança e esfolamento dos animais selvagens.

Hemingway e sua esposa, junto com vários homens privilegiados, passaram três meses na região do Serenguéti [na atual Tanzânia], morando em tendas e sendo servidos por seus guias. Eles perseguiam os melhores espécimes de leões, leopardos, elefantes, cudos e rinocerontes. O objetivo deles era fazer tapetes com as peles dos animais. Eles também empalhavam a cabeça das criaturas a fim de pendurá-las nas paredes das luxuosas casas dos caçadores.

Agora que eu estava pisando em solo queniano, no lugar onde homens como Hemingway haviam se hospedado e guardado seus troféus, senti tristeza por aquele canto deslumbrantemente bonito do mundo. A luta pela dominação era antiga e global, porém ainda assim eu desejava que aquele Éden tivesse sido poupado pelos exploradores.

Com uma profunda inspiração do ar fresco da montanha enchendo meus pulmões, caminhei em direção às portas da frente do prédio, percebendo que eu também estava aqui em busca de uma experiência selvagem e memorável. Será que isso fazia de mim uma caçadora também? Concluí que pelo menos eu só ia tirar fotos dos animais no meu safári.

4

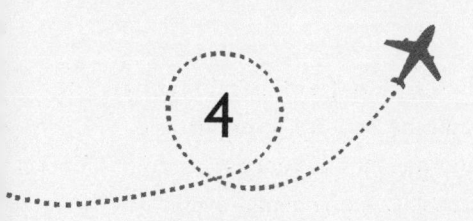

> Não existem terras estrangeiras.
> Estrangeiro é apenas o viajante.
>
> ROBERT LOUIS STEVENSON

QUANDO LILY me mandou detalhes sobre a viagem, imaginei que tudo o que encontraríamos pareceria estrangeiro e desconhecido, como se tivéssemos pousado em um planeta distante. No entanto, desde que chegamos, vi que as pessoas e os lugares são parecidos no mundo inteiro.

Estrangeiras éramos Lily e eu. Nós é que éramos diferentes e desconhecidas.

Subindo as escadas até o último andar do prédio principal do Brockhurst, senti como se estivesse sendo silenciosamente recebida, não apenas naquele prédio, mas também no fluxo da vida que havia no centro de conferências. Mesas contornavam o perímetro de uma grande área para reuniões. Elas estavam posicionadas perto de altas janelas panorâmicas, onde os convidados tomavam café, com as cabeças curvadas, conversando.

Eu me acomodei em uma mesa vazia e olhei para a vista cativante dos verdes exuberantes do gramado e da floresta além das cabanas. Tirando o diário da minha mochila, preparei-me para fazer o que mais gosto em momentos como esse: escrever uma oração.

Durante grande parte da minha vida, enchi vários diários dessa maneira. Quando eu estava no Ensino Médio, minha mãe notou meu hábito e perguntou o que eu estava escrevendo o tempo todo nos meus cadernos. Um livro, talvez?

Quando eu disse a ela que eram "apenas orações", ela balançou a cabeça em amorosa discordância.

— Orações nunca são "apenas orações". O que você está fazendo é escrever uma coleção de cartas de amor para Jesus.

Acho que a interpretação poética dela me motivou a continuar comprando diários e preenchendo-os com todos os devaneios e alegrias, mas também com detalhes das complexas mágoas que sofri ao longo dos anos.

Além de Jesus, ninguém nunca leu meus diários. De vez em quando, eu tirava um deles da estante e relia partes de certos anos para me lembrar do que estava acontecendo na minha vida naquela época. Sempre que eu folheava as páginas, me sentia humilde ao ler meus clamores sinceros ao Senhor e lembrar como ele havia respondido àquelas orações. Geralmente eu adicionava uma nota na margem da página com a data e um resumo de como Deus respondeu àquela oração.

Cinco anos atrás, pouco antes de conhecer Dani, escrevi uma de muitas orações pedindo a Deus um marido. Meu coração de trinta e três anos estava cansado de esperar e perguntar. Minha oração naquela noite de inverno foi direto ao ponto.

> *Deus Pai, eu ousadamente peço a ti um marido. Sei que já pedi isso muitas vezes e sei que tu me ouves. Por favor, responde. Por favor, envia-me um homem piedoso em breve. Amém.*

Dois dias depois, conheci o Dani em um concerto de Natal na igreja. Eu odiava ir a eventos como aquele sozinha e quase fiquei em casa.

Mas fui instantaneamente atraída pelos olhos do Dani quando ele perguntou se os dois lugares ao meu lado estavam ocupados. O olhar que ele me deu, com seus olhos sinceros e cativantes, me aqueceu. Continuei olhando para seus cílios negros e grossos. Ele olhou para mim também. Meses depois, ele me disse que meu sorriso era como um ímã para ele. Eu respondi que ele deveria agradecer ao meu pai por concordar com minha mãe que eu precisava de aparelho ortodôntico. Fui a única das cinco filhas dele que precisou de dentista e o gasto extra veio em um ano difícil da produção em nossa fazenda.

No concerto de Natal, não pude deixar de notar um adolescente desrespeitoso que estava com o Dani. Eles não pareciam relacionados, mas tive que esconder minha surpresa quando Dani se apresentou e apresentou Miqueias, dizendo que era seu filho. Miqueias deixou claro que não queria estar lá.

Apreciei a tentativa de Dani de fazer uma conversa casual, porém meu coração deu uma leve batida quando ele me acompanhou educadamente até o estacionamento na neve. Eu havia notado que ele não usava aliança de casamento. Imaginei que ele também havia verificado meu dedo vazio. Comecei a pensar no que eu diria se ele me convidasse para tomar café algum dia.

No entanto, quando Miqueias continuou sendo rude enquanto tentávamos conversar, pensei: "Não. Não é essa a resposta à minha oração. Eu nunca aceitaria esse combo".

Voltei para casa pensando que deveria ser mais específica da próxima vez que orasse por um marido. Eu precisava lembrar a Deus da minha lista de exigências. Certamente ele se lembrava da imagem fixa que eu tinha desde os doze anos, quando li um livro sobre um menino surfista loiro com olhos azuis hipnotizantes.

A família do Dani era latina. Ele tinha cabelo preto, não loiro. Seus olhos eram castanhos, não azuis. Ele não surfava. Mas era cheiroso. Tinha um cheiro de temperos em uma torta recém-assada. Eu me sentia confortável perto dele. Tranquila. E seus olhos eram lindos.

O filho do Dani era negro e parecia não ter afeto nem respeito por ele. Fiquei curiosa sobre a história dos dois quando deduzi pela conversa que a mãe biológica de Miqueias saíra de cena e possivelmente havia falecido. Mas como o garoto se tornou "filho" do Dani? Naquela noite, decidi que os detalhes não importavam. Dani não era para mim.

Jesus deve ter sorrido naquela noite. Quantas vezes Deus atendeu às minhas orações com suas respostas exatas e melhores, mesmo eu tendo tanta certeza de que havia um plano melhor para o que eu queria e necessitava?

Pensamentos sobre o Dani e nossa inesperada história de amor me fizeram sorrir enquanto eu olhava pela janela para os jardins exuberantes do Brockhurst. Peguei meu celular e enviei uma mensagem e um *e-mail* para o homem maravilhoso que Deus me enviara. Eu ainda estava confusa com a diferença de fuso horário, então achei melhor esperar até ele ligar para mim.

De repente, um homem de meia-idade com um sotaque que parecia francês parou em frente à minha mesa. Ele perguntou educadamente se eu era a sobrinha de Cheryl que viera dos Estados Unidos.

— Não, a sobrinha dela é a Lily. Eu sou a amiga dela, Fern.

Ele colocou a mão no peito.

— Filipe. Prazer em conhecê-la. Soube que ela quer caminhar no campo de chá esta tarde.

— Ah, fui eu quem pediu! Sim, adoraria vê-lo.

— Vou para lá com um colega depois do almoço. Fique à vontade para ir conosco. Vamos nos encontrar aqui embaixo, na entrada do prédio.

— Obrigada. Estarei lá.

Ele assentiu, sentou-se em uma mesa do outro lado da sala e abriu seu notebook.

Alisando a primeira página do meu novo diário, coloquei a caneta no papel branco áspero e comecei minha primeira carta para Jesus no Quênia. A carta começou um pouco sentimental. Revirei meu dicionário mental a fim de encontrar as palavras certas para Lhe dizer o quanto eu apreciava a maneira como Ele derramara tantas bênçãos sobre mim. Dani, Miqueias, um trabalho que amei por dezesseis anos, a viagem, Lily e agora a promessa de uma caminhada no campo de chá. Terminei a oração dizendo a Jesus que queria confiar Nele para tudo o que viesse pela frente. Eu queria ter paz em relação ao desconhecido.

Então, antes de fechar o diário, reli aquela expressão de gratidão. Minha carta parecia inacabada. Eu só tinha escrito metade do que estava preso em meu coração.

A outra metade, a parte que foi reprimida nas últimas três semanas, ainda estava doendo e machucada. Os sentimentos relacionados à perda do meu querido trabalho ainda não tinham sido expressos. Eu mantive a dor dentro de mim nas últimas três semanas, onde ela foi convenientemente escondida em uma espessa neblina.

Da mesma forma que eu me segurei para não contar a Lily sobre aquela grande mudança na minha vida, também me segurei para não falar com Deus sobre isso. É claro que Ele sabia. Eu só não sabia ainda como falar com Ele sobre isso sem sair quebrando tudo ao meu redor.

Eu também não queria que meus sentimentos de mágoa e meus pensamentos amargos estragassem aquela grande aventura. Eu queria ser livre. Dani e eu passamos tempo suficiente em terapia familiar com o Miqueias para saber que a única maneira de seguir em frente é começar a lidar com a dor. A única maneira que eu sabia fazer isso era com palavras e esse parecia ser um bom momento para começar.

A segunda parte da minha carta a Jesus começou a fluir. Escrevi com o indicador e o polegar apertando a caneta. As letras de cada palavra ficaram profundamente gravadas no meu diário.

> *Grande Deus,*
> *Eu sei que tu já sabes disso, mas estou com raiva. Muita raiva. Lá no fundo, sinto-me traída. O que aconteceu comigo não foi justo. Eu me dediquei muito à minha carreira. Tu sabes disso. Eu dei o meu melhor. Durante anos.*
>
> *Onde vou encontrar um cargo igual no lugar onde moramos? Eu não vou, vou? Porque não existe outro. Eu tinha o emprego dos meus sonhos e agora ele foi arrancado de mim.*
>
> *Mesmo que outra editora me ofereça um emprego em outro lugar, o Dani não vai querer se mudar. A mãe dele depende dele. Precisamos ficar onde estamos por causa dela. Estamos presos. Eu estou presa.*
>
> *E estou com muita raiva. Uma raiva seca e prolongada. Não consigo chorar. Não tenho mais lágrimas. Só raiva.*

Por que essa viagem extravagante teve que vir logo depois de uma das piores experiências da minha vida? Eu não quero me sentir assim.

Ainda segurando a caneta entre os dedos e olhando fixamente para o gramado verde lá fora, levei um tempo antes de decidir que não tinha mais nada a dizer. As palavras já tinham saído. Elas podiam ficar ali, intocadas, até eu estar pronta para pensar em tudo aquilo novamente. No momento, eu queria ignorar aquilo. Queria me mover livremente no mundo. Nesse outro lado do mundo, onde ninguém sabia nada sobre mim ou minha vida. Exceto Lily. E ela entendia.

Fechando meu diário, continuei a olhar pela janela, observando as idas e vindas das pessoas e dos pássaros que cruzavam a área gramada aberta.

À direita, havia uma cena digna de foto: um banco vazio. O resistente banco de madeira estava posicionado bem embaixo de uma velha árvore, cujos galhos pesados pareciam se curvar sobre o assento em um semicírculo, como se oferecessem um abraço reconfortante a quem se sentasse embaixo deles.

Imaginando que o banco e a árvore estavam me chamando, fui até lá e descansei em silêncio por algum tempo. Meu celular vibrou e vi que o Dani tinha me enviado uma mensagem. Ele disse que eu podia ligar.

— Oi! — Sua risada maravilhosa encheu meu ouvido e balançou meu coração. Eu sabia que ele estava com lágrimas nos olhos. Dani era tão emotivo que não era preciso fazer muita coisa para emocioná-lo.

Meus olhos também se encheram de lágrimas. Elas estavam armazenadas em um reservatório enquanto eu escrevia em meu diário e olhava a árvore pela janela. Agora que eu estava dentro do abraço fixo dos galhos curvos, ouvindo a voz do Dani, a comporta foi levantada e as lágrimas jorraram.

— Estou com saudades, *mi conejita*. Como você está?

Fazia tempo que ele não me chamava por aquele carinhoso apelido em espanhol. Quando começamos a namorar, ele me chamava de coelhinha. Uma *conejita*. Isso porque eu sempre pedia salada quando saíamos para comer. Sabia que tudo estava prestes a mudar no nosso relacionamento quando ele me chamou de *mi conejita* pela primeira vez, porque o *mi* adicional significava que eu não era apenas uma coelhinha. Eu era a coelhinha *dele*.

— Estou bem — respondi.

— Você parece um pouco abalada.

— Tem razão. Estava processando tudo o que aconteceu. Mas estou bem. Estou ótima. Aqui é lindo.

Contei a ele sobre nosso voo luxuoso, nossa cabana de pedra e os macacos, e acrescentei que o lugar parecia ter saído de um livro de histórias inglês. Enquanto eu falava, as lágrimas silenciosas continuaram a fluir e eu as enxugava na manga da roupa.

— Tem um campo de chá aqui perto. Vou lá depois do almoço.

Dani riu.

— Vai ser um ponto alto da viagem para você.

— Vai mesmo. Mas e você? Como você está? Como está o Miqueias? E a sua mãe?

— Bem. Estamos todos bem. Estou sentindo sua falta, mas estou feliz que você esteja aí. E que sua operadora de celular está funcionando.

Conversamos por mais cinco minutos, tão levemente como se fosse um dia comum e eu tivesse ligado para ele na escola de Ensino Médio onde ele era o treinador principal há catorze anos. Só de ouvir sua voz me acalmei da mesma forma que quando suas palavras pacientes e gentis me trouxeram conforto nas últimas semanas.

Dissemos "eu te amo" e eu me inclinei para trás no banco, com os olhos fechados. Durante nossa conversa, um passarinho ficou cantando *tee-oo, tee-oo, tee-oo* e depois fez uma pausa antes de repetir aquele canto. Aquele som desconhecido havia sido irritante durante nossa conversa, mas agora tinha um efeito rítmico e calmante em mim.

Minhas pálpebras estavam pesadas e adormeci sentada dentro do abraço frondoso da árvore ancestral. Não sei quanto tempo fiquei parada ali, em um sono pesado e sem sonhos.

A voz de Cheryl me despertou.

— Você encontrou o lugar favorito da nossa nora.

Eu apertei os olhos para enxergar melhor. Ao lado de Cheryl estava um homem de aparência distinta, com cabelo branco curto, um bigode aparado e um cavanhaque. Ela o apresentou como seu marido, Jim. Os dois combinavam. Eu já tinha visto casais como eles antes, que por estarem tão unidos há décadas pareciam ser um reflexo complementar um do outro em sua postura, expressões e até na altura dos olhos.

Conversamos por alguns minutos até que avistamos Lily subindo pelo caminho. Ela acenou com o braço sobre a cabeça, parecendo descansada e pronta para encarar o dia com seu fofo conjunto de jaqueta jeans, calças jeans pretas e botas de couro do Tennessee.

— Estamos felizes que você está aqui, Lily. — Jim lhe deu um grande sorriso. Ela deslizou para o lado dele, dando um abraço tímido no tio que acabara de conhecer.

Cheryl e Jim comentaram sobre suas botas de cowboy cheias de detalhes. Jim brincou que poderiam tirar a garota de Nashville, mas não poderiam tirar Nashville da garota.

— Acertou — disse Lily com um sorriso. — Nasci e cresci lá.

Seu cabelo loiro curto parecia despenteado. Eu supus que ela tinha tomado um banho, mas, devido à falta de um secador de cabelo, teve de recorrer à secagem rápida com a toalha.

— Prontas para o almoço? — perguntou Jim.

Fomos para o refeitório e eu disse a Cheryl:

— Espero que sua nora não se importe em compartilhar o lugar favorito dela. Nem acredito que dormi. É um banco muito confortável.

— Ela não vai se importar. Nosso filho, ela e seus três meninos estão na Califórnia arrecadando fundos há vários meses. Nem sei dizer o quanto sinto falta deles e de nossos netos.

— Eles se mudaram para a Califórnia permanentemente?

— Não. Só por um ano. Eles estão arrecadando bastante fundos para nosso ministério aqui.

— Acho que Lily não me contou o que vocês fazem.

— Nós organizamos grupos de serviço voluntário com equipamentos para cavar poços que forneçam água limpa em áreas remotas. Muitas pessoas no Ocidente não sabem como é difícil para algumas pessoas no continente africano conseguirem água limpa. Tudo muda quando elas têm acesso a ela. A saúde melhora e o uso de recursos pode ser multiplicado, já que as mulheres não precisam caminhar por horas carregando baldes e jarros pesados de volta para suas aldeias. Oferecemos um copo de água fresca em nome de Jesus.

Eu sabia de ministérios que faziam trabalhos parecidos, mas estar no centro de operações, por assim dizer, fez aquele ministério parecer maior do que a vida. Era naquele centro que o trabalho era organizado, e Cheryl, Jim e sua família estavam no meio disso. Eu me senti privilegiada de estar com deles.

Jim subiu primeiro as escadas do prédio principal até a grande sala de jantar com seu longo bufê. Meus olhos se deleitaram com a variedade de comida, enquanto Cheryl caminhava ao meu lado explicando alguns dos itens. Escolhi um pouco da bela variedade de frutas e vegetais. Tudo parecia ter um sabor de ter sido recém-colhido.

Na mesa, Lily e Jim logo se envolveram em uma conversa sobre a família dela. Cheryl se inclinou em minha direção e disse:

— Conte-me sobre sua família.

Eu lhe dei um resumo rápido e a primeira pergunta que ela fez foi:

— Em que faculdade seu filho vai estudar na Califórnia?

— Na Universidade Rancho Corona. Ele tem uma bolsa de estudos de basquete. Miqueias se adaptou mais rápido do que esperávamos e agora diz que nunca vai voltar para o Colorado.

— É bom ouvir isso — disse Cheryl. — Temos muitas conexões com Rancho Corona. Meu irmão é professor lá há muitos anos. Nosso filho e sua esposa se conheceram lá. É uma escola maravilhosa.

— É, sim. Eu sabia que Lily tinha um tio que dava aulas lá. Ele lhe enviou um moletom quando ela estava no Ensino Médio e ela o usou no verão em que nos conhecemos na Costa Rica. Sempre achei que seria bom ir para lá. Mas comecei a estagiar no Colorado e fui para a faculdade de lá enquanto me adaptava à minha carreira.

Senti minha garganta apertando e quase acrescentei "minha antiga carreira". Em vez disso, rapidamente disse:

— Ficamos felizes que o Miqueias decidiu estudar lá. Ele precisava encontrar seu lugar e Rancho Corona parece ser a resposta de muitas orações.

— Ele é seu único filho?

— Sim. Estamos casados há apenas três anos. Meu marido o adotou algumas semanas antes de nos conhecermos. Na verdade, o Miqueias é sobrinho do meu marido.

Eu parei antes de acrescentar detalhes. Aprendi a condensá-los de uma forma que não estimula as pessoas a fazerem mais perguntas.

— A mãe do Miqueias não participou da vida dele porque tinha um vício em drogas. Ela faleceu quando ele tinha oito anos.

— Deve ter sido muito difícil para todos — disse Cheryl.

— Sim. Mas ficou pior porque, no mesmo ano, o pai do Dani também morreu. Eu ainda não conhecia o Dani. Mas ouvi muito da minha sogra sobre como o Miqueias se tornou muito indisciplinado com ela durante toda essa perda. Foi quando o Dani decidiu adotá-lo, porque o pai biológico do Miqueias não foi identificado.

Cheryl se recostou na cadeira.

— É muita coisa para uma família só.

— Sim. Desde que conheci o Dani, tem sido uma situação instável, mas as coisas estão muito melhores agora para todos nós.

— Seu marido parece ser um homem excepcional.

— Ele é. — Eu sorri e olhei para Lily do outro lado da mesa. — Se não fosse pela sua sobrinha e sua insistência, tenho vergonha de dizer que meu relacionamento com o Dani não teria ido muito longe. Ela sempre me disse para dar uma chance a ele.

— Você estava hesitante em conhecê-lo? — perguntou Cheryl.

— Resistente é a melhor palavra. Achei que seria demais para mim me comprometer com o Dani e o Miqueias. Levou meses antes que meu coração teimoso amolecesse em relação a ambos.

— Quantos anos Miqueias tinha quando vocês se casaram?

— Quinze. O primeiro ano foi péssimo. O ano passado também não foi fácil. Agora que o Miqueias está nos mandando mensagens da faculdade dizendo que sente nossa falta, nem dá para acreditar que ele era tão cruel conosco. Ele está perguntando quando vamos voar para a Califórnia para visitá-lo. Dani e eu nunca esperávamos ouvir essas palavras.

— Eu amo uma boa história de redenção — disse Cheryl.

— Bem, se isso aconteceu foi mérito do Dani, não meu. Quer dizer, é claro que tudo é por causa de Deus. Mas eu estraguei muita coisa nesses primeiros anos.

Lily se virou para nós do outro lado da mesa. Sua expressão suavizada deixou claro que ela estava ouvindo.

— Fern, a transformação do Miqueias é tanto resultado do seu amor constante quanto da persistência do Dani. Vocês dois juntos são ouro. Ouro puro. O Miqueias está finalmente percebendo isso.

Senti meu rosto esquentar. Lily sabia todos os detalhes do nosso casamento desafiador e de meus grandes fracassos como madrasta. A amizade dela foi o maior presente para mim nos tempos mais difíceis.

Rapidamente passaram por meus pensamentos memórias dos dias em que eu ligava para ela a caminho do trabalho e chorava. Ela sempre sabia a coisa certa a dizer. Ela me garantiu que chegaríamos ao lugar onde estamos agora, apenas Dani e eu no nosso próprio condomínio, com bastante tempo para recomeçar e descobrir o que significa estar casado sem um adolescente briguento causando tumulto.

Lily apontou para mim e depois olhou para Cheryl.

— Você pode achar que eu estou exagerando, mas não estou. Essa mulher é uma joia. E o marido dela é um santo.

— Que grandes elogios — disse Jim.

— E são merecidos — disse Lily. — Eu nunca conseguiria ter feito o que ela fez. Essa é uma das razões pelas quais fiquei animada com a chance de vir aqui. É um recomeço para ela de várias maneiras. O que quer que ela faça a seguir será um novo começo. Uma nova vida.

Fiquei feliz que Lily não acrescentou que eu estava desempregada. Aquele era outro tipo de ferida na alma e eu não queria falar sobre isso.

— Que bom que você deu uma chance para o Dani. — Cheryl sorriu para mim.

Jim acrescentou:

— Gosto de ouvir sobre casais que não desistem de filhos difíceis nem um do outro. Isso está se tornando raro hoje em dia.

Sorri para Lily do outro lado da mesa como uma forma não verbal de dizer obrigada por suas palavras gentis e seu encorajamento. Naquele momento, vi lágrimas se formando nos olhos dela. Ela desviou o olhar, focando na pouca comida que ainda estava em seu prato, e segurou uma lágrima assim que ela se formou.

Algo estava errado. Muito errado. Agora eu tinha certeza.

5

> A linguagem da amizade não são palavras, e sim significados.
>
> Henry David Thoreau

Tentei convencer Lily a vir comigo na caminhada até o campo de chá. Ela recusou dizendo que queria passar mais tempo com sua tia e seu tio.

Eu entendi.

Na manhã seguinte Wanja viria nos buscar, então aquele dia era a única chance de Lily ficar com eles. Eu continuava preocupada com ela e com a misteriosa causa de suas lágrimas rapidamente enxugadas. O que quer que a estivesse incomodando era mais do que a mudança de fuso horário. Eu esperava que Cheryl tivesse as palavras certas para ajudar Lily a entender o que estava sentindo. Se não, teríamos bastante tempo para conversar no nosso quarto depois do jantar.

Embora me sentisse um pouco estranha por sair com Filipe e sua colega Viola, eu também estava empolgada.

Viola era mais baixa do que ele e eu, parecendo andar rapidamente para acompanhar nossos passos longos. Ela usava um chapéu de abas flexíveis sobre os cabelos escuros e seus óculos de sol cobriam metade de seu rosto. Fiquei pensando se ela tinha aversão ao sol ou se achava que a trilha seria mais exposta aos elementos do que realmente era. Na maior parte do caminho, tínhamos a sombra de árvores altas.

Caminhamos por uma trilha de terra vermelha e trocamos as perguntas já esperadas sobre o local onde nascemos e o que estávamos fazendo no Brockhurst. Filipe e Viola me surpreenderam. Ele era da França; ela, da Hungria. Não pude acreditar quando me disseram que eram editores.

Ambos estavam à frente de editoras especializadas em livros escritos por autores cristãos. Eles tinham vindo mais cedo para um encontro de editores-chefes internacionais que se reuniam no Brockhurst todos os anos.

Achei perturbador que eu estivesse tentando me afastar da angústia que sentia em relação à indústria editorial, mas aqui estava eu, do outro lado do mundo, de volta a um pequeno círculo de pessoas que entendiam.

Hesitei em revelar a eles minha ligação rompida com a área deles. Eu era editora, não editora-chefe. Estava abaixo deles na hierarquia editorial. E agora nem era uma editora mais. Era uma ex-editora. Eu detestava essa verdade e não queria dizê-la em voz alta.

O problema era minha sensação de que, se eu não dissesse nada, Lily poderia inocentemente contar detalhes da minha vida no jantar, assim como fizera no almoço. Se isso acontecesse, eu ficaria ainda mais envergonhada por não ter mencionado esse fato antes.

Respirei rápido e falei:

— Eu trabalhava em uma editora. Era editora sênior de ficção. Todos os meus autores escreviam para o mercado cristão.

— Sério? — perguntou Viola. — Incrível. Você não está mais lá?

— Não, não estou.

— O que você está fazendo agora? — perguntou Filipe. — Você está trabalhando como *freelancer*?

— Não, eu... — As palavras ficaram presas na minha garganta. — Estou dando um tempo. Uma pequena pausa. Estou orando sobre o que fazer em seguida.

— Quanto tempo você disse que vai ficar no Brockhurst? — perguntou Viola. — Você seria bem-vinda na nossa conferência. Começa amanhã.

— Nós partimos amanhã de manhã. É quando nosso safári começa. Viemos mais cedo para que Lily pudesse conhecer seus tios.

— Vamos trocar contatos — disse Filipe. — Talvez você consiga estar conosco em outro momento, seja aqui ou em um *workshop* regional.

Eu duvidava que isso fosse acontecer um dia, mas tirei meu celular do bolso para compartilhar meu contato.

Nós três continuamos andando no nosso passo desigual. A conversa se voltou para como o mundo editorial tinha mudado nos últimos anos e quais eram as previsões para o futuro. Gostei de ouvir seus *insights* internacionais. De certa forma, agora que não estava mais empregada, senti-me desqualificada para expressar minhas opiniões.

Disse a mim mesma que não deveria pensar assim, mas a demissão parecia muito definitiva, como se nunca mais fosse haver outro lugar para mim no mundo onde eu costumava prosperar. Fui demitida. Mandada embora. Não porque fiz algo terrivelmente errado ou porque não produzi livros de qualidade e de boas vendas. Meu único defeito era que eu não era mais necessária.

Percebi que ser dispensada e me tornar redundante para a editora foi a maior rejeição que eu já tinha experimentado. De certa forma, foi o lado negativo de crescer em uma família tão gentil e amorosa. Sempre me senti querida. Foi o Dani quem foi atrás de mim desde o começo. Ele nunca me rejeitou, nem outro rapaz, porque nunca tive um namorado de verdade antes do Dani.

Por um momento, senti uma pontada da magnitude da dor de que o Miqueias tinha falado em várias sessões de terapia. Ele sofrera muitas rejeições. A amargura havia crescido nos buracos profundos de seu coração, cavados por sua mãe e seu pai biológicos quando escolheram se distanciar dele.

Sentir-se indesejado é horrível. Perder um emprego também é horrível, mas não é incomum. O que aconteceu não foi pessoal. Acontece. Eu sabia que não poderia ficar presa àquilo. Eu tinha que me levantar daquela queda emocional.

Vários locais passaram por nós no caminho e nos cumprimentaram calorosamente.

Pensei em como foi fácil para uma das minhas irmãs, Emma, ser a primeira pessoa da família a ligar e me dizer que Deus tinha um propósito na perda do emprego. Concordei com ela, claro, mas sua conclusão veio muito rapidamente. Ela nunca experimentou rejeição em larga escala. Ela não sabia a extensão da minha dor, assim como eu não conhecia a profundidade da dor do Miqueias.

Viola interrompeu meus pensamentos, perguntando se eu já tinha pensado em trabalhar remotamente para uma editora.

Minha resposta saiu com um tom rouco na voz:

— Estou considerando diferentes opções.

— Você fala francês? — perguntou Filipe.

— Não.

— Que pena. Estamos procurando tradutores *freelancers* nos Estados Unidos que também possam servir como editores de aquisição para nós.

Virei-me para ele e balancei a cabeça com um sorriso de lábios cerrados, esperando transmitir que eu não era a pessoa que eles estavam procurando e que essa não era a conversa que eu estava procurando.

— Se você souber de alguém que possa estar interessado, por favor, me avise.

Eu assenti, grata por Viola ter parado de andar, encerrando o assunto de forma natural. O caminho à nossa frente se dividia. Viola apontou para uma placa escrita à mão que dizia "Trilha 1 km".

— Será que essa é a trilha para o campo de chá? — perguntou ela.

— Sim, vamos para a direita. O caminho logo vai dar em uma trilha estreita — disse Filipe.

Foi bom saber que ele já havia feito essa caminhada várias vezes e sabia para onde íamos. Estávamos no meio de uma bela folhagem, beijada pela chuva, que crescia ao longo do caminho irregular. A trilha estreita continuou e logo subiu. Nós fizemos uma curva e, em poucos passos, saímos do matagal denso e conseguimos ver claramente o vasto vale lá embaixo.

Parei e inspirei profundamente.

Espalhados diante de nós, até onde podíamos ver, havia hectares de plantações de chá. Hectares e mais hectares. Eles cobriam a paisagem ondulante como ondas de verde em um mar inexplorado. Entre as plantas, havia longas fileiras estreitas para os trabalhadores caminharem na época da colheita.

— O vale parece que está respirando — disse Viola. — Está vivo.

Adorei a descrição. O tom verde-escuro do mar de folhas captava a luz do sol da tarde de tal forma que, à medida que o vento suave soprava sobre as plantas de chá, elas pareciam soltar um suspiro de contentamento.

— Venham — Filipe chamou. Ele estava vinte passos à nossa frente, descendo a trilha em direção ao vale. Mais uma vez, fiquei aliviada por ele conhecer o caminho.

Quanto mais nos aproximávamos, mais enxergávamos os detalhes do vasto oceano verde. Em forma de arbusto, cada planta de chá tinha apenas um metro de altura, mas juntas elas cresceram tão próximas que formaram uma cerca. Filipe contou que, em um passeio pelos campos numa outra visita ao Brockhurst, ele havia assistido aos trabalhadores colherem as folhas manualmente e as jogarem em bolsas laterais que carregavam nos ombros.

— Eles só colhem algumas folhas e um broto — nos disse. — É algo bem específico.

Viola e eu seguimos Filipe por uma das fileiras estreitas entre as plantas e lentamente demos uma volta completa. Estávamos cercados de folhas esmeralda em todas as direções.

Inclinei-me para ver se as plantas tinham uma fragrância distinta. Não tinham. O único aroma que senti foi o da terra fértil. Eu sabia que o chá era feito em um processo composto de várias etapas de secagem e prensa das folhas, mas isso era tudo o que eu sabia.

Naquele momento, o "como" não importava para mim, porque eu estava amando estar no centro do "onde". Era fascinante pensar que alguém, em algum lugar do mundo, um dia beberia uma xícara de chá feita dessas mesmas folhas que eu acabara de roçar com a palma da mão.

Meus companheiros pareciam estar tendo seu próprio momento contemplativo. Estavam distantes um do outro, perdidos em pensamentos.

Tirei fotos e lembrei que Wanja segurara uma risada quando eu disse que queria visitar um campo de chá. Eu teria que contar a ela sobre isso, porque o que estava vivenciando agora era exatamente o que eu esperava.

Estar em meio a uma plantação crescente trouxe de volta boas memórias dos verões da minha infância. Eu costumava passear pelos nossos campos de milho todas as manhãs com nosso cachorro Roger. Ficava avaliando se os pés de milho já tinham ultrapassado a minha altura. Quando o clima ficava quente, nosso milho doce podia crescer de sete a dez centímetros por dia. Aqueles eram os melhores dias, quando eu podia ver a transformação da noite para o dia e ouvir o farfalhar abafado das hastes sempre que Roger e eu nos encostávamos nelas em nossas inspeções.

Campos de milho sussurram. Campos de chá suspiram.

Eu nunca saberia disso se não tivesse vindo aqui.

A quietude imaculada do campo de chá se misturou com minhas doces memórias de infância e teve um efeito notável em mim. Senti como se algo novo estivesse repousando sobre mim. Era como se eu tivesse ganhado algo. Aquela impressão não me veio porque eu quis, mas aceitei a misericórdia invisível mesmo assim.

Será que era esperança? Era esse o conforto que parecia me envolver? Será que eu estava faminta de esperança desde que fui demitida de meu emprego? Como era sentir esperança?

Se aquilo era esperança, então ela estava enchendo um poço profundo dentro de mim, e eu estendia os dois braços, com as palmas das mãos para baixo, e caminhava entre as cercas vivas na altura da cintura. Meu espírito se sentia leve entre as folhas de chá, flutuando para um destino desconhecido, mas fazendo isso com um inesperado senso de força.

Eu estava à deriva em um sonho vivo de uma beleza inimaginável.

Filipe, Viola e eu havíamos nos separado no campo.

O assobio de Filipe me trouxe de volta. Ele acenou para que fôssemos em direção ao início da trilha estreita que levava de volta ao Brockhurst.

Arranquei duas folhas e um broto de uma das plantas e os girei entre meus dedos enquanto alcançava meus companheiros na trilha. Queria que Lily tivesse vindo. Eu estava curiosa para saber se ela tinha experimentado alguma sensação como as que eu tive. Será que a caminhada teria tido um efeito curador sobre ela também?

Enquanto nosso alegre trio acelerava o passo, a conversa voltou ao tema da conferência do dia seguinte. Filipe nos deu um resumo da palestra que ele daria na noite seguinte. O tema era lutar pela liberdade de publicar. Ele tinha exemplos de obstáculos que escritores e editores superaram ao longo da história a fim de tornar a palavra escrita disponível para gente de toda parte. Ele amava ver os cristãos não serem censurados pelo que publicavam. Sua conclusão era que, até o fim de nossa vida, veríamos mais publicações clandestinas de materiais cristãos em países onde o governo se opõe ao que esses escritores querem dizer.

Filipe parou de andar, virou-se para Viola e para mim, e concluiu seu resumo com o que eu imaginei serem as falas finais de sua apresentação. Ele olhou por cima de nossa cabeça, como se estivesse falando com uma multidão, e levantou o braço direito, gesticulando de maneira enfática em sincronia com suas palavras-chave.

— Não devemos mais ver a publicação como uma carreira potencialmente lucrativa, em que temos liberdade para criar o conteúdo que desejamos. Está chegando a hora — e em muitos lugares do mundo já chegou — em que nossa vocação estará ameaçada. Precisamos defender a liberdade de expressão. Nossa arma mais valiosa nessa guerra é a oração. Orem e continuem fazendo o que Deus os chamou para fazerem. Imprimam a Palavra. A tempo e fora de tempo. Proclamem a verdade de Deus claramente para todas as pessoas, em todas as línguas. Levantem-se, escritores e editores cristãos!

Viola e eu olhamos uma para a outra, como se ambas nos perguntássemos se deveríamos aplaudir. No final, ninguém aplaudiu.

Filipe levantou o queixo e seguiu à nossa frente em silêncio.

Estávamos quase chegando ao centro de conferências quando eu disse:

— Filipe, sua mensagem é muito poderosa. Obrigada por compartilhar os pontos principais comigo. Conosco.

Vendo que ele não respondeu, acrescentei:

— *Merci*.

Ele olhou para mim com um sorriso.

— Achei que você não falava francês.

— Meu vocabulário vai só até esse ponto: *merci* e *croissant*, que é minha palavra francesa preferida. — Acrescentei um sotaque exagerado à palavra *croissant*. Tenho certeza de que soou ridículo.

Filipe riu e eu fiquei grata por termos chegado aos portões do Brockhurst com uma conversa leve. Despedi-me e peguei o caminho de volta à nossa cabana. Nenhum macaco me cumprimentou da árvore de nêspera. Fiquei um pouco decepcionada com isso.

Nosso quarto estava vazio e ainda estava frio lá dentro. As paredes de pedra pareciam garantir essa temperatura o ano inteiro. Tirei meus sapatos de caminhada e abri a porta para bater a lama deles fora da cabana. Estava mais quente lá fora do que no nosso bangalô. Eu ainda gostava do nosso esconderijo e me sentia feliz por estar "em casa" depois de toda aquela caminhada.

O jantar seria servido na sala de jantar em uma hora e meia. Tudo o que eu queria fazer até lá era fechar os olhos. A experiência profundamente pessoal no campo de chá me preencheu e me esvaziou ao mesmo tempo. Eu queria deixar meu espírito cansado mergulhar em todos os pensamentos que tive naquele dia.

Depois de colocar meu celular para carregar e programar o despertador, entrei debaixo das camadas de cobertores pesados.

O sono em si já me acomodou.

Eu tinha sido avisada sobre os perigos de não resistir ao sono à luz do dia, nos primeiros dias ao mudar de fuso horário. Quando meu despertador tocou, vi que que aqueles avisos eram válidos. Eu mal conseguia abrir meus olhos ressecados. Em vez de me levantar, fiquei onde estava, observando. Quanto mais eu observava, mais eu sorria, pois um espetáculo havia começado nas paredes: reflexos delicados e graciosos do pôr do sol se moviam silenciosamente ali. Eu estava hipnotizada por aquela dança e fiquei debaixo dos cobertores quentes, bocejando e piscando. Queria que os reflexos soubessem que eu era uma plateia mais entusiástica do que parecia ser.

De repente, a porta se abriu e me assustei. Lily entrou e acendeu a luz. Dessa vez ela funcionou, e todo o elenco e equipe do balé crepuscular fugiram diante da presença dominante do brilho superior.

6

> O amigo de verdade vê a primeira lágrima,
> segura a segunda e impede a terceira.
>
> AUTOR DESCONHECIDO

— FERN, EU NÃO sabia que você estava aqui! Espero não ter acordado você.

— Não. Eu tirei um cochilo, mas meu despertador tocou há alguns minutos.

— Como foi no campo de chá?

— Encantador. Eu queria que você tivesse vindo. Eu adorei. — Eu estava prestes a contar mais sobre minha tarde maravilhosa, mas ela parecia preocupada. — E você? Como foi seu tempo com a Cheryl?

— Foi bom. Acho que foi importante. A Cheryl e o meu pai costumavam ser próximos, mas eles não mantiveram contato depois que meus pais se divorciaram.

— Isso foi há muito tempo.

— Eu sei. Aconteceu duas semanas depois que você e eu voltamos da Costa Rica.

Eu concordei com a cabeça, lembrando das longas conversas por telefone que a Lily e eu tivemos quando ela estava tentando decidir com qual dos pais morar.

— Por que você acha que seu pai e a Cheryl se afastaram? — perguntei. — Você acha que ela ficou do lado da sua mãe ou algo assim?

— Não. Ninguém ficou do lado da minha mãe. Não se soubessem da história completa. Mas a Cheryl não sabia sobre o cara estranho com quem minha mãe se envolveu.
— Lily se sentou na beirada de sua cama. — Eu também contei para ela que meu pai nunca estava em casa, porque ficava trabalhando o tempo todo. Foi isso que começou os problemas dos meus pais. Meu pai me disse que foi fiel à minha mãe e eu acredito nele. Ele também admite que estava concentrando todo o seu esforço no trabalho e hoje se arrepende disso.

Eu me virei de lado e ajustei meu travesseiro para poder ver Lily melhor. Minhas lentes de contato estavam ressecadas e eu estava com dificuldade de focar no rosto dela. Eu queria conseguir avaliar em sua expressão como ela estava se sentindo em relação a tudo aquilo.

— A Cheryl agradeceu por eu contar os detalhes. Fiquei feliz por ter feito isso. Assim como muitas pessoas, ela também pensou que foi meu pai que estava saindo com outra pessoa, já que se casou de novo bem rápido. Ela não sabia das escolhas da minha mãe. Eu disse a ela que meu pai nem conhecia Ilene antes da conclusão do divórcio.

— A Cheryl sabia que sua mãe foi morar com vocês logo depois que o Noah nasceu?

— Não.

Eu me forcei a sair da cama e fui até o banheiro pegar um colírio. Enquanto inclinava minha cabeça para trás para pingar a primeira gota, eu disse:

— Talvez você devesse contar à Cheryl que você tinha um filho de dezoito meses com asma, um recém-nascido com cólicas após uma cesariana de emergência, e que sua mãe apareceu querendo que você cuidasse dela também.

— Eu não queria jogar minha mãe na fogueira. Ela estava um desastre. Meu irmão se recusou a deixá-la entrar na casa dele. Se o Tim e eu não a tivéssemos acolhido, acho que ela teria acabado em um abrigo.

— Mesmo assim, foi a pior fase da sua vida, na minha opinião. Eu não consigo entender como uma mãe pode ser tão egoísta.

— Isso é porque sua mãe é a melhor mãe de todos os tempos. Ela passou os genes da bondade para você. É sério, Fern, se você não tivesse vindo passar suas férias inteiras conosco, eu não quero nem pensar no que poderia ter acontecido.

— Eu não fui a única que ajudou vocês. Seu pai estava lá também. Ele ajudou você a estabilizar sua própria família. E a maneira como ele ajudou sua mãe a se reerguer foi fora do comum para um casal divorciado. Acho que é por causa dele que sua mãe está tão bem agora.

Lily suspirou.

— Eu sei. Essa história era passado até eu começar a contar à Cheryl o que aconteceu. Eu lhe disse que ela iria gostar da Ilene se um dia a conhecesse. Só é triste lembrar que o relacionamento dos meus pais desmoronou.

— O que a Cheryl disse depois que você contou tudo a ela?

— Ela disse que o casamento deve ser sagrado e que ela gostaria que meus pais tivessem encontrado uma maneira de ficarem juntos.

— Interessante. — Voltei para a cama e me sentei com as costas contra a cabeceira de ferro, com as pernas cruzadas. — E o que você respondeu?

— Eu disse que não tinha certeza se todo casamento deve durar a vida toda.

Eu ouvi um engasgo na voz de Lily e vi uma expressão sofrida em seu rosto antes de ela desviar o olhar.

— Lily, o que foi?

Ela fez uma pausa.

— Você acha que o casamento é sagrado?

— Sim.

Ela se virou e olhou nos meus olhos.

— É mesmo? De verdade?

— Sim, claro que é.

Ela desviou o olhar novamente.

— Lily?

Seu olhar permaneceu focado em suas mãos cerradas no colo.

— E se... — Ela limpou a garganta. — E se eu cometi um erro? Quero dizer, um grande erro?

Minha mente acelerou pensando em todas as possibilidades do que ela queria dizer com um "grande erro". Eu me recusei a acreditar que ela havia feito algo irreversível. Não a Lily.

— Que tipo de erro? — Eu me mexi para que pudesse vê-la melhor e esperei que ela continuasse a falar. Vendo que ela não disse nada, repeti a pergunta com um tom tão preocupado quanto eu realmente estava. — O que aconteceu, Lily?

— Eu me casei. Foi isso o que aconteceu.

— Como assim?

— Não sei se o Tim e eu deveríamos ter nos casado. Éramos muito novos. Eu queria sair de casa e me afastar de todo o drama que estava acontecendo com minha mãe. A única saída era ele. Eu nem tinha dezenove anos. Não estávamos prontos. Não sabíamos de nada. E eu perdi tudo.

— O que você perdeu?

— Isso. — Ela gesticulou com os dois braços, abrindo-os acima da cabeça, como se estivesse abrangendo o mundo inteiro. Seu olhar se voltou para a janela e se concentrou na árvore de nêspera lá fora.

Eu a esperei respirar longa e lentamente.

— Eu não quero ser dramática — disse ela. — É só que todos esses pensamentos intensos vieram à tona depois que conversei com a Cheryl. Isso traz tantos sentimentos horríveis e confusos. Eu me sinto exposta. — Ela se virou e olhou para mim. — Estou com medo, Fern. Com muito medo que o Tim e eu estejamos no mesmo caminho que arruinou o casamento dos meus pais.

— Por que você diz isso?

Ela mudou para uma posição de pernas cruzadas na ponta da minha cama e calmamente revisou uma lista que soou tão definitiva como se ela estivesse lendo um documento judicial. — O Tim nunca está em casa. Nós dois trabalhamos o tempo todo. A agenda e atividades dos meninos consomem todas as nossas horas vagas. Não me lembro da última vez que fizemos algo só nós dois. O Tim poderia ter vindo neste safári comigo, mas ele não quis. Eu sei que vai parecer que eu estou reclamando, mas acho que ele não quer estar comigo.

— Você acha que ele está atrás de outra mulher?

— Não.

— E você? Você está atraída por outro homem?

— Não! Nós dois estamos muito ocupados e cansados para começar algo assim.

— Bem, eu tinha que perguntar.

— Eu sei. Mas não é esse o problema. O problema somos nós. Estamos em declínio.

Eu me aproximei dela e me sentei ao seu lado.

Os cantos de seus olhos cinza brilhavam com lágrimas que começavam a surgir.

— Sinto que estamos presos no caminho dos meus pais e já sei como isso vai acabar. O Tim vai me deixar e eu vou ficar igual à minha mãe, mudando para a casa de qualquer parente que me aceite até eu me casar de novo só para não ficar sozinha.

— Lily, para com isso. — Coloquei minha mão sobre a dela. — Para. Você não vai virar sua mãe. Você não errou quando se casou com Tim. Você ficou assim por ter conversado sobre seus pais. Foi isso que criou esses pensamentos. Nada disso é verdade.

— Um pouco é.

— Certo, tudo bem. Alguns desses pensamentos são verdade. Vocês dois estão ocupados e não passam tempo suficiente como casal. Isso se resolve. Seu casamento não está acabando. O Tim não está abandonando você. Vocês só estão em uma encruzilhada. Essa é a sua chance de fazer mudanças. Boas mudanças. É só isso. Vocês podem trabalhar juntos para fazer seu casamento ser melhor do que nunca.

A pele de Lily pareceu mudar de um tom vermelho febril de volta ao seu tom de pele usual, uma cor de pêssego bem clara. A agitação de seu coração agora estava sob controle. Com uma voz fraca, ela respondeu:

— Desculpe jogar tudo isso em você.

— Ei, você e eu nunca pedimos desculpas por desabafar, lembra? Nós somos livres para falar sobre qualquer coisa. Sempre.

Ela assentiu.

— Eu sabia que algo profundo estava vindo à tona quando vi você chorar no carro ontem à noite.

— Foi porque a Wanja estava falando sobre o casamento dela e como eles esperaram até que o noivo dela terminasse a faculdade. Eu me senti mal porque o Tim não terminou a faculdade. Ele queria ter terminado, mas eu engravidei muito cedo e ele teve que trabalhar.

— O Tim pode voltar para a escola a qualquer momento — respondi. — Será que ele quer?

— Eu não sei. Ele não fala nada sobre isso há muito tempo. Acho que ele desistiu.

— Então pergunte se isso é algo que ele gostaria de fazer agora.

— Não é só isso. Quando a Wanja disse que a avó e a mãe dela se casaram cedo, mas ela e seu noivo levaram as coisas no tempo deles, tudo o que eu consegui pensar foi que eu estraguei tudo. Eu me casei com o primeiro e único cara que eu beijei na vida, fugi da família que eu tinha na época e logo depois começamos a ter bebês. Por que fizemos isso? Por que ninguém nos disse para parar e ver a história como um todo?

Eu nunca tinha ouvido Lily falar com tanto remorso. Achava que as coisas na vida dela sempre aconteceram no tempo certo. Na Costa Rica, ela sabia que não queria ir para a faculdade. Um mês depois de ser oficialmente namorada do Tim, ela já tinha certeza de que o amava e que ele era perfeito para ela. Na época eu concordei com isso e ainda concordo.

— Mesmo que seus pais não tivessem se divorciado, acho que Tim e você teriam se casado na mesma época.

— Eu não sei. Poderíamos ter esperado. Você e eu poderíamos ter ido para Paris ou para o Marrocos, como sonhamos. Tim e eu nunca fomos a lugar nenhum juntos, como dissemos que faríamos. Ficamos presos em uma via expressa de empregos, bebês, casa... Conseguimos todos os nossos grandes objetivos de vida antes dos quarenta anos. Agora somos duas pessoas velhas, presas em nossos caminhos e entediadas uma com a outra e nem temos quarenta anos.

O despertador do celular de Lily tocou. Ela o tirou do bolso e olhou a hora.

— Precisamos ir. O jantar começa em cinco minutos. Eu disse ao Jim e à Cheryl que nos encontraríamos lá.

— Podemos nos atrasar um pouco se você quiser continuar falando.

— Não, eu terminei. Não tenho mais nada a acrescentar. Obrigada por me deixar desabafar.

— De nada. E se você quiser pausar essa conversa, como fazemos o tempo todo no telefone, podemos continuar com a parte dois quando voltarmos aqui à noite.

Ela fez que sim com a cabeça, alisando sua franja loira e fina para trás, tirando de cima da testa.

— Provavelmente não é coincidência que estamos longe de casa agora. Acho que nós duas precisávamos de espaço e tempo para colocar as ideias em ordem.

Eu concordei.

— Nós duas temos grandes pedaços da vida que estão quebrados e precisam ser consertados. Como o seu problema óbvio do que vai fazer em relação ao trabalho.

Eu me afastei quando Lily mudou o foco para mim. Eu não estava pronta para conversar sobre o meu problema.

— Podemos conversar sobre isso depois. — Eu sabia que precisava desabafar mais do que tinha feito com o resumo da minha mágoa e raiva que escrevi no meu diário.

Mas não agora. Não logo depois do que senti naquela tarde no campo de chá. Eu queria acreditar que o Espírito de Deus havia tocado o meu espírito e acalmado algo dentro de mim. Caminhando pelas ondas esmeralda das plantas de chá, senti-me separada dos sentimentos de pânico que me atormentaram nas últimas semanas. Eu queria prolongar essa calma um pouco mais antes de entrar no modo de resolução de problemas com Lily, a fazedora de listas. Ela iria querer pesquisar todas as opções e locais de trabalho. Em questão de uma hora, ela teria uma planilha pronta para discutirmos. Por enquanto, eu só queria me afastar daquela ferida e não nadar nela novamente, tentando manter a cabeça fora da água.

Eu esperava que aquele desejo de me afastar do problema fosse um primeiro passo saudável, e não uma simples negação.

Porém, mesmo que fosse uma negação, será que eu não podia me dar ao luxo de descansar nela só por alguns dias? Se eu estivesse em casa agora, esse seria meu primeiro dia sem ir ao trabalho. Estaria de pijama assistindo a filmes o dia todo. Teria montado uma estação de petiscos na mesa de centro e estaria no sofá, debaixo do cobertor de crochê que minha mãe fez para mim quando me mudei para o Colorado. Estaria sentada com uma caixa cheia de biscoitos amanteigados escoceses, tomando chá inglês na caneca de porcelana que minha irmã Anne comprou para mim em Londres. Estaria com minha pequena leiteira de cerâmica cheia de leite e creme, e meu bule de chá preferido seria reabastecido entre um filme e outro.

Mas, em vez disso, eu estava no Quênia.

Aqui eu não precisava de uma distração, pois já estava dentro de uma. E era uma distração maravilhosa.

Coloquei meus sapatos enlameados de volta e saímos para o brilho crepuscular da noite. Lá no alto, o céu havia suavizado para um tom desbotado de azul hortênsia, com toques de damasco contornando a borda de uma única grande nuvem.

Caminhamos juntas no silêncio confortável, típico da longa relação de irmãs que nós tínhamos. Nada mais precisava ser dito agora. Nós duas sabíamos que haveria tempo para isso mais tarde.

O edifício principal encheu nossa vista. Das muitas janelas ao longo da entrada, luzes âmbar transmitiam sua mensagem implícita de "bem-vindas de volta, viajantes cansadas". Deixar esse lugar na manhã seguinte seria difícil. Passar um único dia e duas noites agradáveis ali não foi suficiente.

Parei no caminho e Lily esperou enquanto eu tirava uma dúzia de fotos do nosso entorno. Eu queria capturar rapidamente aquela cena antes que toda a luz desaparecesse do céu. Um pensamento revigorante passou na minha cabeça como o primeiro gole de água gelada desce pela garganta. "Dani e eu poderíamos vir aqui. Juntos. Estamos livres para fazer coisas assim agora."

Eu não tinha ideia de como ou quando isso poderia acontecer, mas era uma possibilidade, e eu era uma mulher que podia começar a colecionar possibilidades novamente. Meu futuro estava em branco. Eu estava bem abastecida de páginas em branco. Encontrar um novo emprego era apenas uma parte da minha vida. Antes de me casar com o Dani, meu trabalho ocupava quase toda a minha vida.

— Sabe, Lily...

— O quê?

— Lembra quando eu disse que você e o Tim estão em uma encruzilhada?

— Sim.

— Eu também estou. Nós duas estamos.

Ela ergueu as sobrancelhas, esperando que eu dissesse mais.

— É isso. Isso é tudo o que eu queria dizer.

— Foi por isso que eu estava dizendo que ambas temos grandes pedaços da vida que estão quebrados. E também foi por isso que, no almoço, eu disse à Cheryl e ao Jim que vir aqui era um recomeço para você.

— Acho que é um recomeço para nós duas.

Lily abriu a porta do prédio.

— Provavelmente você tem razão.

— *Provavelmente*? — Dei-lhe um empurrãozinho enquanto entrava no prédio depois dela. — Vamos, diga! Diga: "Fern, você tem razão".

— Fern, você tem razão... provavelmente. Ainda veremos o que vai acontecer.

— Justo. No final da nossa viagem, vou perguntar isso de novo e saborear cada palavra quando você disser de verdade: "Fern, você tem razão".

Lily balançou a cabeça.

— Essa mania que você tem de precisar de afirmação é por ser a caçula de cinco irmãs, não é?

— Provavelmente.

— Ah, então agora é você que está dizendo que sou eu quem provavelmente tem razão?

Eu ri.

— Entendi sua jogada.

Mais uma vez, fiquei grata por ter Lily na minha vida. Ela me deixava ser eu mesma. Naquele momento eu desejei sempre corresponder à sua amizade, um verdadeiro presente, com a mesma intensidade. É raro encontrar alguém que corrija você de maneira brincalhona. Eu só me lembro de uma vez em que brigamos. No final, acabou sendo um grande mal-entendido do que cada uma pensou que a outra tinha dito.

Entramos na sala de jantar, ambas sorrindo, e entramos na fila atrás de Jim e Cheryl. Eles estavam atrás de dois homens que eu achei que eram da África Ocidental, porque estavam falando francês. Filipe havia explicado em nosso passeio que, além de ser palestrante na conferência de editores-chefes, ele também iria traduzir algumas palestras para os africanos que falavam francês.

Uma mulher cumprimentou aqueles homens, e os três trocaram uma calorosa rodada de cumprimentos em inglês e francês. A mulher era deslumbrante. Tentei não ficar encarando. Sua pele escura era destacada pelo tecido de cores vivas em seu turbante e pelo vestido cafetã solto combinando. Ela tinha maçãs do rosto proeminentes e olhos brilhantes e penetrantes. Sua postura e comportamento exalavam um toque de realeza e elegância.

Mesmo sentada à mesa, meus olhos a seguiram pela sala. Eu tinha certeza de que ela era uma princesa africana. Nunca na vida eu tinha visto alguém como ela. Nossa pequena comunidade no Colorado tinha uma mistura limitada de etnias, então aqui eu estava absorvendo a beleza da variedade.

Outra coisa que eu amava era ouvir o turbilhão de línguas, vozes e especialmente risadas que ecoava no teto de madeira escura e antiga. Se a maioria dessas pessoas estava aqui para a conferência internacional de escritores e editores, que tempo precioso e diversificado elas teriam. Talvez eu pudesse participar no ano seguinte. Talvez o Dani viesse comigo.

Contudo, algo dentro de mim murmurou: "Não ouse sonhar. Não mire tão alto". E aquele murmúrio calou minha reflexão.

Quando terminamos de comer, Jim se inclinou para nós com uma expressão severa.

— Quero que saibam que Cheryl e eu estamos felizes por vocês terem vindo nos ver. No entanto, há um problema.

Lily pareceu preocupada.

— Que problema?

— Sua estadia foi muito curta! — Ele bateu na mesa de brincadeira, enfatizando o que quis dizer.

— Queríamos que vocês ficassem mais — disse Cheryl.

Jim sorriu, parecendo satisfeito por ter assustado Lily.

— Vocês acham que poderiam ficar? — Cheryl perguntou. — A cabana fica vazia a semana toda.

Lily olhou para mim.

— Também gostaríamos muito. Meu pai vai ficar contente de termos visto vocês. Mas meu sogro não vai ficar feliz se cancelarmos o safári da viagem.

— E o que vai fazer *você* feliz? — perguntou Cheryl.

Antes que Lily pudesse formular uma resposta, uma mulher gorda vestindo roupa de *chef* correu até nossa mesa com um grande sorriso. Seu cabelo tinha fios brancos e estava raspado perto da cabeça. Ela sorriu para Lily e depois para mim.

Com um tom provocante na voz, ela disse:

— Finalmente encontrei minha tão esperada ajudante de cozinha!

Lily entendeu imediatamente e riu apontando para mim.

— É ela que você está procurando.

— A senhora deve ser a avó da Wanja — falei.

— Isso mesmo. Meu nome é Njeri — disse ela. — Agora, qual flor você é?

— Flor?

— Minha neta me disse, mas eu esqueci.

— Ah, a senhora está falando do nosso nome? — Lily riu novamente. — Eu sou a Lily.* Ela é a Fern.

---

* [N. T.] Em inglês, Fern significa "samambaia" e Lily significa "lírio".

— Fern e Lily. Um excelente nome para uma loja — disse Njeri. — Eu iria a essa loja. Vocês nem precisam vender flores, podem vender sabonetes. Eu compraria um sabonete da "Fern e Lily".

Adorei aquela mulher na mesma hora. Eu tinha visto uma princesa africana no bufê de saladas e agora estava sorrindo para uma fada-madrinha africana.

— Bem pensado, Njeri — disse Jim. — Mas o que você quis dizer com sua "tão esperada ajudante de cozinha"?

Expliquei rapidamente que tinha me voluntariado para trabalhar no Brockhurst muitos anos antes.

— E eu estou aqui para dizer que nunca é tarde demais. Posso ajudar a tornar seu antigo sonho realidade! — disse Njeri. — Venha comigo. Eu deixei as panelas e frigideiras para você.

Sem hesitação, empurrei minha cadeira para trás, pronta para pedir licença e sair da mesa.

— Você não precisa ir — disse Cheryl, segurando meu braço.

— Você não entendeu que ela está só brincando com você? — acrescentou Jim.

Eu sorri para Lily. Ela explicou para seus tios:

— É estranho, eu sei, mas acreditem: vocês perguntaram o que nos deixaria felizes e, bem, isso vai deixar Fern feliz.

Jim respondeu:

— Se você quer saber o final, olhe para o começo.

Ele falou como se fosse um provérbio ou uma citação conhecida. Eu não entendi o que Jim quis dizer, mas deixei para lá e fui à cozinha com Njeri com o coração alegre. No começo, eu pensei que ela estava apenas brincando comigo e topei a ideia. No entanto, ela não estava brincando.

Lá estava uma pia enorme transbordando de panelas e frigideiras.

— Você tem um avental sobrando? — perguntei.

Njeri deu a risada mais encantadora que eu já ouvira.

— Você está falando sério então, não é?

Uma das ajudantes da cozinha me ofereceu um avental. Eu arregacei as mangas e comecei. Quando peguei a esponja, senti o calor de meia dúzia de olhares queimando como o sol de verão em minha pele branca. Coloquei um pouco de detergente na esponja e senti que ele tinha um leve aroma de amêndoas.

Só eu consegui entender o quão doce e sagrada foi aquela hora. Eu e Jesus. Ele sabia que eu precisava estar naquela cozinha e fazer o que eu tinha em mente quando meu jovem coração sonhava em ir para a África e ser útil de alguma forma.

Eu aproveitei aquele momento, pensando em como fiquei surpresa ao ver as paisagens exuberantes da região montanhosa de Nairóbi. Mas os macacos não me surpreenderam, nem o céu, nem as vozes e os rostos das pessoas. Eu havia imaginado imagens claras desses elementos da África muitos anos atrás, quando estava curvada ao lado da lareira em uma tarde de neve no Michigan, lendo as frases extraordinárias de Hemingway descrevendo sua impressão das essências mais profundas dessa região da África. Ele falava sobre o quanto se deliciava na caçada e na caminhada, e até sobre o momento em que se ajoelhou para tocar os chifres enrolados do cudo, um antílope africano. O animal abatido tinha o cheiro da grama fresca de uma tarde chuvosa subequatorial.

Aqui a natureza selvagem e a beleza primitiva da terra estavam no ar, nas árvores e na terra vermelha. Eu senti isso. Não obstante, estive aqui apenas um dia e só tinha visto um ponto colonizado pelos britânicos naquele vasto continente. Por que as imagens aventureiras não se dissolveram em uma fria realidade, assim como tantos sonhos da minha adolescência se dissolveram quando cresci?

Uma lágrima solitária mergulhou na água com sabão. Seguida por só mais umas quatro ou cinco lágrimas sinceras. Isso era tudo o que restava dos meus anos de questionamento e arrependimento por não ter feito viagens anuais com Lily ao redor do mundo. Essas últimas lágrimas mergulharam na água com cheiro de amêndoas e gordura de frango ensaboada. À medida que se dissolviam, também se dissolveu toda a sensação persistente de que eu havia falhado com Deus de alguma forma por não ter vindo servir aqui como planejei.

O Colorado e o estágio na editora foram o melhor caminho para mim. Disso eu não tinha dúvidas. O Dani entrou na minha vida na hora certa e eu lentamente entrei na vida dele na hora certa. Porém, ser demitida do trabalho que eu amava... Como esse poderia ser o próximo passo certo?

Eu estava equilibrando a última panela no escorredor, quando Njeri voltou para o meu lado. Eu não esperava ver uma expressão tão séria em seu rosto. Ela segurou minhas mãos ainda úmidas nas dela e olhou nos meus olhos.

— "Assim diz o Senhor, o seu Redentor, o Santo de Israel."

Sua voz profunda e seu aperto firme me surpreenderam. Senti meu coração subir à garganta e as lágrimas voltarem aos meus olhos.

— "Eu sou o Senhor, o seu Deus, que lhe ensina o que é melhor para você, que o dirige no caminho em que você deve ir." "Espere no Senhor. Seja forte! Coragem! Espere no Senhor."*

Njeri inclinou a cabeça e olhou para mim como se estivesse ouvindo.

Eu não disse nada. Mal respirei.

Outra proclamação fluiu de sua voz doce, dessa vez com ternura.

— "Eles seguirão o Senhor; ele rugirá como leão. Quando ele rugir, os seus filhos virão..."**

Ela parou como se houvesse mais a dizer, mas então seus lábios se retraíram e ela deu um grande sorriso, revelando um dente faltando na parte de trás da boca. Ela apertou minhas mãos, dizendo "Sim" como se fosse uma confirmação ou amém ao que ela acabara de falar sobre mim.

— Obrigada — falei suavemente. — *Asante sana*. Eu devolvi seu aperto gentil.

Ela me soltou e se afastou.

Tirei meu avental úmido e voltei para a nossa cabana, viajando em meus pensamentos acerca do mistério que acabara de acontecer.

---

* [N. T.] Isaías 48:17 e Salmos 27:14 (NVI).
** [N. T.] Oseias 11:10 (NVI).

7

> Nunca houve uma manhã na África
> em que acordei e não estava feliz.
>
> Ernest Hemingway

Aproximando-me de nosso bangalô, eu sorri. Lily tinha acendido a grossa vela de castiçal e a colocado no largo parapeito da janela dentro do nosso quarto. O brilho trêmulo me chamava como uma melodia favorita, um convite para eu me aproximar e entrar.

Não havia outras luzes acesas em nosso quarto e Lily estava na cama quando eu entrei. Sussurrei seu nome e tirei os sapatos silenciosamente. Ela não respondeu. O sono a havia envolvido da mesma forma que me pegara naquela tarde em que me rendi a um cochilo.

Tentei fazer silêncio enquanto me arrumava para dormir e, a contragosto, apaguei com um sopro a querida vela, enfiando-me debaixo das cobertas grossas. Programei o despertador do meu celular, esperando ter calculado tempo suficiente para tomar um banho antes da Wanja chegar para nos buscar. Eu não tinha tomado banho desde a manhã em que saí de casa. Seria tão bom lavar meu cabelo, mesmo que isso significasse que eu teria de secá-lo com uma toalha. Tomara que tivéssemos água quente pela manhã.

Cair no sono foi mais difícil do que eu esperava. Meu cochilo da tarde podia ter sido parte do problema. Ou talvez fosse o enxame de pensamentos que circulavam e zumbiam ao meu redor no silêncio do nosso quarto.

Cedi à vontade de pegar meu diário, minha rede de pegar pensamentos sempre à mão, e capturei algumas das memórias zumbindo naquele dia, espetando-as nas páginas.

Com o presente do meu marido, a lanterna prática, tentei descrever os macacos e o *masala chai*. Escrevi sobre o banco perfeito entre os galhos acolhedores da velha árvore e sobre as ondas de sensações que rolaram sobre mim no campo de chá.

Quando estava tentando captar as palavras que Njeri me disse, minhas pálpebras ficaram pesadas. Eu estava pronta para fechar meu diário e meus olhos, a fim de ter sonhos prazerosos.

O triste de dormir profundamente é que nunca me lembro de nada que sonho enquanto meu corpo rejuvenesce.

Meu despertador intruso me sacudiu para pensar em acordar. Lily rolou na cama e voltou a dormir. Com um grunhido baixo, fui até o chuveiro e descobri que a água estava tépida.

"Tépida" é uma palavra horrível. Quando uma das minhas escritoras a colocou em seu livro, sugeri que ela a substituísse por "morna". No entanto, ao ficar debaixo do chuveiro de água tépida, pensei que deveria tê-la deixado manter o adjetivo que escolhera. Quem já se esforçou para lavar o cabelo em um banho tépido sabe que a palavra "morno" não consegue captar a úmida tristeza da experiência.

Eu tinha acabado de vestir roupas limpas e enrolar meu cabelo molhado em uma toalha quando ouvi a voz da Cheryl.

Enquanto eu tomava banho, ela havia entrado no nosso quarto e trazido seu presente matinal de *masala chai* quente.

— Bom dia — me cumprimentou Cheryl.

— *Jambo* — respondi com um sorriso.

Lily ainda estava na cama, se erguendo apoiada contra a cabeceira.

— Como foi o banho?

Eu queria usar a palavra exata — "tépido" —, mas não queria parecer ingrata. Não quando a Cheryl e o Jim estavam dedicando suas vidas para garantir que as pessoas na África tivessem acesso à água.

— O banho foi bom. — Aceitei o presente matinal que a Cheryl estava me oferecendo. Esfregando ansiosamente as mãos ao redor da caneca quente, tomei um gole do elixir reconfortante lentamente, com os olhos fechados. — Isso é muito bom — sussurrei. — Obrigada.

— Eu também trouxe *ugali*. — Ela apontou com a cabeça para a tigela de cerâmica que havia colocado na mesinha.

— Eu provei ontem. — Lily saiu da cama e foi até a mesinha. — Parece com grãos de milho, só que é feito de milho branco em vez de milho amarelo.

Olhei para o bolinho branco na tigela. Parecia o montinho de mingau quente da Cream of Wheat que minha mãe costumava fazer para os cafés da manhã de inverno na fazenda. Mas o *ugali* parecia precisar de muito leite para diluí-lo o suficiente para ser comido como mingau.

Mas parecia que leite não era necessário.

Lily pegou um pequeno pedaço e fez uma bolinha com ele. Ela sorriu e fez um aceno com a cabeça, como que dizendo "Vá em frente".

Seguindo o exemplo de Lily, provei o *ugali* pela primeira vez. Sua consistência fez com que entalasse na minha garganta. Não tinha muito sabor. Mastiguei até sentir que iria engolir facilmente. Então alcancei minha caneca de *chai*, grata pela bebida elegante e reconfortante, e torcendo para que a Cheryl não percebesse que não peguei outro pedaço de *ugali*.

Ela não percebeu.

Isso porque a Wanja chegou adiantada. Batendo à nossa porta, ela gritou:

— Ô de casa! As Peregrinas estão acordadas? — Ela entrou com um sorriso vibrante, carregando uma cesta. Parou e deu uma olhada no quarto. — Ah, vejo que não sou a única que achou que vocês precisavam de um café da manhã na cama. O que você trouxe, Cheryl?

— Ela trouxe *ugali* — disse Lily.

A resposta franziu a testa do lindo rosto da Wanja.

— E *masala chai* — acrescentei, levantando minha caneca.

— Você trouxe *ugali* para elas? — Wanja riu. — Entendi. Bem, não precisa me dizer se elas comeram, porque eu sei que sim. Essas duas não são turistas comuns, são? Elas precisam experimentar *ugali* pelo menos uma vez.

— Eu já provei duas vezes — disse Lily.

Wanja riu novamente.

— Essa moça praticamente já é daqui.

Cheryl estava espiando o interior da cesta de vime que ainda pendia do antebraço de Wanja.

— Isso que estou vendo é pão de banana da Njeri?

— Sim. E ainda está quente — Wanja tirou o pão da cesta junto com um prato e uma faca. — Vou contar a vocês uma coisa que minha avó não vai contar. O ingrediente secreto dela é mel. Mel local das colmeias da irmã dela. Ela diz a todos que a receita é segredo, mas não é. Todo mundo aqui conhece essa receita. Eu compartilho com vocês se gostarem do pão dela.

Cheryl já havia cortado fatias grossas do pão e estendeu o prato para nós. Lily e eu pegamos o prato rapidamente e ao mesmo tempo. Nossas mãos se esbarraram. Wanja e Cheryl riram da nossa empolgação.

— Isso diz muito sobre o que vocês acharam da minha contribuição para o seu café da manhã — disse Cheryl.

— Eu adorei o *chai* — falei com sinceridade, mas percebi que pareceu que eu estava oferecendo condolências. Então dei uma mordida no pão de banana mais molhadinho e delicioso que eu já tinha provado.

— Então eu não precisava ter trazido café, precisava? — Wanja fez um beicinho exagerado.

— Sim! — disse Lily. — Eu adoro café.

— Ótimo. Eu também. — Wanja deu a Lily um sorriso satisfeito. — Bom para nós, então.

Eu me sentei de pernas cruzadas em cima de minha cama desarrumada e tirei a toalha da cabeça. Sacudindo meu cabelo na altura do cotovelo, torci para que secasse rapidamente com os raios de sol da manhã que nos agraciavam pela janela.

— Senti falta dos macacos hoje — comentei.

— Eles comeram todas as nêsperas — explicou Cheryl. — Você deve tê-los visto no último dia que ficaram naquela árvore. Agora só na próxima estação.

Dando outra mordida no pão de banana, observei Wanja tirar de sua cesta uma grande garrafa térmica, quatro canecas de cerâmica, um pote de vidro de leite e um pequeno recipiente transparente que parecia conter açúcar mascavo.

— Você tem sua própria bolsa mágica da Mary Poppins. — Meu comentário passou sem nenhum tipo de reconhecimento da Wanja. Acho que Mary Poppins não era tão universal quanto eu pensava.

Lily deu um suspiro de satisfação depois do primeiro gole da mistura especial de café da Wanja.

— Vou aceitar isso como uma afirmação da sua aprovação — disse Wanja.

— Está delicioso.

— É porque esse café é cultivado no Quênia.

— Minha irmã adoraria ter a receita desse pão de banana — falei.

— Qual irmã? — perguntou Lily.

— A Jo. — Para o benefício de Cheryl e Wanja, expliquei minha abundância de irmãs. — Sempre pensei que, de todas nós, "mulherzinhas",* a Jo se tornaria a escritora.

Elas não fizeram a conexão entre o nome "Jo" e minha ênfase em "mulherzinhas". Então, expliquei por que a Jo gostaria de ter a receita:

— Ela adora cozinhar e tem um *blog* que é muito divertido, porque ela posta tanto seus sucessos quanto seus desastres.

— Vou enviar a receita secreta para Lily, já que não tenho seu e-mail — disse Wanja. — Diga à sua irmã que o pão de banana fica ainda melhor com pedaços de chocolate ou nozes.

Wanja ficou à vontade na beira da cama de Lily e nós quatro fizemos o que as mulheres do mundo inteiro fazem quando param para tomar café com as amigas: ficamos em um clima relaxado, brincando umas com as outras, elogiando umas às outras, e sorrindo, porque momentos assim são fugazes e maravilhosos.

---

*[N. T.] *Mulherzinhas*, de Louisa May Alcott, é um livro que celebra a amizade verdadeira, contando a história de quatro irmãs muito diferentes na época da Guerra Civil Americana: Meg, a irmã mais velha e obediente; Beth, a irmã introvertida, tímida e pacificadora; Jo, a irmã impulsiva e de personalidade forte; e May, a irmã vaidosa e orgulhosa. Das quatro, Jo é a escritora, que compõe suas obras no sótão da casa, sendo inspirada na própria autora Louisa May.

Porém, aproveitamos nosso lazer um pouco demais, e Lily e eu tivemos de correr para nos aprontar. Meu cabelo ainda estava molhado, então peguei uma bandana de tecido costurada à mão que minha mãe fez. Todo Natal, minhas irmãs e eu ganhávamos dela como lembrancinha um novo conjunto de acessórios para cabelo. A bandana que escolhi tinha uma estampa de animal. De leopardo, eu acho. Nunca a usei no Colorado, mas foi uma das duas que eu coloquei na mala e hoje parecia o dia certo para usá-la.

Wanja nos apressou. As rodinhas das nossas malas ressoaram em frente às outras cabanas com o mesmo barulho que fizeram no caminho irregular na noite em que chegamos. Devemos ter parecido muito barulhentas em nossa aproximação da cabana à meia-noite. Naquela manhã, nosso barulho apenas se somava ao concerto dos pássaros e ao soprador de folhas de um jardineiro que estava se aproximando de nós. O Brockhurst estava vivo com sons matinais e movimento, e nós estávamos nos afastando do zumbido dessa colmeia adorável.

A tristeza que senti ao ir embora parecia esmagar meu coração. Tentei segurar as lágrimas quando abracei a Cheryl e agradeci por sua generosa hospitalidade.

Ela me beijou na testa, como havia feito na manhã do dia anterior.

— Que o Senhor esteja com você.

Minha resposta automática foi:

— E com a senhora também.

Lily não segurou as lágrimas. Ela abraçou a Cheryl por um longo tempo, enquanto Wanja colocava nossas malas na van e ligava o motor. Entrei no carro e olhei pela janela. Cheryl entregou algo para Lily e elas se despediram.

Conforme a Wanja dirigia o carro para longe, Lily e eu observamos pela janela traseira da van. Cheryl ainda estava olhando para nós, acenando com um lenço, assim como os passageiros de um navio faziam no convés há cem anos. Acho que ela não conseguiu nos ver acenando de volta, mas continuamos a acenar até a van sair pelo portão e desaparecermos de vista.

Senti que a imagem da Cheryl acenando com o lenço ficaria comigo pelo resto da vida. Parecia ser um toque duradouro do charme do velho mundo, que havia se apegado ao Brockhurst desde seus primórdios de influência britânica. A Cheryl era esse charme em pessoa. Ela era uma mulher que vivia uma vida de propósito, bondade e amor.

Lily ainda estava com lágrimas escorrendo pelo rosto. Procurei em minha bolsa um pacote de lenços de papel, mas Lily não precisava disso. Ela silenciosamente ergueu um lenço branco de tecido que usou para secar o canto dos olhos. Eu não precisei perguntar onde ela conseguiu aquilo, pois sabia que a Cheryl tinha lhe dado naquela despedida prolongada.

Um presente tão gentil. Aquilo me deu vontade de comprar lenços e aprender a bordar iniciais e pequenas flores no canto, só para tê-los à mão para dar como presentes especiais. Não que os raros convidados que ficavam no sofá de nosso apartamento entendessem o charme e a intenção de um presente assim. Mesmo assim, eu queria ser como a Cheryl: dar beijos na testa e colocar lenços em mãos que se despedem.

Wanja dirigiu em uma espécie de silêncio respeitoso, até que perguntou se estávamos ansiosas pelo nosso dia. Ela nos disse que iríamos fazer um passeio na casa onde foram filmadas partes do filme *Entre dois amores*.

— Nós assistimos ao filme no avião — disse Lily. — Estou curiosa para descobrir quanto dele foi real.

— Falando em passeios — acrescentei —, Wanja, queria contar a você que fiz uma longa caminhada pelo campo de chá.

— Sério?

— Sim, e eu gostei muito.

— Estou vendo — Wanja me olhou pelo retrovisor e pude ver que ela estava sorrindo, embora eu não conseguisse ver todo o seu rosto. — Ouvi dizer que você também teve outro desejo realizado. Na cozinha.

— Sim, é verdade. Eu lavei louça na África. Ou melhor, lavei panelas e frigideiras. Sua avó guardou as mais trabalhosas para mim.

— Ela tem um jeitinho especial, não é mesmo? — disse Wanja.

— Ela tem. E fez algo que eu nunca tinha visto antes. Ela falou comigo como se estivesse me dando uma bênção. Tenho quase certeza de que as palavras foram todas da Bíblia, só não sei as referências.

— É, ela faz isso. Ela conhece a Bíblia melhor do que qualquer pessoa que eu conheço. As passagens saem da boca dela em muitos momentos inesperados. Fiquei curiosa, o que ela disse a você?

Tentei me lembrar e peguei meu diário para ver o que havia anotado na noite anterior. Quando eu tivesse tempo, iria procurar os versículos. Para Wanja, dizer as partes principais já era o bastante.

— Parece que o Senhor queria tranquilizar você, confirmando que a está dirigindo. Você está prestes a fazer alguma mudança na vida?

No caminho para o Brockhurst, eu não tinha dito nada a Wanja sobre ter perdido meu emprego. Fiquei me perguntando se Njeri sabia. Será que ela ouviu isso de Filipe ou Viola?

Não importava.

— Sim. Vou ter que tomar decisões importantes quando voltar para casa — respondi. — O que sua avó disse e a maneira como disse foi reconfortante, sabe?

— Sei, sim. Ela profetizou verdades e bênçãos sobre mim a minha vida toda. Deus já usou as palavras dela muitas vezes. Fico feliz que você tenha anotado o que ouviu enquanto ainda lembrava. Quando ler seu diário daqui a alguns meses, verá que isso foi para preparar você. Para preparar seu coração para confiar em Deus.

— Desculpe por não ficado com você ontem à noite — disse Lily. Ela tinha guardado o lenço e parecia mais calma. — Se eu não estivesse tão exausta depois que jantamos, eu teria ajudado você. De verdade.

Naquele momento, percebi o pouco tempo que Lily e eu passamos juntas no dia anterior. Ela estava com a Cheryl e o Jim, e era exatamente isso que ela devia ter feito naquela hora. Mas fiquei triste de não ter contado a ela sobre o campo de chá e a bênção de Njeri. Torci para que o restante da nossa viagem fosse mais unido.

Nós três começamos a conversar sobre as maneiras como ouvimos Deus. Wanja disse que muitas vezes Deus falava com ela por meio de sua avó. Eu disse que escrevia orações no meu diário. Lily disse:

— A única coisa que eu escrevo são listas. Muitas listas compridas.

— Talvez Deus direcione você dessa forma — sugeriu Wanja. — Coisas positivas em uma lista, negativas em outra.

Lily disse que nunca tinha pensado nisso dessa forma, depois mudou de assunto e perguntou a Wanja há quanto tempo ela trabalhava para a agência de turismo.

Continuamos a descer a estrada da montanha e notei que o mundo ao nosso redor estava completamente desperto. A viagem era muito mais interessante agora que podíamos ver detalhes à luz da manhã, detalhes que não havíamos conseguido ver na escuridão quando chegamos.

Assim que entramos na estrada principal, a viagem ficou mais suave e menos verde, pois saímos da área florestal. O tráfego ficou mais pesado. Estávamos viajando em uma velocidade maior, porém os carros, minivans e vários ônibus se lançavam na nossa frente sempre que tinham a chance de ultrapassar. Todo mundo estava com tanta pressa na estrada que levava a Nairóbi quanto os motoristas lá em casa estariam a caminho de Denver.

— Somos um mundo de pessoas que estão sempre com pressa — comentei.

— Também é assim onde você mora? — perguntou Wanja.

— Sim. É diferente, mas todos estão correndo para chegar a algum lugar.

— A principal diferença — disse Lily — é o número de pessoas que andam a pé aqui. Nos Estados Unidos, vamos de carro para todos os lugares.

Eu também tinha notado. Em ambos os lados da estrada, as pessoas estavam caminhando para onde precisavam estar naquela manhã. Mulheres andavam na terra à beira da estrada, usando vestidos e carregando cestos na cabeça. Homens de calças e camisas brancas pedalavam bicicletas. Crianças em uniformes escolares mantinham um ritmo acelerado.

Onde eu morava, as pessoas saíam a pé de casa para correr ou para passear com seus cães, mas nunca carregando caixas, cestos ou livros escolares, fosse qual fosse a distância necessária para realizar as tarefas diárias.

Tentei tirar algumas fotos sem ser notada, caso parecesse invasivo. Queria me lembrar desse ritmo do Quênia, encontrado no movimento cotidiano das pessoas. Também queria adicionar mais detalhes no meu diário. Queria encontrar uma maneira de descrever o que eu estava vivendo, e não apenas fazer uma lista das coisas que vi ou que aconteceram.

Peguei meu diário na mochila e escrevi rapidamente. Não tinha certeza se conseguiria ler minha própria letra quando voltasse a essas páginas mais tarde. Mas esse detalhe não importava. O que fazia eu me sentir contente era que eu estava capturando meus pensamentos enquanto estavam frescos e colocando-os em palavras a fim de guardá-los. Mesmo que eu fosse a única a ler essas anotações rabiscadas, sabia que ficaria feliz de pelo menos ter tentado preservar o que estava vendo e sentindo.

Uma das autoras com quem trabalhei há alguns anos tinha a tendência de descrever demais em seus livros. Antes de eu começar a trabalhar na edição de seu primeiro livro, nós duas passamos várias horas conversando sobre o que ela esperava do processo. Demorei um pouco para encontrar o melhor ritmo para seus parágrafos longos e capítulos irregulares. Depois que encontrei o caminho através da floresta de sua escrita, reduzi sua prolixidade ao que era essencial, mas mantendo aquele toque extra de cor e estilo que se tornou sua marca registrada e encantou seus leitores.

Ela ganhou um prêmio por seu terceiro livro. Fiquei muito feliz por ela. Enviei-lhe uma caixa de trufas para comemorar. Para minha surpresa, ela me mandou flores no mesmo dia, com um bilhete que dizia: *Obrigada por fazer eu parecer que sei o que estou fazendo. Eu sempre fui uma escritora. Você fez de mim uma autora.*

Aquela memória me tocou.

Eu amava trabalhar com escritores, ajudando-os com seus livros. Eles tinham a capacidade de dar vida às suas ideias de histórias. Eu era apenas a parteira que os ajudava a dar à luz um livro saudável.

Será que essa fase, esse privilégio, havia chegado ao fim? Ou será que eu poderia ganhar dinheiro suficiente sendo editora *freelancer* e trabalhando em casa?

Eu era uma mulher cheia de possibilidades. Não foi isso que decidi na noite passada, quando disse a Lily que estávamos ambas em uma encruzilhada?

O que me faria feliz? Não foi essa a pergunta da Cheryl para nós no jantar?

Eu estava prestes a ter uma sobrecarga mental quando Wanja parou em um estacionamento de cascalho. Ela estava presa atrás de um caminhão de entrega, esperando para conseguir um lugar para que pudéssemos sair da van. Fechei meu diário pensando que aquela ação decisiva desligaria minha cachoeira de perguntas. Mas minha interrogação interna não parou.

E se eu tentasse escrever um livro? Será?

Pela primeira vez na minha vida, permiti-me pensar em como seria isso: não editar a criação de outra pessoa, mas criar minha própria história. Será que eu conseguiria dar à luz uma história original?

O pensamento foi persistente e, curiosamente, me ocorreu no estilo do Dr. Seuss. Rapidamente abri meu diário de novo e acrescentei o pensamento em forma livre:

> Eu não quero ler um livro.
> Eu não quero editar um livro.
> Eu não quero vender um livro.

Não.
Eu quero escrever um livro.
Meu próprio livro.
Um livro com uma visão.
Uma visão do Quênia.
Lindo e vibrante Quênia.

A ideia parecia tão ridícula quanto a maneira boba com que eu havia apanhado os pensamentos. Meu rosto ficou vermelho de constrangimento interno, e guardei meu diário junto com a atrevida ideia de que o Quênia precisava que eu contasse uma história sobre ele.

Wanja desligou o motor e Lily abriu a porta lateral da van. Suas ações interromperam meus pensamentos saltitantes. Estávamos no Museu Karen Blixen, prestes a visitar a casa de uma verdadeira escritora que, mais de cem anos atrás, mudou-se para o Quênia e contou com sucesso as histórias do lindo e vibrante continente africano.

8

> Palavras bondosas são como mel:
> doces para a alma e saudáveis para o corpo.
>
> Provérbios 16:24 (NVT)

— Agora estamos no distrito de Karen — disse Wanja, quando saímos da van. — Ele tem esse nome por causa de Karen Blixen, a baronesa dinamarquesa que viveu na casa que vocês estão prestes a visitar.

— O pseudônimo dela era Isak Dinesen. — Essa curiosidade literária aleatória saiu da minha boca antes que eu pudesse evitar.

— Então, por que esta região se chama Karen? — perguntou Lily. — Por que não Isak?

— Pergunta interessante — disse Wanja. — Eu não sei.

— Estou envergonhada em confessar que minha visão do Quênia é altamente romantizada — disse Lily.

Wanja parou de andar e olhamos juntas para a grande casa em estilo bangalô que apareceu ao final da estrada de cascalho. A frente da casa era uma varanda coberta. Estendendo-se ao nosso lado havia uma enorme área gramada, cercada por grandes árvores de sombra. A cena parecia ter parado no tempo e era muito semelhante à casa do filme que assistimos.

— O Quênia também é um lugar romântico para mim — disse Wanja suavemente. — Essa terra pertencia ao meu povo, a tribo Kikuyu. Ela tem um valor insubstituível, mas nosso povo foi dominado e o país inteiro passou por muitos anos sangrentos. A maioria da minha geração só conhece a dádiva da educação e das oportunidades de crescimento. Nós não repetimos mais as histórias de nossos ancestrais. Meu próprio avô foi torturado por soldados britânicos durante a revolta pela independência.

Instintivamente, coloquei a mão sobre o ombro dela. Aquela breve comunhão pareceu trazê-la de volta ao presente.

— Bem, chega de lições de história da minha parte. Vocês precisam encontrar o guia para ter uma visita adequada a essa casa romântica.

Um homem desceu a varanda coberta da casa e levantou a mão para nos cumprimentar.

— Chenge — chamou Wanja. — Venha conhecer algumas de minhas pessoas favoritas.

Lily e eu dissemos olá ao mesmo tempo. Lily acrescentou *Jambo!* e Chenge acenou com a cabeça educadamente.

— Então, Chenge, eu prometi a melhor visita à casa e aos jardins para as minhas Peregrinas favoritas, já que você é o melhor guia, não é verdade?

— Se você está dizendo... — Ele sorriu. — É bom ver você, Wanja. Como está sua mãe?

— Ela está bem, obrigada. E a sua?

— Muito bem.

O guia de meia-idade voltou-se para nos cumprimentar. Ele apontou em direção à área gramada em frente à casa e explicou que todo aquele movimento de caminhões, tendas e cadeiras era em preparação para um casamento ali naquela noite.

— Um casamento? — Lily se animou. — Que lindo cenário. É isso que eu faço. Trabalho em uma empresa de planejamento de eventos em Nashville. Nós procuramos locais para casamentos o tempo todo. Se tivéssemos um lugar como esse em Nashville, eu teria reservas para ele o tempo todo.

— Tentei convencer Wanja a se casar aqui — disse Chenge. — Mas ela quer se casar na igreja.

Wanja deu de ombros com carinho.

— Nós gostamos da nossa igreja. — Voltando-se para nós, ela disse: — Vou deixá-las nas boas mãos de Chenge e volto mais tarde para levá-las ao hotel para almoçar.

— Somos as únicas que vão fazer essa visita? — perguntou Lily. — Pensei que iríamos nos encontrar com o restante do grupo aqui.

— Os outros hóspedes optaram por passar a manhã no hotel. Aproveitem!

— Por aqui, por favor. — O sotaque de Chenge era mais carregado que o de Wanja, e demorou um pouco até eu sentir que conseguia entender tudo o que ele estava dizendo.

Ele começou a visita nos levando para fora, apresentando alguns equipamentos de cultivo de café.

— Karen Blixen morou aqui por dezessete anos. Ela cultivou 240 hectares e tentou plantar café. Porém, sua tentativa fracassou e Karen foi forçada a voltar pobre à Dinamarca. Depois que partiu, ela escreveu sobre o continente africano e foi indicada duas vezes para o Prêmio Nobel.

Chenge nos conduziu à frente da longa varanda, onde Lily e eu ficamos paradas, encantadas. Embora tivéssemos ouvido que o filme usou outro local para gravar muitas das cenas, a casa pareceu familiar para mim.

Pendurado na parede externa da casa, havia um belo retrato de um homem africano. Era uma pintura feita por Karen de um homem que trabalhou para ela. Ao lado da casa havia uma pequena mesa redonda cuja base era um grosso tronco de madeira. Chenge nos disse que era ali que Karen costumava se encontrar com o povo local quase todos os dias. Eles vinham até ela com ferimentos e ela ajudava a cuidar deles. Ela escolheu aquele canto da propriedade por causa da vista das Colinas de Ngong.

— Em suaíli, Ngong significa '"nó ou articulação dos dedos". Chenge ergueu seu punho de forma que as partes arredondadas dos nós de seus dedos se alinharam com as colinas. — Conseguem ver a semelhança?

De longe dava para ver os nós arredondados elevando-se acima de um denso bosque de grandes árvores. Aquele canto agradável da casa oferecia uma vista idílica.

Lily ficou para trás, absorvendo tudo aquilo. Eu segui Chenge para dentro da casa e ele explicou que não era permitido tirar fotos lá dentro. Ele apontou para as tábuas de madeira escura no chão, dispostas em um padrão de espinha de peixe.

— A madeira durou tanto tempo porque é de cedro. Os cupins não estragam o cedro.

Lily nos alcançou na sala de estar. Outro grupo de turistas estava entrando em uma parte diferente da casa com seu guia. Podíamos ouvir a conversa abafada deles.

— Olhe! — disse Lily. — Um toca-discos antigo, igual ao do filme. Lembra quando eles tocaram música clássica para os macacos?

Ela lançou a mim um olhar que enfatizava sua aversão a macacos.

Fiquei intrigada com a forma como a luz entrava pelas grandes janelas na sala seguinte. Queria poder tirar fotos dos móveis de época, do tapete de pele de leopardo e das pinturas nas paredes.

— Vocês duas vão gostar disso — disse Chenge.

Ele nos conduziu a um dos dois quartos bem iluminados. A área onde estavam a cama e a cômoda estava isolada por uma corda. Chenge apontou para um grande baú encostado na parede, com uma fivela ornamentada e lindas gravuras.

— Acredita-se que este é um dos baús originais de Karen — disse ele orgulhoso. — Ela podia ser uma Peregrina como vocês.

Sorri para ele, a fim de que soubesse que eu apreciava sua tentativa de personalizar nosso passeio. Fiquei pensando no que Lily devia achar de nosso apelido. Eu estava começando a gostar dele.

Chenge não demorou muito naquele local, apesar de que eu gostaria que ele fosse devagar para podermos absorver todos os detalhes. Ele nos levou até o banheiro, onde apontou para a banheira de estanho e para a pia floral de porcelana, com uma jarra sobre uma mesa de apoio de madeira. Seguimos para a elaborada sala de jantar, onde fizemos uma pausa.

— Essa mesa é tão linda — comentou Lily. — E tão grande. Ninguém tem mesas grandes assim mais. Você consegue imaginar como seria ser convidado para jantar aqui?

— Edward, o rei que renunciou ao trono da Inglaterra, foi convidado aqui e jantou nessa mesa — disse Chenge.

Eu queria me lembrar desse fato para impressionar minha irmã Anne, que sempre foi louca por tudo relacionado à monarquia britânica.

Lily e eu logo descobrimos que era mais fácil imaginar ser um convidado jantando carne de caça e raízes do que ser o cozinheiro responsável por criar uma refeição suntuosa para os convidados. Quando visitamos a cozinha, localizada em um anexo à parte, a escassez foi alarmante. Como alguém conseguia cozinhar em um fogão de ferro fundido tão desajeitado como aquele?

Antes de irmos embora, Chenge nos direcionou para um local onde havia uma estante com portas de vidro, onde estavam guardados os livros de Karen, juntamente com algumas fotos e outros objetos de recordação. O primeiro livro da estante a chamar minha atenção foi *A festa de Babette*.

— Gosto muito dessa história — disse a Lily. — O filme do livro é um dos meus favoritos.

— Favoritos? Assim como nós somos para Wanja? — perguntou Lily com um sorriso.

— Sim, exatamente.

— Eu gosto quando ela nos chama de Peregrinas. E você?

Eu fiz que sim com a cabeça, ainda focada na estante. Aqueles livros eram um resumo muito interessante da vida de Karen. Mais uma vez, a ideia de escrever um livro sobre o continente africano surgiu na minha mente. Afastei aquele pensamento, como se fosse um mosquito perturbador. Escritores tinham um dom especial. Eu conhecia muitos e sabia que eles eram disciplinados. E criativos. Eu não era nem uma coisa nem outra. Minhas qualidades e atributos eram outros. Mas tornar-me uma escriba encarregada de um arranjo meticuloso de vinte e seis letras, processo repetido em páginas e páginas, de forma a dizer algo significativo... bem, esse trabalho era para outras pessoas.

Risquei a ideia de escrever um livro da lista de possibilidades futuras. Foi bom sacudir para fora essa ideia. Como nenhuma outra possibilidade intrigante a substituiu, deixei meus pensamentos retornarem ao lugar nebuloso onde era fácil focar apenas no aqui e agora.

Lily estava rolando a tela do celular.

— Escuta só isso — disse ela. — Eu estava tentando descobrir quais cenas foram filmadas aqui porque esqueci de perguntar ao nosso guia. Aí encontrei esta citação de Meryl Streep explicando por que ela queria interpretar o papel de Karen Blixen. Parece que ela disse: "A meu ver, o que me atraiu nela foi essa ideia que ela expressou sobre si mesma, dizendo que podemos suportar muito sofrimento se o transformarmos em histórias". — Lily olhou para mim. — Você acha que isso é verdade?

Outro grupo de turistas entrou no pequeno espaço, então sugeri que fôssemos para fora. Encontramos duas cadeiras de jardim na sombra e sentamos lado a lado, de frente para a casa. Estávamos longe o suficiente dos trabalhadores que estavam montando uma cobertura para o casamento, mas perto o suficiente da casa para que Wanja nos visse quando chegasse.

— Eu não sei se transformar o sofrimento em uma história é o que ajuda uma pessoa a suportar muita coisa. Acho que é Deus quem nos dá coragem e força.

— E quanto ao sofrimento?

— Ele é inevitável. Para todo mundo. Você não acha?

— Sim, mas algumas pessoas sofrem mais do que outras. — Lily pegou seus óculos de sol. — Você não me disse uma vez que muitos escritores se baseiam em suas próprias experiências de vida quando escrevem livros?

— Acho que sim. Isso se aplica a alguns escritores, mas não a todos.

— Acho que seria difícil escrever um livro, especialmente se envolvesse meu próprio sofrimento e dificuldades, mesmo sendo transformado em ficção.

— Verdade. É muito difícil escrever um livro.

— Mas deve ser uma espécie de terapia, não é? Uma chance de tirar tudo para fora de nós e olhar de longe.

— Sim. Também pode ser uma chance de mudar o final de algo que não deu certo na vida real — acrescentei.

— Você pode criar algo útil e positivo a partir de coisas horríveis que aconteceram com você.

— Foi isso que eu quis dizer quando li aquela citação — disse Lily. — E quer saber? Todas as mulheres que eu conheci até agora nessa viagem me surpreenderam. Nenhuma delas é o que eu esperava. Nem Cheryl, nem Wanja, nem Karen.

— Nem Njeri — acrescentei. — Você tem razão. Todas elas são notáveis.

— Cheryl me lembra um pouco de você.

— De mim? — Eu não entendi a ligação.

— Tem a ver com o sofrimento. Vocês duas são boas sobreviventes.

— Sobreviventes?

— Sim. Acho que o que você passou com Miqueias foi uma história de sobrevivência. É impressionante que ele esteja estabilizado agora, depois de tantos anos de sofrimento que ele fez você passar.

— Eu não diria isso dessa forma.

— Eu sei que você não diria, mas eu diria. Foram anos difíceis para você.

Eu não consegui discordar de Lily, mas também senti que aquela fase da vida já tinha passado. Não queria pensar nisso e não queria falar sobre isso aqui e agora. Dani e eu superamos isso. E o melhor de tudo é que Miqueias superou também.

— Você também teve sua cota de dificuldades — falei.

— Sim, mas não da maneira que você teve. E Tyler e Noah não terminaram o Ensino Médio por enquanto, então talvez ainda haja coisas assustadoras pela frente. — Lily soltou um longo suspiro. — Me pergunto como eles estão.

— Você já ligou para o Tim?

— Não, só enviei mensagens. Não queria contar isso para você, mas Tim e eu tivemos uma grande briga pouco antes de eu viajar.

— Você não queria contar, assim como eu não queria contar que fui demitida?

— Sim, isso mesmo. Eu não queria trazer nenhuma tristeza para a nossa viagem.

— Eu também não.

Ela abaixou os óculos de sol e trocamos sorrisos compreensivos. Não há presente como um amigo que conhece bem você.

— Por acaso, a briga foi por causa dessa viagem? Porque eu vim com você em vez do Tim?

— Não. — Ela chegou mais perto de mim. — Tim apoiou que fizéssemos a viagem juntas desde o começo. Nossa briga foi sobre comprar outro carro. Quer dizer, foi por isso que brigamos porque, com nossos dois meninos dirigindo, eu tenho que ficar sempre pedindo carona. Detesto fazer isso.

Eu assenti, lembrando dos problemas que tivemos quando Miqueias começou a dirigir alguns anos atrás.

— Eu entendo.

— Eu sei que você entende.

Virei minha cadeira para poder ver Lily de frente e ficar com as costas ao sol.

Ela falou mais baixo quando alguns visitantes passaram.

— O verdadeiro motivo da briga foi porque estamos desconectados. Ninguém sabe o que está acontecendo com o outro. Meus problemas não parecem tão grandes para ele, e eu tenho pouca compreensão e simpatia pela pressão que ele está enfrentando. Ambos dissemos coisas horríveis. Eu me desculpei. Ele se desculpou. Mas continuo sentindo que não quero falar com ele ainda. É como eu disse ontem: Tim e eu estamos em uma situação ruim.

— Isso pode mudar. Acho que você deveria ligar para ele.

Lily se virou para o outro lado e deu um longo suspiro.

Ficamos sentadas juntas em silêncio por alguns minutos, deixando nossos pensamentos se acalmarem. Anos atrás, Lily e eu criamos uma estratégia para nossos momentos de desabafo. Concordamos que queremos sempre nos sentir à vontade para contar qualquer coisa uma para a outra, sem nos julgarmos. Para avaliar a quantidade de conselhos que queríamos no final de nossos desabafos, inventamos uma pergunta simples: *simpatia ou sugestões?*

Eu tinha quase certeza de que esse era um desabafo em que Lily queria simpatia. Foi assim que eu me senti quando o avião estava pousando e eu contei a ela minha verdade confusa. Contudo, só para ter certeza, fiz nossa boa e velha pergunta:

— Simpatia ou sugestões?

Ela fez uma pausa antes de decidir.

— Simpatia agora, sugestões depois.

— É claro. Sinto muito que essas coisas estão pesando em você, minha amiga.

— *Asante sana* — respondeu Lily.

Eu me recostei no assento e ela fez o mesmo. Ficamos olhando os grupos de turistas indo e vindo, e olhamos o relógio, pensando em quando Wanja iria voltar.

— Lembra quando eu disse que as mulheres que conhecemos aqui são notáveis?

— Sim.

— Eu me pergunto se você e eu estamos em outra versão de *Bondosos e corajosos**. Enfrentamos coisas difíceis. Estamos exaustas, mas seguimos em frente.

— Eu não acho que parecemos com elas. Quero dizer, ter que dividir meu carro não está no mesmo nível de Karen arar seus próprios campos de café ou Cheryl sobreviver a facadas. Minhas reclamações são sobre coisas do primeiro mundo. São problemas de pessoas privilegiadas.

— Mas mesmo assim são problemas.

Depois de alguns minutos, Lily disse:

— Você sabe o que eu quero com Tim? Eu quero sentir algo de novo. Quero recuperar um pouco de doçura na minha vida. Estou cansada de sempre me sentir entorpecida, como se estivesse em um impasse com ele.

— Doçura. — Eu não tive certeza se tinha pensado aquela palavra ou dito em voz alta.

— Sim, querida? — respondeu Lily de forma brincalhona.

— Ah, então eu disse em voz alta.

Lily riu.

— De onde veio isso?

— É porque doçura lembra mel, e mel era o ingrediente secreto de Njeri. Pense bem: antes da manhã de hoje, quando foi a última vez que você comeu pão de banana? Em um café ou em casa?

— Eu não consigo me lembrar. Faz muito tempo.

— Eu sei. Digo o mesmo. Mas eu amei o pão de banana de Njeri.

---

*[N. T.] *Brave and kind* [Bondosos e corajosos] é uma série de documentários que tem foco em destacar histórias inspiradoras de pessoas que fazem a diferença em suas comunidades e no mundo através de atos de bondade e coragem.

— Eu também — disse Lily. — Mas o que você quer dizer com isso?

— Pão de banana é apenas pão de banana, e a vida cotidiana em nosso mundo ocidental acelerado é apenas vida cotidiana. Mas quando você muda algo, como adicionar mel, o ordinário se torna delicioso. Tão delicioso que faz você sorrir e se sentir feliz por dentro.

— Você quer dizer que eu deveria ligar para Tim e dizer algo doce para ele.

— Sim. Por que não?

Lily deixou meu pensamento aleatório pousar sobre ela por um minuto.

— Você sabe que vê a vida de maneira diferente da maioria das pessoas, não sabe?

— Eu não acho.

— Eu acho. É por isso que sou sua melhor amiga. Você precisa de alguém que diga essas coisas.

— E você precisa de alguém que diga para ligar para seu marido e dizer umas palavras gentis. Só isso. Só acrescente um pouco de doçura ao dia dele.

Lily não retrucou. Ela ficou distraída olhando para as Colinas de Ngong. Suas mãos estavam fechadas, fazendo com que os nós dos dedos ficassem saltados.

Virando-se para mim com um olhar zombeteiro, ela disse:

— Eu tinha dito "sugestões depois".

— Como você quiser... doçura.

— Chega.

— Tudo bem.

Lily se pôs em pé, ainda olhando para mim. Ela pegou o celular e, bufando para mim de brincadeira, caminhou pelo espaçoso gramado.

9

> Bons amigos ouvem você contar suas aventuras.
> Melhores amigos se aventuram com você.
>
> ANÔNIMO

WANJA SÓ VOLTOU para nos buscar perto do meio-dia. Percebemos que tinha acontecido alguma coisa quando ela chegou com um grande sorriso. Um grande sorriso travesso.

Lily a provocou, perguntando se ela tinha ido visitar seu noivo enquanto estávamos fazendo o passeio.

— Claro que não. — Wanja nos lançou um olhar brincalhão de surpresa ao ouvir o que Lily dissera e abriu a porta da van para entrarmos. — Eu estava no hotel ajudando os outros hóspedes que vão fazer o safári a se acomodarem. Foi aí que soube de um problema que agora tem uma solução muito agradável.

Lily e eu trocamos olhares curiosos.

— Sua reserva no hotel para hoje à noite foi cancelada quando vocês mudaram as datas. Vocês não vão ficar mais no *resort*. No entanto, consegui fazer outros arranjos.

— Tenho certeza de que podemos ligar para Cheryl e voltar para o Brockhurst — disse Lily. — É só uma noite.

— Acho melhor ficarem no quarto que reservei para vocês. — Wanja parecia radiante com seu segredo. — Vocês vão ver.

Achei difícil acreditar que não havia um quarto extra para nós no grande *resort*. O site deles mostrava fotos dos amplos jardins e da enorme piscina. Muitos dos quartos tinham varanda. Lily e eu tínhamos comentado que seria divertido pedir serviço de quarto e comer na varanda. Então por que o hotel estava lotado? Será que era alta temporada para turistas?

Wanja entrou com a van em um estacionamento. Eu não tinha tentado ler as placas porque só estávamos na van por alguns quilômetros.

— Para onde você está nos levando?

Não vi nenhum hotel em nenhuma direção.

— Venham! — Wanja já estava fora da van, com a porta lateral aberta. — Vocês chegaram bem a tempo do almoço.

Nós a seguimos, perplexas, mas logo vimos por que ela estava tão satisfeita com a solução que conseguiu para o cancelamento no *resort*. Ela estava no levando para a entrada da Mansão Girafa.[*]

— Fern, esse é o hotel de que falei, aquele em que as girafas vêm até a sua janela e você pode alimentá-las na palma da mão.

Lily segurou o braço de Wanja para fazê-la desacelerar.

— Como você conseguiu nos colocar aqui? Eu pesquisei e esse lugar estava lotado pelos próximos dois anos.

— Tenho amigos da alta administração e, quando você faz favores para essas pessoas, elas se lembram de você e ficam felizes em retribuir o favor.

— Wanja — declarou Lily —, você é a melhor.

Wanja riu. Eu concordei com Lily e disse a mesma coisa.

---

[*] [N. T.] O hotel, Giraffe Manor, existe mesmo no Quênia e vale a pena ver fotos, vídeos e mais informações na internet.

— Esse lugar é especial — disse ela. — Fico contente que vocês vão ter essa boa hospitalidade e conhecer as girafas.

Mais uma vez, a influência rural inglesa era evidente no edifício de tijolos vermelhos cobertos de hera. À medida que nos aproximávamos da mansão de dois andares, eu olhava ao redor, esperando ver uma girafa passeando por ali.

Nenhuma girafa estava à vista. Porém, quando Wanja nos levou a uma linda área de pátio com muitas plantas em vasos e mesas vazias, eu vi um javali. Era uma figura assustadora, farejando as extremidades do jardim com suas presas ameaçadoras voltadas para cima, como se estivesse pronto para nos atacar. O interessante é que ele tinha de se ajoelhar nas patas dianteiras para procurar migalhas na terra. Ele não prestou atenção em nós, estava rondando a área em busca de seu almoço.

Entramos no salão de entrada em estilo de pousada, e Lily e eu trocamos olhares de alegria. Os sofás confortáveis e a grande lareira faziam o ambiente parecer acolhedor. Nas paredes, havia pinturas de paisagens que eu tinha certeza de que eram de locais africanos, devido às cores usadas e às inconfundíveis árvores baobá. Notei estátuas de animais em cima da lareira e pinturas de girafas.

— Primeiro o *upgrade* no avião, e agora isso — sussurrei para Lily. — É incrível.

— Eu sei — disse ela. — Olha só esse lugar. Mal posso esperar para ver o nosso quarto.

Ela pegou o celular e eu me sentei no sofá de frente para a lareira. A grade comprida estava cheia de toras empilhadas, prontas para acender a lareira à noite. Aquilo me lembrou da lareira a lenha da casa onde cresci, só que essa era três vezes maior. Seria magnífico se acomodar perto do fogo com um bom livro em uma noite chuvosa.

— A mansão original foi construída em 1932. Hoje ela tem apenas seis quartos de hóspedes, alguns deles com o nome das girafas Rothschild, ameaçadas de extinção, que foram trazidas para cá pelos proprietários na década de 1970. — Lily levantou os olhos do celular, onde estava lendo. — Elas foram de apenas algumas centenas de Rothschilds em cativeiro para quase mil.

— Eles têm mil girafas aqui? — perguntei. — Onde?

— Não, eles as devolvem para seu hábitat natural quando completam três anos de idade. Aqui diz que há uma dúzia delas aqui, mas não sei há quanto tempo isso foi postado.

— Ainda não acredito que conseguimos um dos seis quartos — falei.

— Espere. Há mais seis quartos em um prédio separado inaugurado em 2011, o Mansão Jardim. — Lily continuou rolando a tela do celular. — Eles têm piscina! Eu não sabia disso. E um *spa*. Isso está cada vez melhor.

Wanja veio em nossa direção com seu sorriso ainda radiante.

— Vocês vão ficar no quarto Daisy. Aproveitem a estadia. Foi um prazer servir vocês, Peregrinas. Que um dia Deus nos coloque no mesmo caminho novamente.

— Espere, você não vai embora agora, vai? — perguntou Lily. — Você não pode ficar e almoçar conosco? Eu disse que você é a melhor.

Wanja riu. Sua risada me lembrava o som agradável de um riacho.

— Eu preciso deixá-las. Tenho outros incêndios para apagar. Eu falei sério quando disse que foi um prazer servi-las. Um dos nossos funcionários da agência vai buscá-las aqui amanhã no *check-out* e levá-las ao aeroporto para o voo até Masai Mara.

Lily estava mexendo em sua mochila, então me levantei e iniciei nossa despedida.

— *Asante sana*, Wanja. Vamos sentir sua falta.

Dessa vez, meu abraço de despedida foi igual ao que eu daria às minhas irmãs. Ela retribuiu a expressão calorosa a nós duas. Lily deslizou sua mão para a de Wanja e disse:

— Não sei qual é o protocolo para gorjetas, então, por favor, não se ofenda, mas gostaria que considerasse isso um pequeno presente de casamento de Fern e de mim. Ah, e espere um e-mail meu pedindo a receita do pão de banana da sua avó.

— Vou enviar a receita para seu e-mail hoje mesmo. — Wanja guardou o dinheiro dobrado no bolso sem olhar para ele. — *Asante sana* pelo presente de casamento. É o primeiro presente que recebemos. Vou lembrar com carinho da gentileza que veio com ele.

Nós nos abraçamos novamente e, saindo com suas fabulosas tranças balançando, Wanja olhou para trás e gritou:

— Boa viagem, Peregrinas!

Um atendente apareceu ao nosso lado. Ele se apresentou, mas eu não guardei seu nome antes que ele oferecesse ajuda com nossas malas e perguntasse se tínhamos mais.

Lily pareceu satisfeita em dizer:

— Não, só trouxemos uma mala cada uma.

No caminho para o nosso quarto, eu quis parar e olhar para cada quadro na parede e tocar na linda madeira escura das portas. O nome Daisy estava esculpido na porta do nosso quarto.

Quando entramos, parecia que tínhamos entrado em um lugar onde cabia tanto a nossa cabana no Brockhurst como os quartos que vimos no Museu Karen Blixen. O piso era de madeira escura em um belo padrão de espinha de peixe, e as janelas eram no estilo britânico xadrez. As duas camas tinham colchas brancas novas com mosquiteiros transparentes puxados para trás, prontos para serem baixados se necessário. O armário encantador com portas duplas tinha dois espelhos de corpo inteiro na frente, formando um longo reflexo e fazendo o quarto parecer ainda maior.

No canto, ao lado das janelas de manivela, havia uma cadeira de leitura confortável e, ao lado dela, uma mesa lateral com tudo o que precisávamos para preparar uma xícara de chá ou café. Na mesa, havia uma orquídea em um vaso alto e, ao lado dela, um bilhete escrito à mão no papel timbrado da Mansão Girafa:

Fern e Lily,
Jambo!
Esperamos que sua estadia conosco na mansão seja encantadora e que levem para casa muitas memórias especiais.
Afi

— Fui eu que escrevi o bilhete — disse nosso carregador. — Estarei à sua disposição durante toda a estadia.

Ele nos mostrou o espaçoso banheiro, ensinou como funcionavam as lâmpadas e as janelas, e apontou para as tomadas na parede, lembrando-nos de que precisávamos de um adaptador, o que tínhamos, novamente graças a Dani.

Afi gesticulou para subirmos os quatro degraus do quarto até o grande terraço, onde havia uma mesa para duas pessoas. Grandes vasos com plantas cobriam o baixo muro divisório entre o nosso terraço e o do vizinho. A hera que eu havia admirado e que subia pela lateral da mansão havia se espalhado pela borda do nosso deque de madeira, parecendo um delicado laço verde.

Logo abaixo de nós, havia uma área de pátio com mesas, cadeiras, guarda-sóis e um jardim com um banco. À direita, além de um campo com terra e grama, havia um denso agrupamento de árvores com troncos altos e esguios.

E, escondidas no meio das árvores, havia girafas. Três girafas. Parei de respirar. Elas estavam bem ali! Girafas!

— Lily, olhe... — Não sei por que sussurrei. Será que achei que eu acabaria perturbando aquelas nobres criaturas imponentes?

Lily veio para o meu lado e enlaçou seu braço no meu, apertando-o.

— Não dá para acreditar — sussurrou ela de volta. — Elas estão tão perto.

— E vão se aproximar mais — disse Afi. — Vocês podem alimentá-las com a palma da mão estendida, se quiserem.

Ele nos contou detalhes do que esperar na manhã seguinte, quando as girafas viessem ao nosso pátio em busca de café da manhã.

— Como podem ver, elas têm quase seis metros de altura, então podem facilmente cumprimentá-las ao nível dos olhos.

— Seis metros? — perguntei.

— Isso mesmo — respondeu Afi. — Elas só gostam de bolinhas de grama, então não há preocupação de que possam comer outro alimento que vocês tenham. Seu primeiro encontro com nossas famosas residentes será no fim da tarde. Elas gostam de visitar o andar de baixo do lado de trás da mansão às quatro e meia.

Eu estava ficando animada com a ideia ter um "encontro" com uma girafa.

— Agora — continuou ele —, quanto a vocês, o almoço será servido em dez minutos. Preferem se juntar aos outros hóspedes no andar de baixo ou almoçar aqui no terraço?

— Adoraria comer aqui — falei.

— Eu também. Quem quer almoçar com pessoas quando se pode almoçar com girafas? — Lily estendeu a mão para apertar a de Afi, e aparentemente estava lhe dando uma gorjeta, da mesma forma como dera dinheiro a Wanja. — *Asante sana*.

— *Karibu*. Seu almoço será entregue em breve.

Afi fechou a porta atrás de si, e Lily e eu nos apoiamos na baixa grade de ferro forjado, apreciando a vista do nosso terraço.

— Você tem que me dizer quanto está dando de gorjeta para cada um, para eu poder dividir com você.

— Digo, sim. Mais tarde. — Ela estava perdida apreciando a vista.

À nossa esquerda, podíamos ver o horizonte de Nairóbi repleto de nuvens se espalhando pelo horizonte. Na área arborizada à nossa direita, as três girafas estavam paradas. De vez em quando, suas caudas balançavam e seus longos pescoços se moviam lentamente conforme elas olhavam ao redor.

— São tão tranquilas — disse Lily. — O que será que elas pensam das pessoas daqui, que as alimentam e tiram fotos delas o tempo todo? Sabia que só dá para ver as girafas na mansão se a pessoa passar a noite aqui? Pelo menos isso diminui o volume de pessoas com que elas interagem.

— Elas são elegantes, não são? — comentei. — Isso é incrível. Nem acredito que vamos ficar aqui.

— Assim que minha sogra ver as minhas fotos, ela vai querer vir para cá. Provavelmente essa é uma das razões pelas quais meu sogro estava ansioso para nos presentear com essa viagem. Ele quer vir para cá. Tenho certeza de que quer que eu ajude a convencer minha sogra de que aqui é um lugar bastante civilizado.

— "Civilizado?" — Eu ri. — Esse lugar é extravagante. Eu não tinha ideia de que seria assim e que seríamos tratadas com tanta hospitalidade.

Pegamos o celular para tirar fotos, tentando dar *zoom* nas girafas. O modo como elas convenientemente se misturavam com as árvores altas era extraordinário. Um passarinho cinza pousou sobre a grade do nosso terraço e inclinou a cabeça, como se estivesse observando as novas visitantes.

Uma batida soou à nossa porta. Eu a abri completamente para que Afi e outro atendente pudessem trazer nosso almoço de um carrinho de serviço no corredor. O outro homem foi até a mesa no terraço, estendeu uma toalha de mesa branca, colocou um vaso de rosas vermelhas no centro e arrumou a mesa com talheres de prata, guardanapos de tecido dobrados e copos de cristal.

Afi colocou nossos pratos sobre a mesa, cobertos com domos prateados, e nos ofereceu vinho, água ou limonada. Ambas escolhemos água e limonada, que o outro atendente trouxe para nós do carrinho, junto com uma cesta de pães e um prato de manteiga clara.

Afi removeu os domos de prata, revelando saladas coloridas de folhas verdes mistas, abacate, tomates-cereja, fatias de manga, pepino e pedaços brancos que eu supus ser jícama, um tipo de nabo. Eu podia sentir o cheiro do molho balsâmico regado por cima.

— Maravilhoso — disse Lily. — Obrigada.

— E para sobremesa... — Afi colocou na mesa duas fatias de bolo de chocolate, deu-nos um aceno de cabeça e saiu com seu assistente.

Lily e eu levantamos nossos copos de cristal com limonada gelada, prontas para um brinde.

— Não sei nem o que dizer — disse Lily. — "Saúde" não é adequado para um momento como este.

— Então vamos emprestar o brinde do Dani: "Ao Rei e seu reino".

— Ao Rei e seu reino — repetiu Lily.

Almoçamos com deleite, apreciando o som dos pássaros, observando as girafas que passeavam lentamente, e permitindo que as fatias de manga macias descansassem na língua antes de mastigá-las e engoli-las lentamente.

Nossa tarde continuou no mesmo ritmo tranquilo. Lily se esticou para tirar uma soneca em sua "cama de princesa", como ela a chamou. Eu desci para o salão social e explorei um pouco mais a mansão.

Música ressoava pelo saguão. Uma canção sem palavras com uma cadência africana. O ritmo constante dos tambores parecia convidar meu coração a bater junto com ele. Ou talvez meu coração já estivesse se ajustando aos sons do Quênia.

Encontrei uma velha brochura, um guia turístico do Parque Nacional de Serenguéti, em uma estante na sala de estar. Estava arrependida de não ter separado mais tempo para ler as muitas listas e e-mails que Lily me enviara antes de viajarmos. Ela destacou algumas das coisas que esperávamos ver e fazer, mas eu queria conhecer mais.

Dentro do guia, havia uma folha de papel dobrado escrito à mão. Eu me acomodei em uma das poltronas e dei uma olhada nela. Parecia uma lição de casa, pois começava com estatísticas dizendo quantos bilhões de dólares entram no Quênia todos os anos com o turismo. Em seguida, um parágrafo afirmava que os quenianos dependiam desse fluxo de renda.

O parágrafo seguinte afirmava que o Quênia tem montanhas, savanas e animais, mas não tem grandes minas de ouro e reservas de diamantes. Os constantes conflitos nos países africanos vizinhos eram devido aos valiosos minerais inexplorados.

A conclusão do manuscrito era que as nações vizinhas podiam ser ricas em recursos naturais, mas o Quênia era rico em terras. Portanto, entregar as terras, vendê-las ou dividi-las sempre foi mais desejável do que ser morto por causa delas.

Sábias palavras. Fiquei curiosa para saber quem havia escrito aquele trabalho e como ele foi parar no guia turístico, então perguntei ao atendente da recepção.

— Talvez tenha sido deixado aqui por um antigo hóspede — sugeriu ele. — Pode pegar o guia emprestado, se quiser.

Com o livro debaixo do braço, do jeito que eu sempre carregava livros quando era criança, fui para fora explorar o jardim que tínhamos visto do nosso terraço. A topiaria [escultura feira com árvores e arbustos] em forma de girafa era o ponto alto do jardim sombreado em estilo inglês.

Eu não conseguia parar de sorrir quanto mais me aventurava pelos arredores da mansão. Encontrei a piscina e o *spa* deslumbrante. A longa piscina retangular estava parcialmente coberta pelas árvores ao redor, realçada por impressionantes pilares de arenito. Espreguiçadeiras se alinhavam do lado mais distante da piscina, convidando-me a esticar-me sobre uma espessa almofada azul.

Eu tinha toda a intenção de aprender tudo o que pudesse sobre o Serenguéti. No entanto, o ar úmido e o ambiente sereno tinham outro plano para a minha tarde, e logo fui embalada em um sono profundo.

Meu cochilo foi interrompido devido às nuvens que se juntaram sobre os arredores da mansão enquanto eu dormia. A chuva começou com uma garoa, cheia de gotículas que batiam no meu rosto e braços nus. Logo a sinfonia líquida foi de suas notas de abertura tímidas a um crescendo completo, com direito ao rebombar de um trovão.

Corri de volta para o saguão da mansão e tentei me sacudir um pouco antes de entrar. Eu escondi o guia turístico debaixo da blusa e cruzei os braços ao redor da cintura, como se o mundo dependesse da minha habilidade de proteger aquele livro e devolvê-lo em perfeitas condições. É isso que você faz quando ama livros. Não pensei uma única vez em usá-lo para cobrir minha cabeça.

Entrei no salão consciente de que estava encharcada. Parei em frente ao fogo crepitante que havia sido aceso na grande lareira. Alguns outros hóspedes estavam reunidos ali. Conversei com dois deles sobre como a chuva chegou rapidamente e como as gotas de chuva pareciam enormes. Logo me despedi, decidindo que estaria mais confortável em meu próprio quarto, com uma toalha ao redor do cabelo molhado.

Retirei o livro com cuidado e o devolvi à recepção com um pedido de desculpas. O atendente o examinou.

— Se me permite dizer, ele voltou em melhores condições do que a senhora.

Lily estava acordada quando cheguei ao quarto. Ela havia vestido um dos roupões brancos macios que nos aguardavam atrás da porta do banheiro. Suas sobrancelhas se ergueram quando viu minha aparência de cabelos eriçados, água e lama, e disse uma única palavra.

— Chá?

Eu aceitei e fui direto para o chuveiro, grata pela água quente. Meu primeiro banho quente há dias. O sabonete e o xampu perfumados me fizeram sentir como se estivesse recebendo um tratamento de *spa*. Eu me senti renovada quando voltei para o quarto, com o roupão combinando e uma toalha na cabeça, e me afundei na poltrona do canto.

— Por que eu nunca tive um roupão desses? Sinto que estou envolvida em um abraço. É tão macio.

— É mesmo. — Lily terminou de preparar minha prometida xícara de chá. — Eu coloquei o meu logo depois que a chuva começou.

Ela havia fechado a porta da varanda e todas as janelas. A chuva estava em fúria, encharcando nossa varanda e dissolvendo nossos planos de participar do encontro com as girafas.

Contudo, não nos importamos.

Lily tinha uma *playlist* tocando em seu celular, o que fez nosso quarto parecer ainda mais acolhedor. Ela estava parada em frente à janela, observando a chuva, e começou a cantar a música.

— Acho que não ouço você cantar desde que fomos para Costa Rica.

Ela me deu um olhar de "sério?" e dançou de forma brincalhona enquanto cantava. Eu sorri em minha poltrona, saboreando meu delicioso chá quente e acolhendo a enxurrada de memórias que invadiu nosso quarto. Lembrei-me claramente de que Lily costumava cantar à vontade no acampamento. Especialmente nas noites ao redor da fogueira. Eu seguia seu exemplo, fechando os olhos, balançando um pouco e levantando os braços para o céu enquanto cantávamos os louvores de toda semana. Aqueles momentos foram uma mudança radical da minha vivência na igreja, onde ficávamos em pé e segurávamos um hinário.

Lily e o coro ao redor da fogueira naquele verão me transformaram. Naquela época eu estava em uma encruzilhada, saindo da adolescência, confirmando minha fé, experimentando um amor crescente por Deus em meu coração e um desejo de conhecer mais Jesus.

Aqui estava eu novamente com Lily, ambas em novas encruzilhadas.

A próxima música de sua *playlist* começou a tocar e nós duas rimos. Era uma das músicas do verão na Costa Rica que cantávamos o tempo todo. Quase a tinha esquecido.

Lily encontrou um remix da música com um ritmo africano. Observei-a se mover ao novo ritmo. Ela dançou até minha poltrona com o melhor sorriso que eu tinha visto nela desde que chegamos. Estendendo a mão, Lily me puxou para ficar de pé.

Apertei o cinto do meu roupão e deixei-a conduzir-me. Com a toalha ainda enrolada na cabeça, segui-a até a porta da varanda. Ela a abriu e o som da chuva encheu nosso espaço acolhedor.

Trocamos olhares questionadores e, sem hesitação, Lily e eu saímos para a chuva em nossos roupões. Rimos e viramos o rosto para cima, pegando as gotas de chuva com a língua.

Com apenas Deus e talvez algumas girafas nos observando, dançamos à vontade, e agradecemos pelas chuvas do Quênia.

10

> Girafas são tão femininas que nos abstemos de pensar em suas pernas, e nos lembramos delas flutuando sobre as planícies, como se usassem longas vestes de névoa matinal, sua miragem.
>
> ISAK DINESEN

NA PÁLIDA LUZ da manhã, olhei através do fino mosquiteiro que envolvia minha cama. Alguém havia batido na nossa porta. Lily já estava de pé, vestindo o roupão que tinha pendurado para secar enquanto dormíamos, e caminhou suavemente pelo piso de madeira, com meias nos pés.

— Bom dia — disse Afi suavemente. Ele segurava um balde de ração para girafas. — Posso entrar?

Lily assentiu e o seguiu até o terraço. Apressei-me para me juntar a eles na luz da manhã recém-lavada pela chuva. As nuvens escuras tinham se dissipado durante a noite. O ar estava fresco, com um leve aroma de terra molhada. Uma fina névoa subia da terra, cobrindo as árvores esbeltas com um véu transparente da mesma forma que os mosquiteiros envolviam nossas camas de princesa.

Puxamos nossos roupões mais para perto do corpo e vimos duas girafas emergirem de sua camuflagem etérea na área arborizada. Elas caminharam lentamente em nossa direção, como se estivessem em um sonho. Como se tivessem acabado de sair da arca de Noé.

Quanto mais se aproximavam, mais magnífica parecia sua beleza pré-histórica, porém aparentemente dócil. Naquele momento, se Afi nos dissesse que elas falariam conosco, eu acreditaria.

— Lily — falei em voz baixa. — Lembra quando eu disse que não éramos muito chegadas a animais?

— Sim.

— Acho que acabei de mudar de opinião sobre isso. Olha essas criaturas lindas!

— Pois é — sussurrou Lily de volta. — Eu disse que tinha um carinho especial por girafas.

— Mas você também disse que poderia gritar se víssemos uma.

Com uma voz de desenho animado, Lily deu um gritinho abafado. Eu entrelacei meu braço no dela e imitei seu sentimento.

Afi estendeu o balde e, à medida que as girafas se aproximavam, ele abriu a palma da mão, revelando duas bolinhas de ração. A primeira girafa inclinou seu longo pescoço sobre a grade e, com sua língua surpreendentemente longa e escura, pegou as pelotas.

Lily e eu imitamos Afi e tivemos um acesso de riso quando as girafas calmamente lamberam as pelotas. As duas pareciam acostumadas com nossa reação e não se assustaram. Fiquei fascinada com o padrão de manchas da pele delas.

Afi disse:

— Essas duas são as irmãs gentis.

— São suas preferidas? — perguntou Lily. Eu notei o sorriso que ela me lançou e o retribuí.

— Sim, acredito que sim. Embora tenham se acostumado com os seres humanos, elas são animais selvagens e, a meu ver, somos seus convidados.

— Podemos acariciá-las? — perguntou Lily.

Afi fez que não com a cabeça.

— É melhor continuarem como estão. Deixem que elas se aproximem de vocês.

— Você pode tirar uma foto nossa? — perguntei a Afi.

Ele tirou ótimas fotos de nós olhando nos grandes olhos castanhos das nossas anfitriãs. Seus cílios negros eram tão grossos e perfeitamente retos que pareciam falsos. Eu sorria toda vez que sentia o toque seco de uma língua roxa escura lambendo as bolinhas na minha mão.

— Repararam como elas comem rápido? — disse Afi antes de ir embora. — Se quiserem passar mais tempo com elas, continuem oferecendo apenas algumas bolinhas de cada vez.

Seguimos seu conselho e, quando o balde estava vazio, as gentis criaturas recuaram. Elas nos deixaram com a mesma graciosidade com que se aproximaram. Observamo-las caminharem para o outro lado da mansão com seu andar distinto, movendo as pernas dianteiras e traseiras do mesmo lado ao mesmo tempo.

— Eu nunca vou esquecer essa manhã. Nunca. — Lily irradiava felicidade à suave luz do sol que atravessava a névoa.

— Que bom que tiramos tantas fotos — comentei. — Caso contrário, nossos rapazes talvez não acreditassem quando contarmos que alimentamos girafas na mão.

— Eu mandei uma mensagem para Tim — disse Lily suavemente. — Ontem. Depois da sua intervenção sutil com aquela história de mel e doçura.

Eu me virei para encará-la e levantei as sobrancelhas, convidando-a a continuar.

— Ele não respondeu.

— Ele vai responder. Sabe como é a diferença de fuso horário. E o sinal do celular.

— Eu sei.

— Fico feliz que você mandou um pouco de doçura para ele.

Lily apertou os lábios e voltou a olhar para os arredores da mansão à nossa frente. A névoa da manhã tinha se dissipado, deixando uma vista clara de Nairóbi e das Colinas de Ngong. A grama parecia mais viva do que no dia anterior. O caminho de terra marrom-avermelhada ainda tinha algumas poças de água da chuva. As poças refletiam o sol da manhã como fragmentos arredondados de um espelho quebrado espalhados pelo chão.

— É bom descermos para o café da manhã — disse Lily. — Você quer usar o banheiro primeiro?

— Quero, obrigada.

Acho que fomos as últimas hóspedes a chegar ao alegre salão de café da manhã, onde os fascinados hóspedes ocupavam todas as mesas para dois em frente às enormes janelas do chão ao teto, todas elas abertas. Através de cada janela, uma girafa se inclinava, mastigando bolinhas e posando para todas as fotos. Tirei mais algumas fotos enquanto Lily encontrava uma mesa para nós ao lado da parede.

O garçom nos trouxe uma grande bandeja redonda com girafas esculpidas adornando as bordas. Ela continha duas pequenas tigelas de iogurte com um morango fresco no topo, uma pequena vasilha de vidro com granola, uma elegante seleção de mini *muffins*, dois espetinhos de frutas e meu enfeite preferido: uma xícara de porcelana cheia de terra com um pequeno ramo de hortelã crescendo.

— Se um dia eu tivesse um Airbnb — disse Lily — seria assim que eu serviria o café da manhã para meus hóspedes. É tão fofo.

Quando vieram trazer seu café com leite, ela olhou para o garçom e disse:

— Você está brincando?!

— Algo errado? — perguntou ele.

— Não, algo certo, muito certo! Fern, olha isso!

Não sei como, mas o barista havia feito um desenho de girafa na espuma do leite.

— Eu já tomei um café com leite com um cisne uma vez, e já vi muitos com corações, mas nunca uma girafa. Acho que vou chorar. — Lily se virou para o garçom. — Obrigada.

Ele acenou positivamente com a cabeça.

— *Karibu*.

Lily teve a mesma reação de "isso é incrível demais" quando fomos à piscina do *spa* para dar um mergulho refrescante. Ela não conseguiu acreditar que o *spa* era tão moderno. Depois de nos esticarmos e nadarmos na água fria, fomos para a banheira de hidromassagem no interior do *spa*. Vimos uma girafa passar enquanto relaxávamos na espuma da banheira.

— Minha sogra precisa vir aqui — disse Lily. — Ela vai adorar isso. É surreal.

— Já agradeci o suficiente por me convidar para vir com você? — perguntei.

— Não é a mim que deveríamos agradecer. Isso me lembra de que precisamos encontrar um presente para o meu sogro. Não faço ideia do que comprar para ele. Ele já tem de tudo.

— Que tal uma minigirafa de madeira? Eu vi várias na loja de presentes ontem, quando estava dando uma volta por aqui.

— Perfeito.

Duas horas depois, Lily tinha seis girafas entalhadas de tamanhos variados espremidas em sua mala. Ela arranjou espaço transferindo algumas roupas para sua mochila expansível. Nós havíamos comprado a mesma mochila para a viagem. A dela era listrada em marrom e branco, e a minha era preta. Nossa estratégia era que, ao longo da viagem, poderíamos encher as malas com os itens mais pesados e, quando elas ficassem cheias, encheríamos as mochilas quase vazias com os itens mais leves.

Minha única compra foi um pano de prato. Era bordado à mão com uma girafa de manchas marrons. Eu sabia que esse pano me traria um sorriso sempre que eu o usasse. Além disso, ele era fino e não ocuparia muito espaço na mala. Eu não sabia para o que estava poupando espaço na minha mochila, mas, fosse o que fosse, eu tinha espaço.

Sentamo-nos em uma das mesas do pátio, esperando que o motorista da agência de turismo chegasse para nos levar ao aeroporto para o nosso voo até Masai Mara.

— Sei que você vai achar estranho — disse Lily —, mas se estivéssemos indo para o aeroporto para voltar para casa hoje, eu estaria satisfeita.

Lentamente concordei, tentando decidir se sentia a mesma coisa.

— Eu estaria quase satisfeita. Sei que parece que estamos aqui há muito tempo, mas ainda nem fizemos nosso safári.

— Eu sei. Talvez o que eu realmente queira seja mais tempo exatamente onde estamos. Adoraria ter um dia inteiro para ficar à beira daquela piscina, pausar a cena para poder pensar em tudo o que vimos e processar as conversas que tive com Cheryl.

— Podemos fazer isso no próximo hotel, que tal?

— Não sei. Espero que sim.

— Eu liguei para Dani enquanto você estava no banho. Queria dar notícias para ele antes de sairmos dessa região, porque me lembrei de que não garantem que vamos conseguir ligar quando estivermos em Masai Mara.

— Eu deveria tentar ligar para Tim. — Lily olhou para o celular. — Ele ainda não me respondeu. — Ela se mexeu na cadeira do pátio e disse: — Sabe, percebi que Tim e eu não ficamos longe um do outro por mais de três dias desde que nos casamos. Dá para acreditar?

— Sim.

— Sinto como se tudo tivesse ficado em suspense quando saí de Nashville. Acho que é por isso que parece que nosso casamento está em pausa. Ou, pelo menos, minhas emoções estão. Tudo que discutimos ainda está lá, parado no tempo, como se estivesse congelado.

Eu tinha várias coisas que queria dizer a ela, mas li sua expressão e vi que devia ficar calada. A tensão havia voltado ao seu rosto e ela parecia triste. Eu não compreendia a profundidade do que ela estava sentindo, mas entendia que ela pediria minhas sugestões quando quisesse ouvi-las.

Felizmente, ela não desviou o foco dos próprios problemas mudando de assunto para os meus problemas. Eu sabia que ela teria bons conselhos sobre opções de trabalho assim que eu estivesse no modo *sugestões*. Mas eu ainda não tinha chegado a esse ponto.

Por enquanto, estávamos nos presenteando com a companhia uma da outra no modo *simpatia*. Estávamos em uma desconexão da realidade, e o distanciamento da vida diária trouxe consigo uma estranha espécie de paz. A primeira onda de paz viera sobre mim no campo de chá. Uma segunda onda de profunda alegria me envolveu naquela manhã, quando mergulhei na piscina, prendendo a respiração e esticando meus braços o mais longe que consegui.

Eu me senti abraçada.

Numa tentativa de garantir a proteção da minha alma por mais algum tempo, eu disse:

— Tenho um pedido a fazer. Podemos não falar dos meus problemas nos próximos dias?

— Seus problemas? E os meus?

— Se você quiser falar dos seus, tudo bem.

— Não — ela respondeu rapidamente. — Eu concordo com você. Quero aproveitar tudo isso. Quero estar completamente presente aqui.

— Eu também. Sinto como se estivesse numa bolha de felicidade e não quero sair dela.

Eu não sabia se nosso plano seria bom para nossa saúde mental a longo prazo, mas o que era bom era a maneira como ambas sorríamos uma para a outra, sem uma única ruga de preocupação se formando na testa. Talvez haja algo a ser dito sobre a negação.

Nossa van da agência de turismo chegou e nos juntamos às outras três pessoas que fariam parte das nossas duas noites e três dias de safári. Elas haviam ocupado os assentos da frente, o que nos forçou a nos esticarmos e torcermos desajeitadamente para conseguirmos chegar ao banco de trás.

Lily nos apresentou. O casal mais velho se virou para nos cumprimentar educadamente. John, de cabelos brancos e um bigode chamativo, e Darla, de pele clara e com um anel de diamante visivelmente grande, eram do Arizona.

— Saudades dos nossos amigos do cruzeiro — disse John.

— Meus sogros? — perguntou Lily.

— Foi seu sogro quem nos convenceu a fazer esse safári — disse Darla, que me surpreendeu com sua vozinha fina.

— Ano passado. Nos fiordes — acrescentou John.

— Espero que eles estejam bem — disse Darla, ajustando delicadamente seus óculos de sol de grife. — A moça que nos recebeu ontem no hotel disse que eles não vieram.

— Eles estão bem — respondeu Lily. — Minha sogra não estava muito convencida a vir, então acho que fomos mandadas na frente para ver como é e voltar com um relatório.

— Que pena — disse John.

— Para o seu sogro, ele quis dizer — completou a Darla.

Lily se dirigiu à jovem sentada ao lado de John e Darla:

— Vocês estão juntos?

A mulher de cabelos escuros tirou os olhos do celular e lentamente nos encarou por cima dos óculos de sol.

— Não. E vocês?

— Mia não está de bom humor hoje — explicou Darla.

— O namorado quebrou o tornozelo — acrescentou John, de maneira sucinta. — Ontem à noite.

— Foi no bar do hotel — completou Darla. — Coitada da Mia. Se o John estivesse no hospital agora, eu teria ficado com ele.

— Eu estou aqui, sabiam? — disse Mia, tirando os óculos de sol e deu um sorriso inesperadamente amistoso. — Ele está bem. Vai ficar no hospital por alguns dias. Eu não podia faltar ao trabalho, então tive que vir sem ele.

— Você não podia faltar ao trabalho? Acho que você quis dizer que queria continuar suas férias, não foi? — perguntei.

— Meu trabalho é o que outras pessoas fazem nas férias — Mia continuou sorrindo. Ela era uma moça bonita, com sobrancelhas escuras, espessas e perfeitamente delineadas. Seus lábios eram seu segundo traço mais chamativo, junto com seus dentes brancos e alinhados. Sua pele tinha um tom castanho atraente. Acho que devia ter uns vinte e poucos anos.

— Que tipo de trabalho você faz? — perguntou Lily.

— O que eu não faço? Eu sou a MiaMaisGlobal. — Ela esperou nossa reação. — Sério? Vocês nunca ouviram falar da MiaMaisGlobal?

Nós balançamos a cabeça negativamente.

Ela deixou claro, com sua resposta, que éramos patéticas.

— Em qual rede social vocês estão?

— Lá vai ela de novo — disse Darla, lançando-nos um olhar que deixava claro que Mia também era um mistério para eles.

Lily, a doce e simpática Lily, que consegue confortavelmente começar uma conversa e quebrar o gelo com qualquer pessoa, sabia o que Mia estava dizendo.

— Você trabalha com redes sociais para essa agência de turismo? Como uma influenciadora?

Mia manteve o foco no celular, mas respondeu de maneira mais educada:

— Não, eu trabalho para a rede de hotéis. O que tornou o incidente do meu namorado ainda mais complicado. Preciso dar um jeito de conseguir as fotos que ele deveria ter tirado de mim.

Ela virou o celular para que pudéssemos ver uma de suas postagens. Ela estava sentada à beira da piscina do hotel, usando um chapéu vermelho magnífico e um batom vermelho combinando, e olhava para um garçom africano vestindo uma camisa branca. Ele estava servindo a ela uma xícara branca em cima de um pires equilibrado na palma da mão.

— Essa foi a última foto que meu namorado fotógrafo tirou ontem. Não posso perder essa conta do hotel. Paga melhor do que as outras contas para as quais trabalho. Então, sim, estou de mau humor, mas estou fazendo o que preciso fazer.

— Eu também estaria de mau humor — disse Lily suavemente. Acho que Mia captou suas palavras e seu olhar de simpatia, mas era difícil dizer, já que ela estava completamente focada no celular.

— Um mistério para mim — disse John. — Jovens e seus celulares.

Darla se virou novamente em seu assento e nos olhou com a cabeça inclinada para o lado:

— Acho que não ouvi sua resposta.
— Que resposta? — perguntei.
— Vocês duas estão juntas?
— Somos melhores amigas desde o Ensino Médio — disse Lily.

E eu acrescentei:

— Gostaríamos de ter trazido nossos maridos.
— "Maridos?" — John perguntou. — Quantos vocês têm?
— Só um cada uma — respondi com um sorriso.
— Minha esposa já teve cinco maridos — disse John.

Mia se juntou a nós, olhando para Darla em busca de uma confirmação. Darla nem se abalou.

— E todos eles foram eu — John terminou sua piada sem graça e encontrou um público não receptivo.

Eu não tinha certeza se queria saber o que aquilo significava. Pelo jeito que me cutucou, Lily também não.

Trocamos olhares arregalados, e eu entendi que ela estava pensando o mesmo que eu.

Os próximos dias da nossa aventura seriam bem diferentes dos primeiros. Com um grupo desses, nossa bolha de felicidade não tinha a menor chance de sobreviver.

11

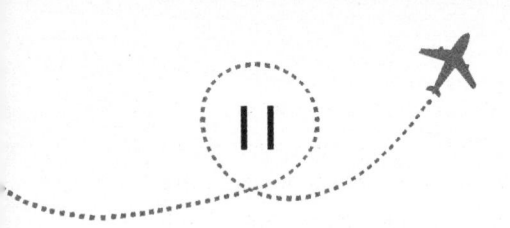

> Por que nunca conseguimos
> descrever a emoção que a África causa?
> Você é elevado.
> Você é tirado de todo abismo, solto de toda
> amarra, liberto de todo medo. Você é elevado e vê
> tudo de cima [...] Tudo o que você vê é o espaço e
> as infinitas possibilidades de se perder nele.
>
> FRANCESCA MARCIANO

MEU CORAÇÃO acelerou quando nosso pequeno avião subiu no céu claro, levando John, Darla, Mia, Lily e eu para o local onde faríamos nosso safári. Tínhamos dois pilotos, que verificaram tudo duas vezes antes de decolarmos da pista. Eu ainda estava nervosa. O motor era muito barulhento e o avião muito compacto. O único assento sem passageiro estava no fundo, ocupado por uma grande caixa com o nome do hotel onde íamos ficar em Masai Mara.

O que acalmou meu nervosismo foi a vista da janela. O aeroporto e a cidade lotada logo ficaram para trás, e sobrevoamos o lindo verde que agora se tornara sinônimo da minha impressão do Quênia. Um enorme lago apareceu à vista, pontilhado de grandes aglomerados de um rosa-claro. Eu tinha certeza de que eram flamingos. Muitos flamingos. Muitos e muitos.

Impressionante.

Eu tinha lido sobre o Grande Vale do Rifte anos atrás e adivinhei que era ele que eu estava vendo enquanto sobrevoávamos o vale. Eu mal conseguia compreender o tamanho dele. Tentei tirar fotos, mas sabia que seriam apenas para recordação. Nenhuma foto conseguiria capturar a imensidão da profunda fenda na terra e o modo como ela dividia a paisagem. Se eu me lembrava corretamente do pouco que tinha lido antes da nossa viagem, o Grande Vale do Rift continuava por milhares de quilômetros, quase por toda a extensão do continente africano.

Quanto mais nos afastávamos de Nairóbi, mais vasta e selvagem se tornava a vista. Eu consegui ver um rebanho de zebras, com suas listras em preto e branco, pastando em um grupo disperso, como se fossem cavalos. O avião voou mais perto do chão e o sol bateu em sua lateral, lançando nosso reflexo sobre um rio largo e sinuoso.

Lily estava no assento à minha frente, já que o pequeno avião tinha apenas um assento de cada lado e um corredor estreito no meio. Desistimos de tentar conversar assim que decolamos. A mão dela se estendeu para trás do assento e eu sorri. Sem dúvida ela estava imitando a cena de *Entre dois amores* em que Denys leva Karen para seu primeiro voo em um pequeno avião, e ela fica tão emocionada com a beleza lá embaixo que segura a mão dele.

Apertei a mão da Lily e, mesmo sabendo que ela não podia me ouvir, inclinei-me para a frente e disse:

— Sim, eu também estou vendo. Você não está vivenciando isso sozinha. É magnífico.

A vista aérea continuou a me cativar. Eu nunca estivera em uma aeronave pequena como aquela, nem tinha experimentado tal êxtase de sobrevoar tudo aquilo. A vista se estendia ampla e longa, com uma promessa emocionante do que poderíamos ver quando estivéssemos no chão, viajando com nosso guia de safári.

O voo durou menos de uma hora, mas pareceram dez minutos, de tanto que meus sentidos absorveram a vista. Nosso pouso foi com um balanço de um lado para o outro no início, mas depois se estabilizou um pouco. Aquele pouso aos trancos e barrancos foi seguido por um suspiro coletivo de alívio. Desembarcamos em uma pista quente onde ventava, um simples e limpo trecho de terra vermelha.

Nosso avião era o único ali. Exceto por vários jipes de turismo que nos aguardavam, não havia mais nada civilizado ou desenvolvido à vista.

— Olha só esse lugar. Parece que pousamos no último posto avançado da Terra — disse Lily.

— Poderia me dar licença? — perguntou Mia, segurando um pau de selfie.

Percebemos que estávamos no meio da foto que ela estava tirando de si mesma em frente ao avião. Saindo do caminho, observamos Mia colocar um boné de beisebol, tirá-lo, jogar um lenço esvoaçante ao redor do pescoço e olhar para longe. Foi difícil contar quantas fotos ela conseguiu tirar com suas múltiplas poses, mas pareceu que não o suficiente porque, assim que a bagagem foi descarregada, ela se posicionou em cima de uma grande mala de grife, puxando a saia de seu longo vestido esvoaçante e cruzando as pernas magras.

— Ela deve trabalhar para um fabricante de malas também — murmurou Lily.

Mia se virou para nós e fez sinal para irmos até ela. Em segundos, Lily foi recrutada para usar o celular da moça e tirar fotos de ângulos que o pau de selfie dela não conseguia tirar. A marca da mala precisava estar em destaque, com o sol brilhando sobre ela do jeito certo.

Em seguida, Mia pegou uma bebida energética em sua bolsa e subiu os degraus até a porta do avião, onde fez uma pose como se estivesse tomando a bebida, embora o lacre ainda estivesse fechado. Lily recebeu instruções sobre onde ficar e como segurar o celular. Ela obedeceu graciosamente e eu admirei sua gentileza. Eu não ia gostar de receber ordens de Mia. O trabalho da Lily como assistente de um organizador de eventos nos últimos dez anos sem dúvida a colocara em situações como essa.

Um dos motoristas chamou nossos nomes.

— Lily, precisamos ir — falei.

Lily devolveu o celular a Mia e caminhamos até o veículo que nos esperava, onde estavam colocando nossas malas. Com uma voz melodiosamente masculina, o motorista nos disse que tínhamos vindo em um ótimo dia, depois das chuvas. Ele perguntou se iríamos no passeio de tarde.

Não respondemos. Acho que ainda estávamos um pouco encantadas com seu sotaque queniano e a beleza de sua voz.

Ele deve ter pensado que não o entendemos, porque falou mais devagar e distintamente, explicando nossas opções.

— Os passeios da tarde ocorrem entre 15h30 e 18h30. Os passeios da manhã são das 6h30 às 9h00. Vocês os agendam a cada dia e dizem se gostariam de sair por duas ou três horas.

— Se quisermos ir hoje, parece que precisaremos sair assim que chegarmos ao hotel — falei.

— Que tal? — perguntou Lily.

— Claro.

— Tem certeza de que quer fazer isso, Fern? É que eu vi tantos animais lá de cima no avião que adoraria passear agora.

— Eu também.

Virei para o motorista e perguntei:

— É com você que faremos o passeio?

— Não, é com o Samburu. Ele é...

Lily terminou a frase para ele.

— Para você ele é o melhor, não é?

— Para mim ele é o melhor? — O riso do nosso motorista foi tão caloroso e envolvente quanto sua voz. — Ele é meu irmão. Não diga a ele que para mim ele é o máximo. Ele vai parar de me tratar com respeito.

Nós três rimos e eu pensei em Miqueias.

Quando era mais novo, Miqueias costumava dizer ao Dani que queria um irmão. Depois que Dani e eu nos casamos, ele mudou de ideia. Em um de seus momentos mais difíceis, ele ameaçou fugir novamente se eu engravidasse e tivéssemos nosso "próprio" filho. Ele já tinha fugido uma vez, logo após nosso casamento. Na época ele tinha quinze anos e ficou desaparecido por mais de vinte e quatro horas até Dani o encontrar em uma pista de boliche. Nosso terapeuta familiar lidou bem com a questão da fuga em nossa sessão em grupo seguinte, e essa foi a última vez que Miqueias fugiu. Ele até ameaçou fazer isso de novo, mas não chegou a cumprir suas ameaças.

Eu cacei meu celular no fundo da mochila para mandar a ele uma mensagem com uma foto da Mansão Girafa. Depois de digitar uma longa mensagem dizendo que estava com saudades dele, pensando nele e orando por ele, tentei mandar a mensagem três vezes, mas não deu certo. Torci para que fosse enviada automaticamente assim que chegássemos ao hotel.

Chegamos à entrada principal de um edifício e nosso motorista nos deixou ali, dizendo que as malas seriam levadas diretamente para o nosso quarto.

Antes de entrar, fiquei parada, querendo absorver tudo. Tendo visto até então apenas a arquitetura influenciada pelos britânicos, agora estávamos sendo apresentadas a uma arquitetura tribal, com portas arredondadas, paredes de barro e telhados arredondados. A entrada ampla e aberta era pintada com desenhos africanos marcantes em tons de marrom e amarelo.

Uma vez lá dentro, vimos um pátio atrás do saguão. Descendo o pátio, a distância, estendiam-se imensas planícies.

Eu me arrependi de não ter lido mais do guia turístico que peguei emprestado na Mansão Girafa. Gostaria de não ter devolvido sem entender melhor o que estávamos vendo. Aquele vasto espaço aberto fazia parte do Parque Nacional do Serenguéti? Ou estávamos em território de Masai Mara? Eu me lembrava de ter lido que as duas reservas de vida selvagem compartilhavam uma fronteira não cercada, e o Serenguéti ficava ao sul, na Tanzânia. Eu sabia que ainda estávamos no Quênia, então imaginei que estávamos olhando para Masai Mara.

As paredes internas do edifício eram lisas e pintadas em um tom de amarelo ensolarado. O teto alto era uma cúpula elevada com luzes embutidas que emitiam um brilho alaranjado. Ao redor da borda superior das paredes e em cima das portas arredondadas abertas havia uma linha branca pintada. Era larga e ondulada, dando a impressão de um rio irregular correndo pela sala.

Poltronas com macias almofadas alaranjadas estavam dispostas em meias-luas ao redor de uma mesa de centro, convidando os visitantes a se sentirem em casa. Sentei-me e cedi à fascinação.

Eu não costumava ficar em hotéis, então não era a melhor pessoa para fazer uma comparação por experiência, mas aquele hotel parecia extraordinário. Cada detalhe havia sido projetado para dar aos hóspedes uma sensação distinta de lugar. Assim que entramos, senti que realmente estava no continente africano..

Uma mulher de aparência agradável, usando um vestido de estampa tribal, nos cumprimentou e ofereceu toalhas molhadas para nos refrescar.

Apontei para a vista de tirar o fôlego e perguntei:

— Lá é Masai Mara?

A reação dela me lembrou de como Wanja reagiu quando perguntei sobre fazer um passeio pelo campo de chá: educada, mas com um revirar de olhos velado.

— Sim, o que você está vendo é a Reserva de Caça de Masai Mara.

— Eu imaginei, mas queria ter certeza. — Senti que devia justificar o fato de uma mulher adulta vir de tão longe sem ter pesquisado suficiente para saber onde estava, então acrescentei: — É que estou impressionada. A beleza daqui está me tirando o fôlego.

— Espere até ver seu primeiro leão. — O sorriso dela era adorável. Suas palavras despertaram em mim outra sensação de que talvez, até o fim do safári, eu passasse a gostar de muitos animais.

Um garçom, vestindo uma camisa com a mesma estampa do vestido da mulher, nos ofereceu uma garrafa de água gelada. Fizemos o *check-in* na recepção e dissemos ao atendente que gostaríamos de fazer um passeio de observação de animais de três horas naquela tarde e na manhã seguinte. Em poucos minutos, prepararam tudo e, após uma rápida ida ao banheiro, subimos em um Land Rover. As janelas laterais eram as mais largas que eu já tinha visto em um carro, e o teto estava aberto para o céu azul.

Olhei para cima e disse a Lily:

— Agora entendi por que ele disse que foi bom termos vindo depois da chuva: para aproveitarmos o teto solar.

Nosso motorista, Samburu, se apresentou. Fiquei um pouco desapontada porque sua voz não tinha o mesmo tom caloroso e suave de seu irmão, e sussurrei aquele comentário para Lily.

— Você queria que o Morgan Freeman narrasse nosso safári? — perguntou ela com um sorriso bobo.

— Por quê? Sim, é claro que eu queria. — Tentei parecer atrevida. Não sei se consegui.

— Não podemos ser como a maioria dos turistas, lembra? — disse Lily.

Eu tinha entendido que aquele elogio de Wanja quis dizer que éramos flexíveis e não precisávamos de muita coisa. Agora, porém, fiquei pensando se ela também queria dizer que esperava que não trouxéssemos conosco nossas suposições ocidentais.

O guia que acompanhava Samburu se aproximou do Land Rover e pulou para o banco do carona, pronto para uma patrulha.

Literalmente.

Ele estava com um rifle. Um calafrio desagradável percorreu meu pescoço. Fiquei imaginando com que frequência os guias precisavam usar seus rifles.

— Você acha que é só uma arma com tranquilizantes? — sussurrou Lily.

Fiz que sim e meus ombros relaxaram. Preferi acreditar que era uma arma tranquilizante e observei o homem guardá-la com segurança e verificar o rádio comunicador *walkie-talkie* entre os dois assentos da frente.

— Estamos esperando chegar mais gente? — perguntou Lily a Samburu.

Acompanhei o olhar dela e vi que o segundo veículo da pista de pouso havia chegado. Eu sabia o que Lily estava pensando. John, Darla e Mia estavam saindo do veículo, mas não vieram para o nosso.

— Podemos ir agora, se vocês quiserem — disse Samburu. — Tem outro passeio agendado para daqui a trinta minutos. Gostariam de ir agora ou esperar o próximo?

— Agora — respondemos em uníssono.

Percebi que tínhamos feito isso com frequência nessa viagem, responder ao mesmo tempo. Também percebi que ambas abaixamos a cabeça para evitar contato visual com os outros três turistas.

— Que emocionante! — Lily olhou para mim com uma expressão que refletia seu alívio por estarmos indo apenas nós duas.

Samburu dirigiu para longe do hotel e logo virou para uma estrada de terra esburacada que nos levou às vastas planícies abertas. Preparei meu celular para tirar fotos, mas ele ainda estava sem sinal. Minha mensagem para Miqueias teria de esperar até voltarmos para o hotel, onde eu supus que teríamos sinal.

À distância se erguia uma longa cordilheira de colinas arredondadas. Demorei um tempo para ajustar os olhos, e os pensamentos, para assimilar a vastidão da terra que se estendia diante de nós.

Não demoramos muito para avistar um grupo de zebras. Lily e eu apontamos para elas ao mesmo tempo, mas não dissemos nada, já que a estrada esburacada e o encanto de estarmos na selva nos silenciaram.

Samburu reduziu a velocidade e se aproximou das zebras. Para minha surpresa, elas não fugiram. Acho que estávamos a apenas dez metros delas quando paramos.

— Cavalos de pijamas listrados* — disse Lily. — É exatamente isso que elas parecem.

— Mas as orelhas delas parecem orelhas de burro, não acha?

— Mais ou menos. Será que todas as zebras são iguais? — Lily falou alto. — Samburu? Todas as zebras têm as mesmas listras?

— Não. Cada zebra tem um padrão único de listras. Assim como as girafas e os guepardos. São como as nossas impressões digitais, todas são diferentes.

— Que incrível. — Ajustei os binóculos que nos deram e tentei ver se conseguia perceber as diferenças, mas para mim todas pareciam iguais.

— Os grupos de zebras costumam ser pequenos assim? — perguntou Lily.

— Essa é uma família — disse Samburu. — Um macho, várias fêmeas e seus filhotes. Quando se juntam a outras famílias, eles formam um rebanho. Zebras se misturam bem com outras zebras. Já chegamos a ver rebanhos com duzentas zebras. Depende de onde elas conseguem encontrar comida.

Lily e eu estávamos ocupadas tirando fotos. Ela fez mais duas perguntas a Samburu, que nos ensinou que existem três espécies de zebra e que as listras provavelmente não servem para camuflagem, mas sim para repelir moscas que as picam, transmitindo doenças.

---

*[N. T.] A referência aqui é a uma música infantil com esse mesmo nome (em inglês, *Horses in striped pajamas*).

Eu perguntei por que as zebras não foram domesticadas e montadas como os cavalos. Samburu talvez não tivesse a melhor voz de narrador para um documentário, mas seu sotaque era fácil de entender e ele tinha prazer em responder a todas as nossas perguntas.

Antes que eu pudesse fazer outra pergunta, o rádio comunicador tocou. Nosso guia patrulheiro falou com a pessoa do outro lado, mas não conseguimos entender o que diziam. Ele transmitiu a mensagem a Samburu.

— Peço desculpas pelo inconveniente — disse Samburu —, mas precisamos voltar para pegar outra pessoa do seu grupo.

Lily e eu trocamos olhares preocupados. Nosso passeio particular estava prestes a terminar, e até já imaginávamos quem seria o novo integrante.

12

> Não sei amar as pessoas pela metade,
> não faz parte da minha natureza.
>
> Jane Austen

Mia estava parada na entrada do hotel, com as mãos nos quadris. Seu vestido amarelo esvoaçante havia sido substituído por uma jaqueta cáqui de fotógrafo cheia de bolsos, *leggings* verde-exército e botas de couro marrons até os joelhos. Ao lado dela, havia uma bolsa de viagem maior do que minha mala.

Quando nos viu chegando, colocou o chapéu que estava pendurado nas costas por um cordão ao redor do pescoço. Era um chapéu australiano, com uma aba levantada e a outra abaixada. Era difícil entender que estilo ela estava tentando usar.

Dessa vez foi Mia quem teve de se espremer entre Lily e eu até cair no banco de trás. O colega de Samburu carregou a bolsa dela até o veículo e a deslizou no chão entre Lily e eu, com um olhar de desculpas.

Mia não só tinha trocado de roupa, mas também tomado um banho de perfume floral forte. Fiquei grata porque as janelas e o teto estavam completamente abertos.

— Por que vocês não me esperaram? — perguntou ela.

Lily e eu nos entreolhamos. Ela estava falando conosco ou com Samburu? Ele a ignorou e afastou o veículo da entrada do hotel, voltando para as vastas planícies que havíamos apenas começado a explorar antes da interrupção.

— Preciso que você termine o que começou, Lucy.

Lily parou, olhou para mim e se virou educadamente para ela:

— Meu nome é Lily, não Lucy.

Eu teria acrescentado: "E eu não sou sua criada". No entanto, Lily tinha muito mais educação e habilidades sociais.

— Do que você precisa, Mia? — perguntou ela gentilmente.

O tom de Mia suavizou.

— Não consigo tirar sozinha todas as fotos de que preciso e duvido que aqueles dois falem inglês.

— Eles falam inglês perfeitamente — disse Lily.

— Bem, eles iriam querer gorjeta.

Com um sorriso irônico e um tom brincalhão, Lily respondeu:

— E o que faz você pensar que eu não quero gorjeta?

Notei Samburu olhando para nós pelo retrovisor.

— Lily. — A voz de Mia saiu baixa e suas palavras, forçadas. — Poderia me ajudar? Eu vi as fotos que você tirou na pista de pouso. Eram exatamente o que eu precisava.

— Antes de responder, preciso dizer uma coisa.

Mia esperou.

— Estou disposta a ajudar, mas você precisa me tratar com um pouco mais de respeito. Você está trabalhando, mas nós estamos de férias. Então, podemos começar de novo e você pode ser mais educada? Com nós duas?

Desde o momento em que entrou no jipe, Mia não tinha feito contato visual conosco. Ela continuou a desviar o olhar, mas sua reação foi um pouco melhor do que antes.

— Sim, respeito mútuo é algo em que acredito. Obrigada por concordar em me ajudar.

— De nada.

Enquanto falava, os punhos de Lily estavam cerrados, mas, quando se acomodou no assento e olhou pela janela, notei suas mãos relaxarem.

Do meu lado do jipe, olhei e vi que estávamos chegando perto da família de zebras, exatamente onde as tínhamos visto. Seguindo o exemplo das excepcionais boas maneiras de Lily, eu disse:

— Mia, tem uma família de zebras ali na frente, à esquerda. Vimos dois filhotes com elas antes.

— Perfeito. Motorista? Chegue o mais perto possível.

Quando ele não fez imediatamente o que ela mandou, Mia acrescentou "por favor", como quem esqueceu de dizer.

Samburu parou mais ou menos no mesmo lugar de antes. Mia passou o celular para Lily e se espremeu pelo nosso meio, estendendo a mão para abrir a porta.

— Você deve permanecer no veículo. — A voz de Samburu soou firme.

— Eu sei o que estou fazendo. Só vou demorar um minuto.

— Os hóspedes não têm permissão para sair dos veículos sem autorização do motorista.

— Quer que eu assine um termo de responsabilidade ou algo assim?

— Não. Quero que você fique no Land Rover e aproveite para tirar fotos pela janela ou pelo teto solar.

— Está bem.

A sessão de fotos de cinco minutos foi um fracasso, segundo Mia. Ela não conseguiu se posicionar perto o suficiente das zebras para obter as fotos próximas e pessoais que queria. Ela se contentou em tirar várias fotos de si mesma em pé e usando seu pau de selfie enquanto olhava para o horizonte. Esperamos que ela desse o sinal para continuarmos em busca de mais animais selvagens.

Lily achou que tinha visto girafas e perguntou a Samburu se ele também as vira. O sol estava descendo rapidamente e nos cegava quando dirigíamos para oeste. Se havia girafas, elas se moveram rápido demais para que pudéssemos ver para onde tinham ido.

Samburu fez um grande semicírculo antes de retornar à estrada de terra desnivelada. Vários pássaros grandes voaram sobre nós. Pareciam ter surgido do nada. Atravessando a extensão da campina amarelada, algumas árvores apareceram aqui e ali, mas não estavam em grupos, e sim a uma boa distância umas das outras.

Estávamos quase na área onde havíamos visto as zebras pela última vez, mas elas não estavam mais lá. A grama alta se moveu e Samburu dirigiu para perto para ver qual animal estava escondido ali.

— Será que é um leão? — perguntou Lily.

— Hiena — informou-nos o copiloto de Samburu.

Mia ficou em pé no banco de trás, saindo pela parte superior do veículo até a cintura. Lily e eu ficamos em pé também e pudemos ver a hiena claramente pelo teto solar.

— O que ela está fazendo? — Mia parecia em pânico. Era óbvio o que a hiena estava fazendo.

E foi tão primitivo que trouxe lágrimas aos meus olhos. A hiena havia abatido uma zebra. Um filhote de zebra. As entranhas tinham sido arrancadas e puxadas para longe da carcaça, e a hiena estava se alimentando delas. Outras três hienas estavam agachadas por perto, prontas para atacar e devorar sua parte quando o vencedor desse o sinal.

— Pare-os! — gritou Mia, agitando os braços. — Buzine! Onde está sua arma?

O companheiro de Samburu, que tinha o rifle, nem se mexeu. Apenas disse:

— Abutres.

Olhei para cima e vi os grandes pássaros circulando, esperando sua vez.

— Você não vai fazer nada?! — Mia bateu com a mão na lateral do Land Rover. — Isso é horrível!

Samburu permaneceu em silêncio.

Desviei o olhar para o horizonte, sentindo-me um pouco enjoada.

— Vamos embora — ordenou Mia a Samburu. — Não quero me expor a isso. É revoltante. Preciso de mais fotos antes que o sol se ponha. Você não pode nos levar para ver um leão ou um elefante, ou uma girafa?

— Sairemos novamente pela manhã — disse Samburu. — Por três horas inteiras. Podemos ir mais longe e ver a corrida dos gnus.

— E os elefantes e leões? — perguntou Mia.

— Amanhã — disse Samburu calmamente.

Ele dirigiu para longe e pudemos ouvir as outras hienas soltando uivos medonhos enquanto atacavam. Como essas criaturas ganharam a fama de hienas "risonhas"? O som delas não se parecia em nada com qualquer tipo de riso que eu gostaria de ouvir novamente.

Lily e eu nos acomodamos de volta no assento, melancólicas pelo resto da viagem até o hotel. Mia pegou uma jaqueta e um chapéu diferente em sua bolsa e tentou tirar sua cota de fotos de si mesma no banco de trás.

Quando chegamos ao hotel, tudo o que eu queria era ir para o nosso quarto, tomar uma xícara de chá se pudessem trazer, colocar um casaco e respirar um pouco.

Mas Mia tinha outros planos. Ela pediu a ajuda de Lily para tirar fotos na frente do hotel. A indignação com o que tínhamos visto ainda estava evidente em seu tom de voz, mas suas palavras para com Lily eram quase que respeitosas. Eu sabia que aquele não era um bom momento para deixar Lily sozinha, então, resumindo, acabei ajudando Mia também. Minha atitude em relação àquele trabalho não era nem de perto tão graciosa quanto a de Lily. Acabei sendo a segunda assistente, tirando peças de roupa da grande bolsa conforme solicitado.

Não éramos as únicas observando Mia enquanto ela se encostava na parede curva que levava ao saguão do hotel. Em seguida, ela posou ao lado da placa de madeira esculpida da entrada, focalizando outros óculos de sol e rapidamente prendendo seu longo cabelo no topo da cabeça.

A placa dizia que nossa altitude era de 1.600 metros acima do nível do mar. Fiquei surpresa. Eu estava acostumada à altitude, já que morávamos a quase 2.100 metros, mas nosso clima era seco e nossos invernos eram frios e com neve. Um dos poucos detalhes que li no livro da Mansão Girafa era que não nevava em Masai Mara. Então lembrei que era novembro. Aqui, o ar da noite era fresco e um pouco úmido, como seria uma noite de verão amena lá em casa.

Nossa última sessão de fotos foi no pátio, perto da fogueira e das poltronas reclináveis. Quando veio o crepúsculo, as montanhas distantes se transformaram em uma silhueta ondulada no horizonte e assumiram um tom cinza profundo que combinava com a cor das longas e finas nuvens desiguais que se estendiam o mais longe que meus olhos podiam ver. Um leve toque do rubor do pôr do sol suavizava o contorno das nuvens e das colinas imóveis.

Na encosta verde e na vasta área lá embaixo surgiram sombras longas, que ganharam sutis pinceladas de cor amarela, onde brotava a grama alta. Era como se aquele canto do mundo tivesse sido instruído a ficar em silêncio. A descansar. A esperar pelo manto escuro da noite cobrir suas bordas e continuar a promessa que existe desde o início dos tempos:

Houve tarde e manhã, o primeiro dia.

Pensei nesse versículo do Gênesis sobre a criação. Olhando para Masai Mara naquela noite, senti um toque persistente do Éden perdido. Ao longe, um único baobá erguia-se como um grande guarda-chuva, um sobrevivente tenaz, uma simples e silenciosa árvore da vida.

— Pronto. — A declaração de Mia interrompeu minhas reflexões suaves. — Foi tudo de que eu precisava. Obrigada, Lily. Vamos comer.

— Ainda não fomos para o nosso quarto — disse Lily.

— Os quartos não têm nada de especial — retrucou Mia. — Vocês deveriam comer primeiro.

Àquela altura, eu não me importava mais com o que faríamos em seguida. Lily olhou para mim e deu de ombros em concordância, ou talvez em rendição, e nós três voltamos ao saguão.

Sinalizei para Lily que eu estava indo ao banheiro e ela me acompanhou. Mia foi até a recepção, onde a ouvimos pedir que sua bolsa grande, que ela havia deixado no pátio, fosse levada para o seu quarto.

— Você está bem em relação a isso? — sussurrei para Lily antes que Mia entrasse no banheiro.

— Sim, mas só até aqui. Vamos comer rápido e ir para o nosso quarto. Amanhã vou dizer a ela que...

Mia entrou logo após o comentário de Lily.

— Amanhã o quê?

— Amanhã vou só tirar férias. Não vou poder ajudar você.

Mia olhou para mim e, por um momento, pensei que ela tentaria me recrutar. Em vez disso, ela disse:

— Vou embora amanhã. Não tem mais nada para eu fazer aqui. Ainda mais considerando a crueldade animal inaceitável que eles permitem. Isso vai contra minhas crenças e além da minha tolerância.

Lily riu e rapidamente conteve sua reação.

— Sério, Mia, você já deveria saber que estaria na selva. Isso é um safári, não um zoológico interativo.

Para minha surpresa, Mia não pareceu se ofender com o toque de realismo de Lily. Ela ignorou o comentário, terminou de lavar as mãos e disse:

— Espero que aqui eles tenham algo que eu possa comer. Sou vegana.

— Tenho certeza que sim — disse Lily.

A decoração da sala de jantar tinha o mesmo tema tribal do saguão, mas com o toque adicional de toalhas de mesa e guardanapos de pano brancos em cada lugar como uma vela alta, nos dando as boas-vindas de volta para casa.

Olhei o cardápio e me lembrei de que eu tinha dito ao Dani que queria estar aberta a todas as novidades que Lily e eu encontraríamos. Disse a ele que não queria ter medo de experimentar coisas diferentes, inclusive comida. Até agora, no Brockhurst e na Mansão Girafa, eu tinha escolhido apenas alimentos que me eram familiares.

Exceto o *ugali*. Que não foi tão ruim quanto eu esperava. Hora de experimentar mais novidades.

Pedi algo chamado *nyama choma*. Estava descrito no cardápio como "carnes assadas tradicionalmente". Também pedi *sukuma*, que era "couve local cozida com tomate, cebola, alho e coentro".

Lily copiou meu pedido e Mia decidiu que só queria o prato de couve.

Cada mordida estava deliciosa.

Não falamos muito durante a refeição. Mia ficou no celular, rolando a tela e digitando enquanto comíamos. Depois que terminamos, ela disse que havia editado várias das melhores fotos e postado em suas contas.

— Que rápida — disse Lily.

— Preciso ser rápida. Minhas empresas afiliadas têm dezenas de influenciadores morrendo de vontade de ficar com o meu trabalho. As pessoas acham que a competitividade diminuiu, mas continua tão intensa quanto sempre foi.

— Parece estressante — disse Lily. — Eu não conseguiria fazer o que você faz.

— Mas você poderia ser uma assistente de influenciador — disse Mia. — Eu daria uma boa recomendação para você.

— Vou lembrar disso.

Como Lily conseguia continuar sendo tão gentil e mantendo uma expressão normal era algo que eu não entendia. Se Mia soubesse o tamanho da empresa de eventos de Lily e a enorme lista de clientes famosos com quem ela trabalhava, pararia de tratá-la como uma estagiária. Eu queria dizer alguma coisa. Queria me gabar da minha talentosa melhor amiga, tanto quanto ela tinha me elogiado na frente de seus tios.

Antes que eu pudesse pensar no que dizer, Mia pegou o celular e disse a Lily:

— Deixa eu marcar você. Vai conseguir mil novos seguidores, com certeza. Qual é o seu nome de usuário?

— Eu não uso minhas redes sociais para postar nada — disse Lily. — Só para seguir outras pessoas.

— Os clientes dela — acrescentei. — Ela tem alguns perfis de alto nível...

Lily cutucou minha perna por baixo da mesa. Deixei minha frase inacabada quando me dei conta de que ela não queria que Mia pedisse para ser apresentada a seus contatos.

Felizmente, a atenção de Mia se voltou para mim e meu quase erro foi esquecido. Ela olhou para o meu celular na mesa.

— E você? Você poderia aproveitar para conseguir mais seguidores.

Decidi abraçar outra novidade e passei meu contato para ela.

— Também não sou muito ativa nas redes sociais. Mas gostaria de aprender a ser melhor em postar atualizações.

Mia olhou para a foto na minha tela. Ela olhou para mim e de volta para a foto.

— Esse é o nosso filho — falei.

— Seu filho? — Mia pareceu chocada. — Você tem um filho? Ele?

Eu ri. Não era minha intenção, mas foi o mesmo tipo de riso que escapou de Lily no banheiro, quando Mia reclamou da crueldade animal. A expressão surpresa de Mia não era sua melhor apresentação pessoal.

Contendo minha reação, eu simplesmente respondi:

— Sim. Sim, ele é meu filho.

— Então seu marido é...

— Mexicano — respondi antes que Mia pudesse terminar. Eu estava acostumada com esse tipo de conversa e não senti necessidade de explicar mais. Pelo canto do olho, vi Lily se eriçar, pronta para intervir com todo o seu apoio e carinho por minha pequena família. Fiquei grata por ela ter seguido o meu exemplo e permanecido em silêncio.

— Interessante — respondeu Mia. Ela me olhou nos olhos, pela primeira vez desde que nos conhecemos, e inclinou a cabeça para o lado. — Você me surpreende.

13

> Não importa para onde você vai.
> Importa quem está ao seu lado.
>
> Anônimo

Mais tarde naquela mesma noite, depois que Lily e eu nos acomodamos em nossas camas de solteiro envolvidas por um mosquiteiro, conversamos sobre Mia. Eu não chamaria isso de fofoca. Estávamos refletindo. É diferente.

Percebemos que Mia não havia compartilhado nenhum detalhe pessoal conosco, como seu sobrenome ou onde morava. Não que tivéssemos sido tão abertas assim sobre nossa vida com ela, exceto pela breve explicação de como Lily e eu nos conhecemos na Costa Rica, bem como pelo meu acréscimo de que havíamos ajudado em um acampamento cristão para crianças.

Para nossa surpresa, Mia nos perguntou:

— Qual é a opinião de vocês sobre Deus?

— Ele é real — respondi. — Ele nos criou. Ele quer que o conheçamos.

— Interessante. — Foi a resposta dela.

Lily disse para Mia procurar um aplicativo que mandava um versículo e uma breve reflexão da Bíblia todos os dias. E acrescentou:

— Eu sempre leio assim que acordo.

— Você é afiliada da empresa? — perguntou Mia.

— Não, eu só gosto do aplicativo. Achei que você também poderia gostar.

Mia baixou o aplicativo e nos disse que estava curiosa para saber no que pessoas como nós acreditavam quando se tratava de Deus.

— Ter curiosidade sobre Deus é um bom começo — falei. — Deus prometeu que, se nos aproximarmos dele, ele se aproximará de nós.

O olhar da Mia voltou à expressão de sorrir para as câmeras e ela foi embora.

— Você foi tão gentil com ela, Lily — comentei, agora em minha cama. — Eu definitivamente não me esforcei para ser gentil. Queria ter me esforçado. Pareceu falso da minha parte dizer que ela deveria se aproximar de Deus sendo que eu não fiz nada para me aproximar dela como você.

— Não sei se tentei me aproximar dela.

— Você não a evitou como eu fiz.

— Ao longo da vida, eu já tive alguns clientes como a Mia: determinados a fazer as coisas do jeito deles e desumanos para conseguir seguidores para fazê-las.

— Eu não conseguiria trabalhar com gente assim.

— Tive apenas alguns clientes assim. Mas eles não desistem. A Mia era outro nível. Que bom que você mudou de ideia e pegou seu celular de volta antes que ela entrasse nas suas contas e começasse a postar fotos nossas e se marcar.

— Você viu a página dela — falei. — Diz que ela tem mais de 800 mil seguidores, dá para acreditar?

— Sim, mas quer saber? Algumas mulheres com quem eu trabalho em Nashville têm essa mesma quantidade de seguidores e muito mais, e mesmo assim são as mulheres mais agradáveis que eu já vi. Elas amam o que fazem e são boas nisso, e é por essa razão que tantas empresas querem que elas façam propaganda de seus serviços e locais para casamento. Dá para ser influenciadora sem oprimir os outros.

— Também já tive alguns escritores com opiniões fortes, mas nunca precisei trabalhar com alguém como a Mia. Mas ela parece saber o que faz, porque as fotos que nos mostrou eram lindas. Tinha uma que ela tirou de si mesma quando estava em pé no Land Rover que eu fiquei impressionada com as cores. Você e eu estávamos a centímetros de distância, e não foi isso que vi pela janela.

— Você sabe que ela usa filtros, não sabe? Além disso, ela é fotogênica e sabe posar.

— Talvez devêssemos ter pedido dicas a ela. Isso me faz lembrar que, nessa amizade de vinte anos, a nossa foto juntas preferida é uma de nós duas de costas.

Lily riu.

— Adoro essa foto. Ela conta uma história. Uma história maravilhosa.

Afastei o mosquiteiro e andei descalça pelo piso frio.

— Esqueci de pegar o carregador do meu celular. Não quero que a bateria acabe quando eu estiver tirando fotos amanhã de manhã.

— Algum sinal de celular? — perguntou Lily.

— Não. Eu tinha deixado para ver isso antes de voltarmos para o quarto, não foi? Vamos lembrar de perguntar na recepção amanhã e ver se alguém pode nos ajudar. Eles devem ter algum tipo de internet para conseguirmos nos conectar.

Antes de me enfiar de volta na minha tenda finamente tecida, disse:

— A Mia disse que os quartos não eram grande coisa, mas eu gosto do nosso quarto.

— Eu também.

— Quando descemos para cá depois do jantar, fiquei pensando que os quartos daqui parecem uma vila de colmeias.

— Parecem mesmo. Eu gosto das cores e dos desenhos. Bem diferente dos outros lugares em que ficamos.

Anotei na cabeça para não esquecer de tirar fotos do nosso quarto. Eu queria mostrar para o Dani que esse lugar era especial. Acho que ele pensou que ficaríamos em tendas no safári, e acabei não explicando que os sogros da Lily só viajavam de primeira classe. Seria bom tirar algumas fotos.

— Fern, você não se ofendeu com o jeito como a Mia reagiu quando viu a foto do Miqueias? Você parecia tão calma. Eu queria dizer alguma coisa. Estava pronta para puxar o cabelo dela para defender você.

— Eu percebi.

— Minha irritação com ela ficou acumulando o dia inteiro. Tenho certeza de que você também percebeu. Mas você não parecia incomodada com os comentários dela, então fiquei de boca fechada. Mesmo assim, acredite: não foi fácil eu me segurar.

— Muitas pessoas, bem ou não tão bem-intencionadas, fizeram comentários desde o começo. Você sabe disso. Lembra quando, depois de seis meses de namoro com o Dani, eu finalmente contei aos meus pais que tinha um namorado? Eles queriam ver fotos e, quando eu mandei... Bem, você sabe. Depois eles ficaram sabendo do Miqueias. Aí meu pai disse que eu estava me conformando com menos do que merecia.

— Eu lembro. Todas as suas irmãs se casaram com bons rapazes da região, de famílias alemãs ou escandinavas.

— Pois é. Quinze dos dezesseis netos dos meus pais têm cabelo loiro e olhos azuis.

— Então eles consideram o Miqueias neto deles?

— Sim, é claro. Meus pais são bondosos. Todo ano minha mãe manda um cartão com dinheiro no aniversário dele. Ela também sempre faz um gorro de tricô para ele no Natal, igual faz com todos os netos. Todos na minha família tratam bem o Dani e o Miqueias, mas eles são um grupo à parte. Dani e Miqueias são de outro mundo. Desde que me mudei para o Colorado, eu sou de outro mundo.

De repente me dei conta de que eu nunca tinha falado em voz alta como me sentia por minhas escolhas de vida terem me afastado para sempre do círculo íntimo da minha família. Era estranho ouvir esses pensamentos verbalizados.

— Sempre achei corajoso o que você fez, ir para tão longe quando você tem uma família tão amorosa.

— Acho que eu queria provar meu valor para eles, já que era a filha mais nova. Eu precisava fazer algo que nenhuma das minhas irmãs tinha feito. E morar em outro estado parecia algo aventureiro, eu acho.

— E se casar com um homem de outra etnia que tinha um filho adotivo? Isso também foi considerado aventureiro pela sua família? — perguntou Lily.

— Pela minha família, sim. Por mim, era apenas o Dani e o Miqueias. Depois que abri meu coração para eles, pareceu a coisa certa. E a mãe do Dani faz parte do nosso pequeno grupo à parte do Colorado. Eu deveria incluí-la, já que ela faz parte da nossa vida diária. Sem mencionar que moramos com a Mamacita na casa dela em nossos primeiros dois anos de casados.

— Você se arrepende de alguma coisa? De ter se casado com o Dani, de se tornar mãe do Miqueias, de morar com a mãe do Dani?

— Não, de jeito nenhum. — Nem precisei pensar sobre isso. Minha resposta foi imediata e fiquei feliz que saiu da minha boca com tanta facilidade.

— Sério?

— Sério, não me arrependo de nada. Dani é o melhor presente que Deus me deu. E sabe de uma coisa? Todo mundo tem que enfrentar dificuldades em algum momento. Antes do Miqueias, eu nunca tinha passado por algo realmente difícil. Não por algo parecido com o que você passou com seus pais. Meus primeiros trinta anos foram bem fáceis.

— Interessante maneira de ver as coisas. Todos nós temos que enfrentar algum desafio. — Lily se virou de lado. — Espero que o Miqueias continue no caminho em que está agora.

— Nós também. — Puxei as cobertas até o queixo e adorei a sensação das cobertas macias sobre meus ombros. — A conselheira disse que o progresso dele poderia ser só uma falsa normalidade, mas ela achou que a semana dele no acampamento de verão teve um grande impacto em sua mudança de atitude e em seu ajuste de comportamento.

— Acampamento de verão — disse Lily, baixando a voz. — Mudou a nossa vida.

— Mudou mesmo. — Tentei descobrir como apagar o abajur na mesa de cabeceira sem ter de sair novamente de trás do mosquiteiro. — Você consegue alcançar o botão do abajur? Está do seu lado.

Lily não respondeu. Ela já estava dormindo. Decidi deixar a luz acesa a noite toda, já que era fraca e suave, dando ao quarto a aparência do brilho de uma fogueira. Minutos depois, adormeci também.

Sonhei com um filhote de zebra correndo desesperadamente para escapar com vida da hiena que o perseguia.

Sei que foi com isso que sonhei porque acordei no meio da noite, respirando com dificuldade e olhando ao redor do quarto com uma sensação de perigo. Ainda bem que deixei ligado o brilho alaranjado do abajur. Gostei da forma como sua luz projetava sombras amigáveis nas paredes.

Orei um pouco e tentei encontrar uma posição confortável novamente. Como não consegui, saí da cama e silenciosamente abri a porta de vidro para nossa pequena varanda. O espaço protegido era grande o suficiente apenas para caber duas cadeiras. Do outro lado estava o pátio externo com a fogueira. O local estava delicadamente iluminado, e as grandes portas de vidro que se abriam para o saguão haviam sido fechadas.

O resto do mundo diante de mim estava escuro. Os quartos foram construídos na encosta da colina, e muito abaixo só havia escuridão. De onde eu estava não dava para ver a lua. Quando olhei para cima, vi exatamente o que queria ver: uma explosão de milhões de estrelas iluminando o céu. Eu mal conseguia respirar com aquela vista. Que magnitude. Que multidão. A magnificência de todas aquelas estrelas enchia meu coração de humildade.

Lily foi atrás de mim.

— Você está bem?

— Eu não consegui dormir, daí quis ver as estrelas. Olha para cima. — Lily teve a mesma reação que eu, um silêncio reverente.

Nossa contemplação durou apenas alguns instantes, pois o ar estava gelado e nossos pés, descalços. Mas eu sabia que aquela imagem ficaria gravada em mim por muito mais tempo.

— Estava pensando — falei a Lily quando voltamos para a cama e nos envolvemos nos mosquiteiros. — Se você não tivesse sido gentil com Mia, acho que ela não teria se interessado em baixar o aplicativo de que você falou. Você mostrou a ela que Jesus ama as pessoas. Preciso me lembrar disso.

— Humm.

— Já dormiu?

— Não, só estou pensando. Acho que mudei muito. Não sou mais aquela garota do Ensino Médio que queria "ir por todo o mundo". Quero voltar a ter aquele zelo, entende?

— Eu também. Acho que isso está acontecendo de maneiras silenciosas durante nossa viagem. As palavras de Njeri, Cheryl e Wanja: todas elas nos mostraram aquele jeito sincero de amar a Deus, sem hipocrisia.

— Humm.

— Agora você está dormindo, não é?

Lily não respondeu. Eu sorri. Nunca vi alguém que conseguisse dormir tão rápido.

Meu sono ia e voltava. O despertador tocou e acordei com uma sensação de alívio daquela luta com o sono durante a noite agitada. Agora era um novo dia e Samburu nos aguardava.

Pegamos nossos casacos depois que fomos a nossa pequena varanda para ver as vastas planícies à primeira luz do dia. Mesmo na penumbra, pudemos ver a ampla vista e as criaturas se movendo à distância.

Café, chá e uma variedade de pães para o café da manhã estavam disponíveis no saguão antes de nossa partida às 6h30. Aproveitamos rapidamente o café da manhã continental e subimos em nosso conhecido veículo com Samburu ao volante e seu quase mudo parceiro ao lado dele.

— Bom dia, Samburu — cumprimentei.

— Bom dia, Patrulheiro — disse Lily, apelidando o companheiro de Samburu.

Os dois sorriram para ela. Senti que o apelido ia pegar.

Nenhum outro hóspede se juntou a nós, então partimos. Sem dizer uma palavra, Lily e eu estávamos extremamente felizes por sermos apenas nós quatro.

Os buracos no caminho de terra pareciam mais tremulantes do que no dia anterior. Fiquei pensando se não tinha ganhado alguns hematomas. Mas, mesmo que tivesse e fosse acabar com outros mais naquele dia, para mim tudo bem. Aquele dia iria valer cada balançada.

Tentei tirar algumas fotos entre um solavanco e outro. Meus olhos estavam fixos no céu porque eu queria fotografar a luz suave da manhã. Longas e finas nuvens navegavam pelo horizonte, parecendo brancas e delicadas como lençóis pendurados em um varal celestial.

Lily foi balançando para a parte de trás do Land Rover. Firmando os pés, ela gritou para mim:

— Ei, vem cá!

Certifiquei-me de que Samburu não se importava. Seu sinal de positivo me animou para ir até Lily. Enquanto eu fazia a transição nada elegante do banco do meio para o banco de trás, ele gritou para nos segurarmos.

O vento me deixou sem meu fôlego enquanto Samburu dirigia, desviando de pedras e buracos. Lily e eu nos seguramos na borda do teto, e eu usei minha bandana para prender meu cabelo comprido em um rabo de cavalo. Os cabelos loiros e finos de Lily dançavam ao redor de seu rosto. Eu sentia meu rosto e todo o resto balançando conforme Samburu saía da trilha e acelerava pela savana.

Ele gritou algo, mas não conseguimos ouvi-lo. Atirador apontou para a direita. Lily os viu primeiro.

— Olha! — gritou ela. — São elefantes aaa-frii-canos!
Eu gargalhei.

— Você estava guardando o seu Áaa-frii-caaa para a hora certa, não estava? — Precisei gritar para ela me ouvir.

Seu sorriso alegre me deu a resposta. Ela estava tendo um daqueles momentos de "uau, realmente estamos no Quênia", que ambas estávamos experimentando em momentos inesperados nos últimos dias.

— Tem mais elefantes! — gritou Lily e Samburu diminuiu um pouco a velocidade, chegando mais perto. — Olha, tem seis! Ou são sete?

Contei seis e mantive meus dedos por apenas um segundo antes de me segurar novamente.

Lily gritou:

— Bom dia para vocês, elefantes aaa-frii-canos! Vocês são incríveis! E grandes!

Samburu passou em cima de um buraco, fazendo com que Lily e eu trombássemos uma na outra. Começamos a rir e não conseguíamos parar. O encanto de tudo aquilo ficou preso na minha garganta, junto com uma mistura de poeira e, provavelmente, um ou dois insetos. Lá estávamos nós, sacudindo e batendo em tudo pela vasta savana, indo diretamente para perto de um grupo de elefantes muito grandes e muito reais.

Samburu se aproximou. Não muito. Ele desligou o motor e o mundo inteiro ficou em silêncio. Os grandes animais haviam se aproximado uns dos outros em um pequeno grupo de árvores perto dali. O tamanho dos elefantes fazia as árvores parecerem minúsculas. Podíamos ouvir o som dos galhos sendo quebrados na boca dos elefantes.

Lily estava certa. Eles eram grandes. Muito maiores do que o elefante asiático que eu tinha visto anos atrás no zoológico de Denver. Esses elefantes me deixaram boquiaberta. E estávamos bem perto deles. Não havia nenhuma cerca de arame nos separando.

— Parece que os elefantes não nos notaram — disse Lily. — Mas eles sabem que estamos aqui, não sabem?

— Sim, sabem mesmo — respondeu Samburu. — Eles conseguem sentir cheiros a até vinte quilômetros de distância.

— Vinte quilômetros! Aliás, é verdade que elefantes nunca esquecem? — perguntou ela.

— É mais verdade do que mentira — disse Samburu. — Eles são os maiores mamíferos terrestres e têm um cérebro muito grande. Eles guardam informações importantes para sua sobrevivência. Sabem onde encontrar comida e água, sabem quem é uma ameaça e quem não é.

— Que bom que eles não nos veem como uma ameaça — falei. — Não acredito que conseguimos chegar tão perto.

Patrulheiro disse alguma coisa e Samburu riu.

— Já vimos esse grupo antes — disse ele. — Há apenas alguns dias. Ao sul daqui. É possível que eles se lembrem de nós.

Eu gostei da ideia de os elefantes "conhecerem" nossos motoristas e serem tranquilamente indiferentes a nós, porque seu tamanho e seu peso eram intimidantes. Mas seus movimentos eram lentos e, mesmo parados em um único lugar, parecia haver um leve balançar entre eles. Tentei imaginar se aquele era o jeito como eles usavam suas trombas para alcançar as poucas folhas que sobraram nas árvores altas e depois levá-las à boca com facilidade.

Um dos elefantes era visivelmente menor do que os outros. Parecia mais um adolescente do que um bebê. Não que eu soubesse exatamente o tamanho de um elefante adolescente, mas Samburu confirmou minha teoria.

— Faz tempo que não vemos um bebê elefante em nenhum dos grupos — disse ele. — Estamos sempre procurando e torcendo para ver vida nova. Muitos elefantes jovens não sobreviveram à seca dos últimos dois anos. — Ele começou a descrever a importância dos elefantes para o ecossistema. — A próxima geração deles, e de todos nós, na verdade, sofrerá se não houver mais bebês.

A maneira como ele disse isso tocou meu coração e liberou uma inesperada lembrança recente. Lembrei-me da expressão entusiasmada da Lily no avião quando eu estava tentando dizer que estava desempregada e ela me perguntou se eu estava grávida. Relacionei esse sentimento à felicidade que todos nós sentiríamos agora se soubéssemos que um desses elefantes estava para ter um bebê.

— Como você consegue saber se uma fêmea está grávida? — perguntei. — Elas já são tão grandes e redondas.

Samburu disse que conseguia perceber. As fêmeas daquele grupo não estavam grávidas. Ou, se estavam, não estavam há muito tempo.

— Quanto tempo dura a gestação de um elefante?

— Para elefantes africanos, são vinte e dois meses.

— Puxa — murmurou Lily baixinho.

— Esses são todos fêmeas? — perguntei.

— Sim. O macho volta para o grupo quando está em *musth*.

— É como estar no cio? — Lily perguntou.

— Sim. Se houvesse um macho adulto com elas agora, eu não chegaria tão perto. Eles podem se tornar agressivos rapidamente.

Ajustei minha lente do celular para o modo *zoom* e tirei umas dez fotos. O fato de a pele grossa dos elefantes cair em dobras me surpreendeu. Eles tinham muito excesso de pele. Não era de surpreender que estivessem se agrupando na sombra limitada. A mãe elefante mais próxima de nós estava posicionada de lado. Seu corpo captava a luz suave de tal forma que fazia sua pele parecer amassada ao longo de seu grande corpo. Até suas pernas tinham dobras.

— Já que os elefantes machos não ficam com as fêmeas, quem lidera o grupo? — perguntou Lily.

— A matriarca — respondeu Samburu. — Está vendo aquela grande à direita? É ela. Provavelmente é a fêmea mais velha. Ela é quem guia o grupo até a comida e a água, geralmente com base em memórias de antigas águas superficiais. O grupo pode viajar a céu aberto sem medo de predadores, às vezes até sessenta quilômetros por dia.

— Então, nenhum outro animal caça elefantes?

— Não.

Patrulheiro disse algo e mais uma vez Samburu nos explicou.

— No ano passado, vimos um grupo de sete leoas abater um bebê elefante. A comida estava escassa. Caso contrário, elas nunca tentariam.

Eu não esperava ter tantas emoções intensas nessa viagem. Se eu desse asas a meus pensamentos, poderia ter chorado pelo bebê elefante. Minhas emoções estavam vindo à tona naquela manhã, e o Quênia estava me levando novamente por um caminho primitivo até chegar a lugares profundos dentro de mim.

Senti uma estranha calma na presença daquelas fêmeas. Para mim, elas pareciam ser gigantes gentis, e seus movimentos lentos e intencionais eram fascinantes. Até mesmo sua indiferença parecia majestosa.

— Sempre pensei que os elefantes fossem cinza — comentei. — Essas fêmeas são mais de um marrom enferrujado. É por causa da terra vermelha?

— Sim, a terra ajuda a mantê-las frescas e afasta insetos — respondeu Samburu. Então, abruptamente, ele acrescentou: — Você sabia que os elefantes têm medo de abelhas? Se eles ouvem o zumbido de uma colmeia, abanam as orelhas e ficam agitados. Eu já vi isso uma vez.

— As abelhas conseguem picá-los? — perguntou Lily.

— As picadas não atravessariam a pele delas, mas poderiam picar em volta dos olhos e dentro das trombas.

— Ai — falei.

— E ratos? — perguntou Lily. — Não tem uma fábula que diz que elefantes têm medo de ratos?

— As fábulas de Esopo — comentei.

— Elefantes não gostam de pequenos animais correndo em volta de suas patas — disse Samburu. — Mas ratos não são uma ameaça para eles.

Observamos os elefantes em silêncio, vendo que eles lentamente se moviam para a área sombreada atrás das árvores, estendendo a tromba para os galhos e arrancando mais folhas para comer. Não demorou muito e ficaram quase que escondidos da nossa vista. Eu queria tirar mais fotos, mas nenhum deles voltou para a área aberta, onde seria fácil conseguir uma imagem clara.

Até pensei em pedir a Samburu para dar a volta, de modo que pudéssemos vê-los novamente, mas não queria parecer mandona como a Mia. Eu também não sabia se aquele era apenas um de muitos grupos, e se veríamos outros antes do fim do passeio, então teríamos muitas oportunidades para tirar fotos. Torcia para que conseguíssemos tirar uma foto de um elefante bebê.

Samburu ligou o motor e circulou o grupo, parecendo atender meu pedido sem eu ter precisado pedir. No entanto, tivemos apenas um último vislumbre rápido dos grandes e adoráveis elefantes, porque o verdadeiro propósito de Samburu era voltar para o caminho esburacado pela área mais aberta, onde o solo era menos rochoso.

Continuamos a viagem e vimos três outros veículos do hotel e um de outra agência de turismo. Gostei de ver que todos acenaram para nós, como se fôssemos amigos fazendo um passeio. Nenhum dos veículos estava indo na mesma direção que nós. Pouco depois estávamos fora da estrada cheia de buracos e de volta à selva aberta. Lily e eu ficamos de pé no banco traseiro e nos seguramos o melhor que podíamos.

Com outra oscilação de minhas emoções, eu ri novamente. Achei hilário ser sacudida de um lado para o outro e sentir cada pedaço de mim balançar, sabendo que estava fazendo isso por escolha e que não queria parar.

Lily gargalhou comigo. Levantamos o queixo para o céu azul-claro. Naquele momento, não havia nenhum outro lugar e nenhuma outra pessoa com quem eu quisesse estar.

Assim como a elefante matriarca, eu sabia que nunca esqueceria aquilo.

14

O olho nunca esquece o que o coração viu.

Provérbio africano

Viajamos por algum tempo no Land Rover que sacudia e balançava, com o vento no cabelo e os óculos de sol protegendo os olhos. Eu me sentia tão jovem. Tão encantada com o mundo despertando ao nosso redor.

Ao longo do caminho, avistamos duas girafas de longe, algumas hienas espreitando deitadas na grama e várias famílias de zebras. Muitas aves apareceram no início do dia, mergulhando no ar em busca de comida. Pequenos bandos de uma das muitas variedades de antílopes africanos estavam perfeitamente imóveis, observando-nos passar.

Não paramos para ver nenhum desses animais, pois Samburu tinha um objetivo maior para nós.

O chão ficou mais verde do que no lugar onde os elefantes estavam, e agora, em todas as direções, a terra estava coberta de grama fresca. Samburu voltou para a estrada principal de terra vermelha, que estava lamacenta e cheia de poças d'água. Nuvens escuras de chuva avançavam à nossa frente, já tendo abençoado aquela porção de terra.

À distância, vimos o que parecia ser uma formação de rochas escuras. À medida que nos aproximamos, pudemos ver que aquelas rochas estavam se movendo. Havia centenas. Talvez milhares.

— Wildebeests — anunciou Patrulheiro.

Samburu dirigiu na direção deles, chegando mais perto do que dos outros animais. Ele não parou até estarmos no meio do bando. Eles se afastaram sem se opor à nossa aproximação e continuaram correndo a toda velocidade ao nosso redor, dos dois lados. Era como se nosso veículo fosse uma grande rocha lançada no meio de um rio fluindo rapidamente, e a água simplesmente ajustasse seu curso em torno dela.

Com a sola dos meus pés, eu conseguia sentir a vibração causada por milhares de cascos batendo no chão.

— Uau. Eles estão por toda parte — maravilhou-se Lily, olhando para a direita e para a esquerda.

Eu estava mais nervosa do que empolgada ao ver aquelas criaturas determinadas se movendo ao nosso redor. Certamente nossos confiáveis guias sabiam o que estavam fazendo, mas aqueles animais eram grandes e passavam por nós como se fossem um exército.

— Não tem problema em estarmos tão perto, Samburu?

— Não, está tudo bem. — Ele descansou os braços em cima do volante e olhou pelo para-brisa.

— Eles me lembram búfalos. — Lily estava tão calma como se estivéssemos assistindo a um filme em 365 graus com som de cinema.

— Temos búfalos e bisões no Colorado — falei, tentando me acalmar. — A cabeça deles parece maior.

— Mas esses sujeitos são mais peludos, não são? — disse Lily. — Eles parecem primos antigos dos búfalos por causa do rosto comprido e da barba. Isso sem contar os chifres assustadores.

— Tem certeza de que eles não se importam com a nossa presença no meio dessa debandada? — perguntei.

— Eles não estão em debandada — respondeu Samburu. — Essa é a migração deles.

Notei um grupo de várias dezenas à distância que não estava se movendo com o restante. Eles estavam pastando perto do lugar onde tínhamos parado e não pareciam ter pressa em seguir adiante.

— A migração começa no sul, na Tanzânia. — Samburu apontou para a frente. — Eles migraram para cá para pastar. Alguns irão mais para o norte, outros ficarão aqui. A época de parto começa em janeiro.

— São muitos.

Firmei os pés no banco de trás e me apoiei na lateral do Land Rover. Se por algum motivo esses animais decidissem arremeter contra o nosso veículo, eu temia que capotássemos.

— Eles têm um cheiro horroroso — falei em voz baixa. — Será que só eu senti?

Parece que Lily não me escutou por causa do barulho constante, já que perguntou:

— Por que as zebras estão pastando com eles ali? Isso é normal?

— É, sim — disse Samburu. — Quanto mais animais, mais seguro.

— De onde veio o nome "wildebeest"? — continuou ela a perguntar. — Parece uma palavra que saiu de um gibi antigo do meu filho*.

A resposta de Samburu foi breve.

— Colonizadores holandeses. Nosso povo tinha um nome diferente para eles.

— Gnu — anunciou Patrulheiro.

---

* [N. T.] Em português, wildebeests soa parecido com "bestas selvagens".

— Eu gosto mais do nome "gnu" — disse Lily. Então, ela cumprimentou a enorme manada da mesma forma que cumprimentou os elefantes. — Bom dia, gnus!

Parecia que Lily, no estilo Patrulheiro, estava anunciando aos milhares de animais ao nosso redor que, para ela, o nome deles havia oficialmente voltado ao nome original.

— Sim, estou falando com você, Sr. Gnu de Barba Branca. Você e seus amigos. Sabemos que vocês estão aqui na sua migração e só queremos dizer oi e que estamos impressionados com todos vocês. E eu realmente quero dizer *todos* vocês. Então, que Deus abençoe a todos e tenham um lindo dia.

Tanto Samburu quanto Patrulheiro viraram-se para olhar para a querida Lily. Eles estavam sorrindo.

O carisma da personalidade dela não havia mudado desde o dia em que nos conhecemos. O fato foi só que demorou vários dias nessa viagem para que o lado de borboleta livre de Lily saísse do casulo que a prendera.

Fiquei feliz em vê-la flutuar.

E também quando Samburu ligou o jipe e abriu caminho lentamente até a estrada principal. Sentei-me no banco e respirei o ar empoeirado, porém mais fresco por termos nos afastado dos gnus migrantes.

Lily foi até a frente do Land Rover e fez mais perguntas sobre a estação chuvosa e sobre as rotas de migração de outros animais. Fiquei impressionada com a maneira como Samburu respondeu todas as perguntas dela. Nada parecia irrelevante para ele. Em algumas respostas, dava para ver seu respeito pela terra e pelas tradições. Apesar de sua voz não ser do nível estrela do rock como a de seu irmão, ele era o melhor guia que poderíamos ter.

Enquanto fazíamos perguntas, de vez em quando Patrulheiro conversava com alguém no rádio comunicador.

Descobrimos que os guias ficam conectados uns com os outros durante os passeios, para informar onde certos animais haviam sido vistos. Dessa vez, em vez de um relatório de animais, ouvimos a palavra "chuva".

Vimos nuvens escuras vindo do nosso lado direito. Os ventos aumentaram e entendemos que teríamos de correr para chegar ao hotel antes de ficarmos encharcados.

Atravessando a grande extensão de grama verde contra o horizonte escurecido, árvores baobás surgiram como grandes cogumelos com topos achatados. Uma aqui, outra ali. Eram solitárias, separadas umas das outras, mas todas serviam como imponentes estações de refúgio para pássaros e outras criaturas.

Quando as primeiras gotas de chuva atingiram o para-brisa, Samburu entrou na estrada circular do hotel. Lily e eu dissemos a ele e a Patrulheiro que, se não estivesse chovendo à tarde, estaríamos prontas para sair novamente, se eles estivessem dispostos a nos aguentar.

— Será um prazer — disse Samburu. — De verdade.

Corremos para o saguão e fomos diretamente ao restaurante. O café da manhã estava sendo servido no estilo bufê, e as várias opções estavam identificadas, o que foi útil. Provei um pouco de quase tudo, juntamente com uma generosa porção de ovos mexidos e, sim, *ugali*. Na fila, quando Lily e eu vimos aquele grande montinho branco, trocamos sorrisos nostálgicos e entendemos que tínhamos de pegar um pouco.

Gostei de tudo o que provei, especialmente do *mandazi*[*] de limão. Os doces fritos em formato triangular não

---

[*] [N. T.] Tipo de pão ou bolinho frito popular na culinária de vários países da África Oriental.

tinham recheio. Gostei da leveza e do fato de não serem muito doces.

Lily gostou de *vibibi*[*]. Pareciam pequenas panquecas brancas, e descobrimos que eram feitas com leite de coco e arroz. Não sei por que esses ingredientes nos surpreenderam, mas surpreenderam. Não as vi na primeira vez que me servi, então voltei ao bufê para pegar algumas e também uma salsicha *choma*^{**} que Lily recomendou. A salsicha era fina e um pouco mais apimentada do que minha boca estava preparada depois das *vibibi* e dos *mandazi*.

— Isso não foi um café da manhã comum, foi um *brunch* — comentei com Lily. — Está tudo muito bom. Vou voltar ao bufê para pegar alguma fruta. Você quer alguma coisa?

— Acho que agora só consigo tomar uma xícara de café. Quando o garçom passar, vou pedir. Quer um chá?

— Sim, por favor. Veja se eles têm *masala chai*.

Voltei com meu prato de frutas e vi Lily acenando para John e Darla, o casal mais velho que conhecemos em nossa van de passeio. Eles estavam sentados do outro lado do salão e pareciam prestes a sair, mas antes vieram nos cumprimentar.

— Vocês foram ver os animais agora de manhã? — perguntou Darla.

— Sim, fizemos um passeio ontem e outro hoje — disse Lily. — E vocês? O que viram até agora?

---

*[N. T.] Prato tradicional da culinária suaíli, são panquecas de arroz, coco, baunilha, noz-moscada e cardamomo.

**[N. T.] A salsicha *choma* é uma salsicha assada e apimentada comum, mas no Quênia geralmente é feita de carne de bode (e, antes de ensacada, pode ser refogada com cebola, alho, gengibre, pimenta e limão). Para mais informações, pesquisar como *nyama choma* ("carne de churrasco", em suaíli).

— Temos uma vista maravilhosa do nosso quarto. John viu elefantes e zebras com os binóculos de manhã.

— Vocês planejam fazer um passeio à tarde? — perguntei.

— Acho que não — disse Darla. — Eu trouxe um livro para ler à beira daquela piscina agradável, mas receio que agora essa chuva irá me mandar de volta para o quarto.

— Ouvimos dizer que vai melhorar até a tarde. Vai ficar lindo — disse Lily a eles. — Espero que vocês consigam sair do hotel para ver a vida selvagem.

— Eu não sei — disse Darla, de forma melancólica. — Vimos a Mia ontem à noite. Ela disse que foi no passeio e que foi revoltante. Aliás, ela também disse que a estrada não é pavimentada, e o John ficou preocupado com as costas dele.

— Podemos ir — disse John de forma abrupta.

Darla se inclinou um pouco, como se estivesse nos confidenciando algo.

— Não temos certeza se esse foi o tipo de férias adequado para nós.

— Ideia do seu pai — disse John.

Lily, gentilmente, não o corrigiu dizendo que foi seu sogro quem reservou o safári. Em vez disso, com suavidade, ela mudou para seu modo de atendimento ao cliente e sugeriu que eles aproveitassem os outros serviços oferecidos no hotel, como fazer uma massagem, ver os jogos de tabuleiro ou os livros na biblioteca.

Darla balançou a cabeça negativamente.

— Estamos bem no nosso quarto. John garantiu que ficássemos na maior suíte, então temos um lugar espaçoso e grande o suficiente para nos manter ocupados à tarde. E à noite fizemos reservas para jantar ao ar livre: será um churrasco à beira da piscina e vão assar cordeiro. Tenho certeza de que será agradável.

— Podemos sair — repetiu John. — Amanhã.

— Bem, espero que de qualquer forma seja uma ótima experiência para vocês — disse Lily.

Darla sorriu.

— Obrigada, querida.

Os dois passaram por entre as mesas e saíram do restaurante.

— Sabe — disse Lily —, estou começando a entender por que minha sogra não estava empolgada com essa viagem. Quando ela sai de férias, gosta de ler livros à beira da piscina e fazer tratamento de beleza facial. Talvez tenha sido bom ela não ter vindo, pois teria ficado como a Darla e nem teria tentado ir ao safári.

— É uma longa viagem só para vir ler um livro à beira da piscina — comentei.

— Ou para fazer um tratamento de beleza facial.

— Não que eu fosse me incomodar de ler um livro — continuei. — Sempre é uma boa ideia para um dia chuvoso.

— Quer fazer uma massagem? — perguntou Lily.

— Eu precisaria deixar minha barriga estufada descansar um pouco antes de me deitar de bruços em uma mesa de massagem, mas quero, sim! Parece bom também.

— Vamos agendar as massagens e ficar um pouco no saguão.

— Você já pediu o chá e o café?

— Não. O garçom ainda não passou. Ah, lá está ele. — Lily levantou a mão e fez sinal para o garçom. Ela pediu um *mocaccino* e eu pedi *masala chai*.

Nosso garçom trouxe um café com leite em uma pequena leiteira e uma xícara de água quente com um saquinho de *masala chai*.

— Não é exatamente o que eu esperava — disse Lily. O seu também não.

— Tudo bem. — Mergulhei meu saquinho de chá na água quente e inspirei a fragrância levemente picante. Estava bom.

Lily tomou um gole do café com leite e assentiu.

— Está bom. Eu não deveria ser tão crítica. Afinal, somos as Peregrinas. Viajamos tranquilas e não reclamamos.

— Esse é o nosso lema?

— Poderia ser. — Lily acenou com a cabeça para meu celular ao lado do meu prato. — Você vai ligar para o Dani à tarde?

Olhei para o celular e mostrei a Lily a tela com as palavras "Sem serviço".

— Vou ver se o recepcionista pode me ajudar com isso — falei. — Talvez eles tenham uma linha fixa disponível para os hóspedes. Pensei em tentar ligar para o Dani depois do safári à tarde. É a melhor hora para encontrá-lo acordado. Se eu ligar agora, acho que ainda estará dormindo.

— Eu deveria tentar ligar para o Tim também. Pensei nele hoje quando os gnus nos cercaram. Ele teria adorado aquilo.

Eu queria apresentar várias soluções em que pensei para ajudar os dois, mas então lembrei de nossa promessa de não começarmos a dar sugestões uma para a outra até o fim do safári. No entanto, parecia um bom sinal que ela estivesse falando em ligar para ele. Talvez suas apreensões anteriores tivessem desaparecido. Se eu começasse a dar sugestões, ela faria o mesmo, e o foco se voltaria para mim. E eu ainda não estava pronta para ser a pessoa analisada. Eu ainda estava processando tudo o que havíamos visto naquela manhã.

— Você sente um pouco de culpa por estarmos vivendo todas essas experiências incríveis? — perguntei.

— Não é exatamente culpa — disse Lily. — Estou encantada de podermos fazer isso.

— Eu também. Mas, honestamente, até agora já senti pelo menos três vezes que não mereço isso.

— Então diga a si mesma que você é abençoada — disse Lily. — É o que meus amigos em Nashville e eu dizemos quando coisas boas acontecem conosco. Você diz a Deus que está grata pela abundância de bênçãos, e diz a si mesma que você é abençoada.

— Obrigada, Senhor, pela abundância de riquezas — declarei. — Eu sou abençoada.

— Sim, você é. — Ela tomou o último gole de seu café. — E agora vou abençoar você com uma massagem. Vamos agendá-la.

— Ah, não, você não vai. Eu é que vou abençoar *você* com uma massagem.

— Eu disse primeiro.

— Que pena. Meu cartão de crédito funciona tão bem aqui quanto o seu. Então, por favor, me deixe fazer isso. Quero abençoar você.

Lily riu.

— Certo, tudo bem. Você paga as massagens e eu abençoo você com outra coisa depois.

Eu não contei a ela, mas só tinha feito massagem uma vez na vida, e foi porque meus amigos do trabalho fizeram uma vaquinha para me dar um vale-presente de uma rede de *spas* local no meu aniversário de 35 anos. Eu amei. Então, agora estava ansiosa para ter aquela experiência de novo depois de nosso bate-bate dentro do jipe no safári.

As últimas duas vagas que sobraram naquele dia eram em horários consecutivos, e a primeira seria em vinte minutos. Lily insistiu que eu fosse primeiro.

A massagem que recebi da mulher maasai* do hotel não foi nada parecida com a massagem da rede de *spas*. A técnica dela era usar o antebraço para relaxar meus músculos tensos. Em seguida, ela foi direto para os pontos tensos com seus dedos e polegares inacreditavelmente fortes.

Eu me senti auma massinha de modelar quando ela terminou. O quarto estava quente e perfumado com os óleos que ela usou. A mulher maasai disse que eram feitos de frutas e flores locais. Eu amei pensar que uma pequena porção de riquezas da rica terra africana estava sendo absorvida pela minha pele de garota do campo do Michigan.

Quando ela terminou, eu não queria sair da mesa de massagem. Sessenta minutos não foram suficientes.

Lily estava esperando na sala de espera à luz de velas do *spa*, lendo um livro. Ela riu quando me viu sair da sala de massagem. Meu corpo parecia derreter em uma poça de felicidade bem na frente dela.

— Você vai adorar a massagem — comentei. — Ela tem mãos abençoadas.

— Dá para ver que fez muito bem para você.

Bebi um bom copo de água, como a massoterapeuta sugeriu, e depois caminhei lentamente de volta para o nosso quarto. Fui direto para a cama, me estiquei e caí no sono mais profundo que tive em semanas.

Quando acordei, duas horas depois, Lily não estava no quarto. Puxei as cortinas e abri a porta para a nossa varanda. Como previsto, a chuva passou. O céu parecia uma faixa desamassada do mais puro algodão azul, desenrolada e estendida no horizonte.

---

*[N. T.] Os maasai são um grupo étnico tradicionalmente nômade que vive na região da África Oriental, principalmente no Quênia e na Tanzânia.

No chão do vale, a chuva havia deixado um milhão de diamantes espalhados pelas pastagens, cintilando à luz do sol. Uma abundância de riquezas.

Quatro girafas estavam enfileiradas à distância, caminhando calmamente em direção a uma solitária árvore baobá.

Ah, África. Você é uma maravilha.

15

> Ninguém volta inalterado do Serenguéti,
> pois os leões dourados vagarão para sempre
> em nossa memória e os grandes rebanhos
> ocuparão nossa imaginação.
>
> George Schaller

Sentada em minha cadeira na varanda, olhei para cima, coloquei a caneta de lado e mais uma vez observei a imensa paisagem. Eu conseguia ver quilômetros de planície e avistei várias girafas e zebras.

Um pequeno rebanho de antílopes africanos deve ter encontrado algo saboroso nos limites do terreno do hotel, pois se aproximaram mais do que quaisquer outros grandes animais que eu tinha visto ali fora. Samburu havia nos contado que há mais de setenta espécies de antílopes africanos. Aproximei o foco os binóculos e vi que os chifres desses antílopes tinham uma torção espiral. O maior deles levantou a cabeça. Se eu tivesse uma boa câmera com uma boa lente, teria tirado uma foto linda.

Aquela imagem precisaria ficar guardada em meu álbum mental, junto com muitos outros momentos que foram impossíveis de registrar quando aconteceram. Acho que foi por isso que senti uma necessidade contínua de escrever sobre o que estávamos vendo e vivenciando.

Por onde começar? Como descrever tantas visões e momentos extraordinários? Como pegar uma experiência totalmente 360° e 3D que comove você profundamente e canalizar o momento em frases lineares e planas?

Olhei para baixo, para a tentativa inicial de fazer um poema no meu diário, meu espontâneo "Ode à África":

> Ó África!
> Tu conquistaste meu coração.
> Tu, bela terra
> De céus tranquilos e solo vermelhão.
> Esperei vinte anos
> para te tocar
> E agora
> Tu me tocaste
> Teu eco
> Reverberará para sempre
> em minha alma.

Foi então que percebi que era bom que meu diário fosse apenas para os meus olhos! Tentar expressar o que eu sentia me trazia alegria. Eu gostava muito de ter a liberdade de brincar com palavras e fazer composições artísticas sem ter de ouvir comentários de especialistas ou de leitores cheios de opiniões. Aquelas expressões eram para mim. E para meu Pai celestial, que tudo criou.

Meu respeito pelos muitos escritores com quem trabalhei ao longo dos anos aumentou naquele momento. Eles eram corajosos. Todos eles. Eles precisavam ser. Ao expor sua arte e suas criações, eles se abriam à avaliação e críticas de agentes, editores, comitês editoriais e, finalmente, do público.

Eu me maravilhava ao ver como meus autores, como um capitão de navio, manobravam por todas as opiniões e conseguiam continuar, para finalmente terminar um livro. Ou, mais milagrosamente ainda, como encontravam confiança para começar um segundo.

Antes, quando alimentei as ideias fugazes de seguir a escrita como minha próxima carreira, não pensei no custo que vem com a vulnerabilidade de compartilhar suas palavras publicamente.

Com um longo suspiro, fechei meu diário. Mais uma vez, sabia que não tinha forças para escrever algo para ser publicado. Meu próximo trabalho não seria a escrita. Seria outra coisa.

Mas o quê?

Lily entrou no quarto e deixei de lado todas as ponderações sobre minha inevitável mudança de carreira. Fiquei grata por ela ter aparecido antes que eu fosse longe demais na trilha da autorreflexão.

— Já estava me perguntando onde você estava — falei.

Lily sentou-se na cadeira à minha frente, na varanda, com um sorriso de orelha a orelha.

— O que foi? — perguntei. — Por que está sorrindo?

— Minha massagem foi tão relaxante que eu dormi. O quarto estava tão quentinho e a música tão suave que adormeci e a massagista não me acordou. Ela tinha outro cliente, mas usou a segunda sala. Acho que acabei de ter a melhor soneca da minha vida. — Lily se espreguiçou, ainda sorrindo, e perguntou: — E você, o que fez?

— Vim direto para cá, desabei na cama e dormi por duas horas.

— Legal.

— Foi mais do que legal. Foi maravilhoso. Estava na cara que nós duas precisávamos recarregar as baterias.

— Precisávamos ter feito isso há muito tempo. — Lily pegou os binóculos e focou em algo. — São antílopes ali?

— Acho que sim.

— Você viu os chifres deles? Parecem ter saído de uma máquina de sorvete. Um deles é bem grande.

— É engraçado como parece diferente vê-los pelos binóculos depois de termos tido tantos encontros próximos com outros animais. Eles não parecem tão reais, não é? A essa distância, parece mais que estamos assistindo a um filme deles.

O relógio de Lily emitiu o som de um suave carrilhão. — O safári começa em dez minutos.

Pusemo-nos em ação já e encontramos Samburu, que nos cumprimentou com *Jambo*.

Lily e eu ficamos distraídas demais para responder. Duas mulheres que não havíamos visto no hotel ocupavam os assentos da frente no Land Rover.

— *Jambo* — disse uma delas, enquanto Lily e eu subimos no jipe e nos espremeremos no meio delas até o banco de trás. Retornamos o cumprimento, Patrulheiro fechou a porta e partimos.

Seguiu-se uma viagem barulhenta e cheia de solavancos, tornando impossível para a Lily iniciar uma conversa com as outras mulheres, como era seu costume. Eu me dizia para ser amigável dessa vez, e não tão crítica e esnobe como fui com Mia. Naquela manhã, tínhamos sido mimadas por ter Samburu e Patrulheiro só para nós.

Ambas as mulheres tinham cabelos negros e sedosos. Provavelmente estavam em seus cinquenta anos. Uma delas usava grandes brincos de argola e tinha uma câmera que parecia ser cara pendurada no pescoço. Por dentro, eu torci para que ela não tivesse uma conta comercial nas redes sociais e que seu interesse em tirar fotos fosse apenas para seu prazer pessoal.

Logo encontramos um grande grupo de antílopes e paramos com o veículo ainda ligado. Lily perguntou a Samburu sobre os que tínhamos visto da nossa varanda.

— Eland. — As súbitas e curtas declarações de Patrulheiro já nos eram familiares, mas as outras mulheres pareceram surpresas. Elas conversavam entre si em um idioma que eu não reconhecia.

Depois que experimenta algo incrível, você mantém o olhar nos novatos para ver se eles estão notando e se maravilhando com as coisas que causaram uma impressão profunda em você. Foi assim quando Samburu localizou uma família de zebras. Poderiam ser a mesma família do dia anterior, infelizmente sem o filhote. Aquela memória me fez pressionar os lábios.

As duas mulheres estavam em silêncio, apreciando. A mulher com a câmera tirou dezenas de fotos. Elas não faziam perguntas a Samburu, como nós fazíamos. Pareciam satisfeitas em simplesmente observar e absorver o momento, quase não conversando entre si.

A seguir, Samburu nos conduziu a um grupo de girafas e Lily e eu voltamos a soltar gritinhos de alegria. Aquelas lindas criaturas pareciam estar em um passeio de fim de tarde, movendo-se lentamente pela área com seu andar sofisticado e despreocupado.

Estavam tão perto. Tiramos fotos o mais rápido que pudemos. Uma delas se afastou das outras e veio em nossa direção. As mulheres falaram animadamente em voz baixa enquanto Lily e eu as chamávamos como se fossem nossos bichinhos de estimação.

Eu queria que tivéssemos aquelas bolinhas de grama para alimentá-las, como fizemos na Mansão Girafa.

No entanto, essas girafas não estavam acostumadas a enfiar seus longos pescoços no quarto das pessoas e a receber petiscos na palma da mão, e eu tinha certeza de que Samburu insistiria para que mantivéssemos os braços dentro do veículo se elas se aproximassem mais.

A girafa estava a menos de dois metros de nós quando, de repente, ouvimos o som reverberante de um tiro de rifle.

Agarrei o braço de Lily e olhei ao redor. As girafas fugiram. Sua velocidade e agilidade eram surpreendentes. Elas correram em direção a um grupo de árvores distantes e, em menos de um minuto, já não podíamos mais vê-las.

Patrulheiro estava no rádio comunicador, conversando com os outros motoristas de safári. Samburu parou na trilha principal e ficou ouvindo o relato de Patrulheiro. Entendi que eles estavam falando em suaíli e que receberíamos um resumo filtrado em inglês antes de prosseguirmos.

— O que você acha que aconteceu? — sussurrou Lily.

— Não sei. — Eu observava Patrulheiro atentamente para ver se ele tiraria o rifle do local onde o guardava com segurança.

Samburu começou a dirigir, olhando à frente. O rádio ficou em silêncio, mas eles não disseram nada.

Lily e eu trocamos olhares preocupados. Não parecia que seríamos informadas de nenhum detalhe. Eu esperava que tivesse sido um tiro de advertência, como parte da habitual proteção dos visitantes, e que nenhuma pessoa ou animal tivesse se ferido.

— Quase me esqueci de que estamos na selva — sussurrou Lily.

— Pois é. — Meu coração ainda batia rápido.

As mulheres olhavam para a direita e para a esquerda enquanto seguíamos. Lily e eu também estávamos em alerta. Nosso safári parecia diferente agora. Não estávamos em pé no banco traseiro com o rosto ao vento, gritando de alegria como fizemos na manhã anterior. Minha reverência pelo ambiente ao nosso redor aumentou com o som do tiro.

Samburu reduziu a velocidade. Ele e Patrulheiro tinham visto algo. Até então estávamos dirigindo por áreas pontilhadas de brotos de grama verde baixa. Agora, o terreno estava se tornando amarelo e marrom, coberto por grandes tufos de grama seca, o que me lembrava um campo de trigo que fora deixado em pousio e, ainda assim, conseguia produzir aglomerados de palha amarela não colhida.

Viramos para uma estrada seca e dirigimos devagar por cima de cada pedra e buraco. Sem uma palavra, Samburu apontou diretamente à frente e depois virou o veículo para a direita e parou, para que tivéssemos uma vista melhor do que quer que tivesse chamado sua atenção.

Eu ofeguei.

— Leão! — sussurrou Lily com assombro silencioso. Pareceu apropriado que seu anúncio não tivesse vindo com um gritinho de fofura.

— Leão — repeti, em um murmúrio.

Ninguém mais disse uma palavra.

Lembrei-me de quando a recepcionista do hotel disse "Espere até ver seu primeiro leão".

Ela tinha razão. Eu fiquei sem fôlego.

Coloquei-me de pé e, cautelosamente, coloquei a cabeça e os ombros para fora do teto aberto. O leão se moveu lentamente em nossa direção com suas grandes patas. Sua juba dourada era selvagem e estava emaranhada. Através dos binóculos, vi uma longa cicatriz em seu ombro direito. Andando com a grande boca aberta, revelando seus pontiagudos dentes de baixo, ele parecia estar ofegante.

— Uau — murmurei.

A pele amarelada que cobria o corpo do leão parecia fina em comparação com a juba cheia que cercava seu rosto feroz. Eu conseguia ver suas costelas protuberantes nas estreitas laterais de seu corpo e me maravilhava com a régia elegância de seu andar conforme ele se aproximava mais e mais.

Lily ficou em pé ao meu lado. Tirávamos fotos sem dizer nada. Nossos ombros se apertaram um contra o outro e compartilhamos aquele momento em uma pose instintiva e primitiva, encontrando um senso de segurança na proximidade uma da outra.

O Land Rover continuava em marcha lenta, silencioso, enquanto o leão se aproximava. Olhei para Patrulheiro. Ele e Samburu mantinham os olhos fixos no grande rei dos animais.

A mulher com a câmera apontou sem palavras para os múltiplos tufos de grama alta e seca que nos separavam do leão. Ela fixou sua lente teleobjetiva em algo e murmurou algumas palavras para sua companheira.

Um dos tufos, o maior, estava se movendo.

Cinco leoas saíram do seu esconderijo, com dois filhotes seguindo de perto. Lágrimas de admiração embaçaram minha visão.

O leão parou sua aproximação.

Enquanto observávamos maravilhadas, as cinco leoas foram até ele. Duas delas se esfregaram em seu lado e enterraram o rosto em sua juba. Ele ficou imóvel, recebendo a afeição delas. Os filhotes ficaram perto das fêmeas, se enroscando em suas pernas de um lado para o outro. Um deles bateu a cabeça contra a pata do leão e se enrolou, como se tivesse encontrado o local ideal para tirar uma soneca.

Com um lento movimento, o leão se abaixou em um espaço aberto de terra seca e colocou as patas à frente, encolhendo os quadris. O grandioso governante em repouso. E, ainda assim, seus músculos davam a impressão de que ele estava pronto para entrar em ação a qualquer momento. Sua boca fechada formava uma leve curva para cima nos cantos.

Uma das leoas se aproximou e se esticou ao seu lado. Ela se virou de lado e se encostou em seu impassível companheiro. Os dois filhotes foram até ela e se aconchegaram entre a mãe e o pai por um momento antes de correrem para onde as outras leoas estavam se acomodando na grama seca, permanecendo juntos em um aglomerado próximo, ao alcance do leão.

Os filhotes continuavam com suas brincadeiras animadas. Saltavam alegremente e se aninhavam na juba do leão, e depois se viravam para trombarem um com o outro antes de levar suas brincadeiras para outro ponto dentro de seu círculo informal.

O círculo da vida.[*]

O leão bocejou. Ele parecia estar rugindo, mas nenhum som saiu de sua feroz boca aberta. Ele lambeu as patas e esfregou a cabeça no lado de outra fêmea que havia ido se deitar perto dele.

O calor do sol que havia nos acompanhado a tarde toda foi embora. O mundo ao nosso redor parou. As cores amarelas e marrons da savana de Masai Mara foram suavizadas.

---

*[N. T.] Círculo da vida [*Circle of life*] é uma referência ao nome da principal música do filme *O rei leão*, que celebra o fato de todos os seres vivos estarem interligados e ao mesmo tempo cada um ter um rumo de vida diferente.

Virei-me para olhar para trás, onde as colinas Ngama se estendiam pelo horizonte. Uma longa coluna de nuvens se espalhara sobre elas, escondendo o sol do final da tarde e deixando uma linha irregular de céu azul claro ainda visível entre as nuvens e as colinas.

Com a mesma dignidade surpreendente com que o leão se aproximou de nós, o crepúsculo se aproximou das terras de Masai Mara.

Mudei minha visão do bando de leões para a paisagem atrás de mim. Com uma série de toques no meu celular, tentei registrar a chegada da noite. Era intenso demais. Minha câmera não conseguia traduzir a profundidade e as cores. Gravei um vídeo enquanto o sol deslizava para a fenda aberta entre a coluna de nuvens e os topos arredondados das colinas. Eu mal respirava diante da beleza daquele momento de repentina, dramática e importante descoberta.

A luz encheu nossos olhos mais uma vez. No brilho vibrante, sobreveio o crepúsculo silencioso, trazendo os tons miraculosos da hora dourada. Nosso Land Rover lançou uma longa sombra sobre o bando de leões que estava descansando.

Respirei fundo. Quase pude sentir o aroma da savana. Terra antiga, grama seca, feras hipnotizantes e um toque indefinível de algum tempero selvagem. O momento ficou gravado em meus sentidos da mesma forma que o primeiro gole do saboroso *masala chai* de Cheryl me aquecera a garganta.

Isso era a África. Eu estava no continente africano. Estava a menos de seis metros de distância de um leão.

A sombra da minha cabeça, que se projetava para fora do Land Rover, caiu sobre a barriga arredondada de uma das leoas que havia se acomodado na borda do grupo.

Uma parte de mim estava tocando nela.

Lily tirava fotos. As mulheres à nossa frente tiravam fotos.

Eu não consegui fazer o mesmo. Não queria que nada ficasse entre meus olhos e a visão gloriosa do leão dourado.

No silêncio, uma brisa do entardecer varreu as planícies, agitando a grama alta. Nosso majestoso leão se virou para a brisa e encarou o sol poente. Ele ergueu o queixo barbudo, convidando os últimos raios de sol do dia a transformarem sua juba dourada em bronze. O vento afastou os fios dourados retorcidos de seu rosto. Ele fechou os olhos.

Na minha imaginação impregnada de contos de fadas, o fim da tarde havia chegado, e o rei das feras estava perdido em uma adoração vespertina ao verdadeiro Rei.

Meu coração estava pleno. Tão pleno que instintivamente coloquei a palma da mão no peito, como se pudesse acalmar as batidas e manter aquele momento dentro de mim para o resto da minha vida.

O rádio comunicador vibrou e, em um sobressalto da realidade, Patrulheiro estava de volta à sua comunicação indistinguível com os outros guias de safári. Dessa vez, porém, a voz que veio pelo rádio falava em inglês. Eu não escutei a primeira pergunta, mas Samburu respondeu sim e olhou por cima do ombro para nós.

As palavras penetrantes que vieram em seguida pelo rádio foram ouvidas claramente por todos nós.

— Voltem agora. Houve uma morte.

16

> Será que chegamos ao ponto em que
> Deus pode retirar suas bênçãos e isso
> não afetar nossa confiança nele?
>
> OSWALD CHAMBERS

NA DESCONFORTÁVEL e chocante viagem de volta para o hotel, Lily e eu nos segurávamos e mantínhamos nossos pensamentos para nós mesmas. Minha dedução inicial foi que o tiro que ouvimos tinha sido um aviso para um animal agressivo. Não era necessário matar o animal. Apenas alertá-lo. Fazia sentido, então, que os guias quisessem garantir que nenhum dos outros motoristas encontrasse a fera, especialmente se fosse um elefante macho que havia retornado ao rebanho e, como Samburu nos contou, estivesse pronto para proteger as fêmeas.

No entanto, a voz no rádio disse que houve uma morte. Não podia ter sido um dos turistas que estava no safári, podia? Talvez alguém como Mia tivesse saído do veículo para tirar uma foto de perto. Esse pensamento me deixou horrorizada.

Pensei em, quando chegássemos à frente do hotel e não estivéssemos mais no veículo barulhento, perguntar a Samburu o que havia acontecido. Então notei vários funcionários uniformizados perto da entrada. Eles vieram em nossa direção quando Samburu desligou o motor. Será que a ameaça estava perto do hotel e eles estavam garantindo que os hóspedes fossem escoltados com segurança, ou seria algo pior?

Lily e eu saímos apressadamente do veículo, e o irmão de Samburu perguntou com sua voz profunda e suave:

— Fern Espinoza?

— Sim.

Ele se virou para Lily.

— Lily Graden?

— Sim.

— Temos um telefonema para vocês.

Nós o acompanhamos até o saguão e um pensamento aterrorizante tomou conta de mim.

E se a morte for de alguém da nossa família?

Senti um aperto no coração.

Lily deve ter tido a mesma sensação de terror, pois agarrou meu braço. Caminhamos juntas, braços entrelaçados, corações acelerados, imaginando o pior.

Fomos conduzidas ao escritório do gerente do hotel e nos indicaram duas cadeiras em frente à mesa dele. Segurei o braço da cadeira, olhando para Lily, que havia ficado pálida.

Esperamos agonizantes vinte segundos antes de o gerente entrar. Ele fechou a porta, levantou o fone de sua mesa e o colocou na beirada da mesa.

— Fern Espinoza. A ligação é para você.

Eu não consegui me mexer.

O gerente e o irmão de Samburu saíram da sala. Fiquei olhando para o telefone, como se estivesse sendo sugada para dentro do mar.

Dani? Miqueias? Minha mãe? Quem...?

— Quer que eu atenda? — perguntou Lily.

— Não, eu... — Estendi a mão para o telefone e fechei os olhos com força. — Alô?

— Fern! *Mi conejita*. Faz horas que estou tentando falar com você.

As lágrimas começaram a cair livremente.

— Dani.

— Sim, estou aqui.

— O que aconteceu? Você está bem? Foi o Miqueias?

— Eu estou bem. Miqueias também. Foi a minha mãe. Mamacita. Fui vê-la hoje de manhã e ela tinha partido. Faleceu enquanto dormia.

— Ah, Dani. — Respirei fundo e olhei para Lily, que estava na ponta da cadeira com os lábios apertados.

— A mãe dele — sussurrei.

Lily se encostou na cadeira, mas ainda parecia tão triste quanto eu.

— Vou voltar para casa o mais rápido possível, Dani. Provavelmente consigo pegar um voo amanhã de manhã e...

— Não. Não quero que você volte para casa. Não há nada que você possa fazer. Fique aí.

— E você? Quero voltar para estar com você.

— Eu estou bem. De verdade. Já passei por isso com meu pai e posso lidar com os primeiros passos em relação à minha mãe.

— Você não quer que eu esteja aí? — Enxuguei as lágrimas e tentei pensar com clareza.

— Claro que quero que você esteja comigo, mas ainda não. Não venha. Vou precisar mais de você depois que recebermos o relatório do legista. Quando você estiver em casa, faremos os arranjos para o culto fúnebre. São apenas mais alguns dias.

— Não sei, Dani. Acho que devo ir.

— Não. Fique, por favor.

Olhei para Lily novamente.

— Tem certeza?

— Tenho sim, totalmente.

— Já contou para o Miqueias?

— Sim. Ele chega hoje à noite de avião e vai ficar comigo alguns dias.

— Certo. Ótimo. Que bom que ele está vindo. Ah, Dani. Não consigo acreditar que ela se foi.

— Pois é.

— Tem certeza de que você está bem?

— Sim, estou bem. Miqueias e eu estamos resolvendo tudo. Você fica aí. Isso não muda nada, Fern, Aslan ainda está trabalhando.

Eu me emocionei. Dani não fazia ideia do que Lily e eu acabáramos de ver. Ele teria amado a visão que tivemos dos leões ao pôr do sol. Eu queria que ele estivesse lá. Sentia tanta falta dele.

— Fern?

— Sim, pode falar.

— Eu te amo.

— Também te amo. — Minha voz falhou. — Dani, se você mudar de ideia e quiser que eu pegue o próximo avião, é só me avisar. Não temos tido um bom sinal de celular aqui, mas saímos de Masai Mara amanhã. Se tudo der certo, vai ficar mais fácil você entrar em contato comigo. Tente enviar uma mensagem ou o que for necessário. Você tem o número do telefone do próximo lugar em que vamos ficar.

— Sim, tenho todos os detalhes. Você me deu tudo de que eu preciso. — A voz do Dani parecia mais calma.

— Tente me ligar quando tiver sinal de celular. Não importa a hora do dia.

— Está bem, farei isso. Vou ligar para o Miqueias também. Diga a ele que tentei mandar mensagens, mas não deu certo. Tenho pensado muito em vocês dois.

— Vou avisá-lo. E, Fern, eu estou bem, é sério. E acho que Miqueias também está. Ou pelo menos vai ficar. Por favor, fique aí e volte para casa como planejado, com muitas histórias para nos contar.

— Te amo.

Desliguei e me recostei na cadeira.

Lily estendeu sua mão calma e segurou a minha.

— Sinto muito, Fern.

Minha resposta foi um lento aceno positivo de cabeça, que eu esperava que transmitisse a palavra "obrigada", porque, naquele momento, eu não tinha palavras para lhe dar.

— Quer ficar aqui um pouco?

Fiz que não.

— Quer um pouco de água? Um chá ou algo para comer?

Uma batida soou à porta do escritório e o gerente entrou.

— Por favor, aceite minhas condolências nesse momento difícil, Sra. Espinoza.

Assenti.

— Como podemos servi-la da melhor forma? — perguntou ele.

Lily entrou em modo de planejamento.

— Seria possível trazer um pouco de chá e torradas para o nosso quarto?

— Certamente.

— Gostaríamos de jantar no quarto também.

— Se não se importarem de esperar um instante — disse ele —, trarei um cardápio para que possam escolher o que desejarem jantar.

O gerente saiu e eu disse à Lily que iria voltar para o quarto.

— Você acha que vai querer jantar? — perguntou ela.

— Talvez. Não sei.

— Vou pedir algo para você. — Ela me deu um longo abraço. — Te amo, Fern.

— Também te amo.

Meus passos para fora do saguão e pelo caminho até nossa colmeia pareceram pesados e, ao mesmo tempo, senti como se minhas pegadas fossem invisíveis. Meu corpo ainda estava no Quênia, mas o resto de mim tinha sido transportado de volta para Colorado.

Em minha mente, eu conseguia ver o quarto da Mamacita com sua colcha de chenile e lençóis floridos. Imaginei o Dani chegando à casa dela, como fazia quase todas as manhãs desde que nos mudamos para nosso condomínio. O costume dele era ir uma hora antes do trabalho, para poder ver se estava tudo bem, consertar o que ela pedia e garantir que ela tomasse seus remédios matinais.

Tentei imaginar o que o Dani deve ter sentido ao perceber que sua mãe não estava na cozinha preparando uma caneca de seu chocolate quente mexicano e falando longas frases, sempre em espanhol. O que será que ele fez ao encontrá-la ainda na cama, mas sem respirar?

As lágrimas embaçaram minha visão enquanto colocava a chave na porta. Eu queria estar lá ao lado dele. Queria ter conseguido abraçá-lo naquela hora.

Entrei e fiquei parada como uma estátua. Meu corpo estava imóvel, mas minha mente estava a mil.

"Eu deveria voltar para casa. Deveria estar lá para confortar o Miqueias. Certamente o Dani entenderá se eu desrespeitar seus vários pedidos para eu ficar no Quênia."

Meus pés me levaram pelo quarto até a varanda. Eu precisava de ar fresco.

A reserva Masai Mara desaparecia diante dos meus olhos conforme a noite se espalhava sobre a terra como uma lata de tinta gigante de um azul meia-noite.

À direita, a lareira no pátio do hotel reluzia com um brilho vermelho e amarelo. Eu podia ver as sombras dos hóspedes que haviam se reunido em torno do fogo. Um eco baixo de suas conversas reverberava na cobertura da nossa varanda. Uma mulher ria.

Seu riso não era um som agudo e estridente, como o uivo assustador das hienas "risonhas" que aguardaram para devorar a zebra. No entanto, para os meus ouvidos naquele momento, aquela risada era igualmente horrenda. O círculo da vida parecia muito próximo de mim. Muito brutal e cheio de angústia. Sempre achei que a mãe do Dani viveria até os cem anos. Pelo menos.

Quando Lily me encontrou, eu já havia desistido de ficar na varanda e estava enchendo a banheira com água quente. Banhos eram meu consolo. Banhos com chá e torradas eram ainda melhores.

Sem dizer uma única palavra, Lily puxou sua mala e depois a minha para o banheiro. Eu observei, ainda paralisada, enquanto ela colocava as malas empilhadas ao lado da banheira, para que eu pudesse usá-las como uma mesinha. Foi o gesto mais gentil que ela poderia ter feito naquele momento. Ela estava prevendo minhas necessidades antes que eu as expressasse.

Lily tinha mais uma surpresa para mim. Ela trouxe o pequeno abajur da mesa de cabeceira para o banheiro, ligou-o à tomada e o colocou sobre a tampa fechada do vaso sanitário.

Naquele momento, o serviço de quarto chegou, e ela montou minha festa de chá particular em cima das malas. Apagou a luz forte do banheiro e fechou a porta. O suave brilho âmbar me levou de volta à luxuosa sala de massagem. Tirei a roupa e me rendi às águas terapêuticas da banheira e do chá.

Fechei os olhos e fiz uma oração simples que aprendi quando era pequena. Era meu costume fazer isso durante os dias mais difíceis da adolescência do Miqueias: eu me refugiava no banheiro, enchia a banheira, acendia uma vela e me afundava na água. E então meu coração fazia a Deus uma única oração. Naquela noite, fiz a mesma coisa.

— Estou me aproximando de Ti, Pai Celestial. Por favor, aproxima-Te de mim.

Pensei na noite em que, quando eu era bem pequena, tive um pesadelo e gritei no escuro. Minha mãe veio até o meu quarto, colocou sua mão calma na minha testa e me disse que era hora de eu aprender sua "oração secreta". Ela disse que sempre orava quando sentia medo. A oração vinha de Tiago 4:8.*

Respirei fundo. Eu conhecia a sensação. Essa doce paz. Uma sensação de calma como essa não vem de outro lugar senão do Espírito de Deus. Perguntei-me se tinha sido por isso que Tiago 4:8 foi o versículo que me veio à mente quando conversamos com Mia na noite anterior.

---

*[N. T.] "Aproximem-se de Deus, e ele se aproximará de vocês! [...]" (Tiago 4:8, NVI).

Eu sabia que podia descansar, como havia feito durante anos com o Miqueias. Eu podia esperar. Podia confiar em Deus e em Seu tempo.

Todos os meus músculos tensionados relaxaram, como havia acontecido durante a massagem. Achei fácil acreditar que Deus estava se aproximando do Dani e do Miqueias e lhes dando sua paz também. Em poucos dias, eu estaria com eles.

Quando saí do meu refúgio, envolta no roupão do hotel, Lily estava sentada na poltrona do canto. Sentei-me na beirada de sua cama e lhe contei o que estava sentindo e como me senti depois de orar. Ela ouviu atentamente e se emocionou junto comigo.

— É tão difícil — disse ela.

— Seria muito mais difícil sem Jesus. Não sei como as pessoas passam por dificuldades sem clamar ao Senhor.

Lily olhou para fora do quarto. As luzes do pátio e da lareira eram visíveis de dentro do quarto. Eram o único sinal de movimento na escuridão da noite. De certa forma, o fogo parecia um farol. Uma recepção calorosa. Eu podia imaginar os ancestrais dessa terra se reunindo em torno do fogo nas noites frias, comendo, contando histórias e aproximando-se uns dos outros.

— Pesquisei opções de voo para nós — disse Lily. — Caso decidamos partir amanhã de manhã mesmo assim.

— Não, eu preciso ficar aqui. Você também.

— Tem certeza?

— Sim.

— Certo. Tentei mandar uma mensagem para o Tim, mas não foi enviada. O que é uma coisa boa, porque eu disse a ele que achava que você queria ir embora, e falei quando meu voo chegaria caso mudássemos nossos planos de retorno.

— Pode apagar essa mensagem — falei. — Ainda não terminamos nossa aventura com a África. E acho que ela também não terminou sua aventura conosco.

Lily assentiu. Ela apontou para a bandeja do serviço de quarto sobre a pequena mesa.

— Pedi frango e legumes grelhados para você. Está gostoso. Simples, mas gostoso. Mas acho que agora deve estar frio.

— Tudo bem.

Para minha surpresa, comi quase todo a janta e dormi profundamente naquela noite.

Nosso despertador tocou antes do amanhecer. Precisávamos arrumar nossas malas e estar no saguão às seis horas para nossa última experiência de safári. Lily disse que iríamos caminhar até uma piscina de hipopótamos com um guia maasai.

Parecia uma coisa estranha a se fazer e pensei em ficar no hotel. Lily poderia ir sem mim. Afinal, eu fiz a caminhada no campo de chá sem ela.

Então me lembrei do quanto eu quis que Lily tivesse vivido a experiência do campo de chá comigo. Eu sabia que poderia me arrepender de não fazer essa última caminhada. Além disso, nosso café da manhã fazia parte do pacote do passeio matinal. Lembrei-me de que eu odiava ir a restaurantes sozinha durante meus muitos anos de solteira. Lily não iria gostar de fazer esse último passeio sozinha. E eu não queria que ela o cancelasse por minha causa.

Então deixei o conforto tranquilo do nosso quarto e fui com ela.

Com nossas malas entregues no saguão e nossos guias de confiança à nossa espera, Lily e eu vimos que as duas mulheres do dia anterior já estavam nos aguardando. Dessa vez, elas ocuparam o banco de trás.

Antes de eu entrar no veículo, Samburu perguntou discretamente:

— Está tudo bem com você neste novo dia?

Fiz que sim.

Ele continuou me olhando com uma expressão de compaixão. Eu não sabia quanto ele sabia, então confidenciei-lhe que minha sogra havia falecido.

Ele apertou sua mão contra o peito, como se a notícia fosse dolorida o suficiente para que ele sentisse a perda comigo. Ele não acrescentou nenhuma palavra. Seu gesto gentil foi suficiente para me trazer um toque de conforto.

— *Asante sana* por perguntar — falei.

Samburu continuou parado. Sua postura era de respeito. Senti que ele estava me prestando um momento de silêncio, então o acompanhei.

Eu havia observado como a família e os ancestrais eram reverenciados quando Chenge, nosso guia turístico no Museu Karen Blixen, perguntou sobre a mãe de Wanja, e ela fez o mesmo por ele. Embora a influência do cristianismo e dos modos modernos ocidentais tenham trazido mudanças ao tradicional culto dos ancestrais no Quênia, um profundo respeito por aqueles que vieram antes de nós continuava preservado em sua cultura.

Não sei se foi minha ancestralidade que me obrigou a dizer algo animador naquele momento, mas um verso de um poema de Robert Browning me veio à mente, e eu o recitei para Samburu em voz baixa:

— "Deus está em seu céu, tudo está no mundo afinado."

Samburu inclinou a cabeça, sem entender.

— É um verso de um poema. Você já tinha ouvido antes?

Ele fez que não com a cabeça, então recitei-lhe um trecho do clássico poema *Pippa's song* [A canção de Pippa] de Robert Browning, com um aperto nervoso em minha voz:

> *"O ano está na primavera,*
> *E o dia está no alvor;*
> *A manhã está no canoro escarcéu;*
> *A colina está coberta de orvalho perolado*
> *A cotovia está na atmosfera;*
> *O caracol está na flor;*
> *Deus está no seu céu —*
> *Tudo está no mundo afinado!"*

— Entendo. — Sua expressão de interrogação não mudou. Com uma ligeira reverência, ele foi para o assento do motorista.

Acomodei-me em meu lugar e Patrulheiro fechou a porta.

— Por que eu disse aquilo? — murmurei para Lily. — Foi uma resposta estranha.

— Minha pergunta é: como você sabe essas coisas? Como consegue recitar versos de um poema?

— Minha mãe.

— Ah, claro.

— Ela achava fácil memorizar trechos de versículos, hinos e poemas. Eles fluíam dela e alguns ficaram gravados em minha mente. — Eu me senti envergonhada por causa de minha nerdice literária, mas também grata pela influência poética e carinhosa de minha mãe. Todas as minhas emoções pareciam ter vindo à tona. Eu poderia rir ou chorar a qualquer momento.

Lily se inclinou para mais perto.

— Já pensei nisso antes e vou dizer agora: eu daria tudo para, como mãe de meus filhos, ser um décimo do que sua mãe foi para você e suas irmãs.

— Como assim? Você é uma mãe incrível, Lily. Aprendi tanto com você. Já lhe disse muitas vezes que sou grata por você ter tido seus filhos antes de mim, para que eu pudesse observar e aprender com você.

Ela não parecia convencida dos meus elogios.

Samburu ligou o motor. Atirador assumiu sua posição. Eu me recostei no assento, esperando a familiar viagem barulhenta e cheia de solavancos. Iria sentir falta dessa rotina. Iria sentir falta do Quênia. Nem havíamos partido ainda, mas eu já sentia a tristeza da separação. Lágrimas começaram a embaçar meus olhos.

Lily colocou a mão em meu braço.

— Fern, eu sei que a parte do safári da nossa viagem ainda não acabou, mas preciso dizer uma coisa a você.

— Certo.

— Você está bem? — perguntou ela, olhando-me mais de perto.

— Sim. Eu estou bem. De verdade. O que você queria me dizer?

Ela hesitou e, então, revelou o que claramente viera à tona em seus pensamentos.

— Estou pronta para mais do que simpatia. Preciso de sugestões. Não posso voltar para casa sendo a mesma pessoa.

Concordei com a cabeça.

— Quero que tudo esteja certo no meu mundo.

Eu lhe dei o meu melhor e mais corajoso sorriso.

— Eu também, Lily. Quero isso para nós duas.

17

> Tudo o que eu queria era voltar para a
> África. Ainda não a tínhamos deixado, mas
> quando eu acordava à noite, ficava deitado,
> ouvindo, já com saudades dela.
>
> Ernest Hemingway

A viagem na nossa última manhã não foi tão para longe do hotel nem tão sacolejante. Um alívio muito bem-vindo.

Tínhamos tido vislumbres do rio Mara quando o avião se aproximou da Reserva Masai Mara e novamente em nossos safáris anteriores. Nessa manhã, na brisa fresca e ainda por despertar do amanhecer, Samburu nos levou ao rio e estacionou perto de uma área arborizada. Dois homens maasai magros nos esperavam. Ambos seguravam bengalas de madeira com pontas arredondadas. Eles estavam vestidos com túnicas vermelhas tradicionais que iam até os joelhos, e usavam sandálias de couro simples. Ao redor dos ombros, traziam um tecido xadrez vermelho e preto. Em seus pulsos, cintura e pescoço havia várias pulseiras de miçangas coloridas.

O guia que nos cumprimentou tinha o cabelo em longas tranças finas que desciam até os ombros. Na frente, repousando em sua testa, havia um tufo curto de cabelo, parecendo um pequeno e macio pompom escuro. Em ambos os lados da cabeça, começando nas têmporas e descendo até as orelhas, estavam tranças curtas que me lembravam pequenos rabos de zebra. Parecia ter mais ou menos a mesma idade que o Miqueias, e eu simpatizei com ele imediatamente. Resisti à vontade de abraçá-lo como um substituto para Miqueias, cujo abraço teria de esperar um pouco mais até que eu pudesse dá-lo.

O outro guia já havia seguido na nossa frente para a área arborizada.

— Sigam-me — disse o jovem. Lily, as outras duas mulheres e eu fizemos o que ele disse e seguimos para o bosque com o nosso guia de roupas brilhantes.

Lily perguntou se seus xales xadrez tinham alguma influência escocesa, pois pareciam tartãs. Ele respondeu em inglês, mas só entendi que eles eram maasai e que a vestimenta não vinha de colonizadores.

— As miçangas que você está usando... — Lily começou, mas parou como se percebesse que fazer mais perguntas sobre suas roupas distintas poderia ser falta de educação. — São lindas.

— Elas têm um significado — disse ele. — Para indicar idade, estado civil, posição social e clãs.

Sua voz era surpreendentemente suave. Lily e eu nos aproximamos para ouvir mais enquanto ele nos conduzia por uma área coberta por esguias árvores de acácia.

— O vermelho é para coragem, bravura e força. O vermelho afugenta leões, mesmo à distância. Nosso povo cria vacas. Precisamos de proteção quando estamos cuidando delas. O branco é para o leite de vaca e representa pureza e energia. Azul e amarelo estão juntos porque são o céu, de onde vem a chuva e o sol. Precisamos de ambos.

— E o laranja? — perguntou Lily. — O que representa?

Ele se virou para ela com um sorriso bondoso.

— Amizade e hospitalidade. E as miçangas pretas falam do povo e das dificuldades que enfrentamos.

— Os padrões são bastante intrincados.

— Nossas mulheres usam as peças mais bonitas — disse ele. — Venham, por aqui.

Nós quatro o acompanhamos enquanto a trilha sombreada fazia uma curva e dava para um espaço aberto. Debaixo da maior árvore havia uma mesa posta, e um homem estava ao lado dela, usando a familiar camisa estampada da equipe do hotel, e nos cumprimentou com *Jambo*.

Uma dúzia de taças de cristal estavam alinhadas na mesa coberta por uma toalha. Em dois baldes prateados de gelo, garrafas de suco gelado nos aguardavam. A visão era inesperadamente elegante.

— Vamos tomar café da manhã ao ar livre também? — perguntei para Lily, que concordou com a cabeça.

Fomos servidos com aquele vigor fresco e brindamos delicadamente com aquelas flautas de cristal cheias de suco de laranja.

— Isso é incrível. — Fiquei muito feliz por não ter decidido ficar no hotel.

As outras duas mulheres sugeriram tocarmos nossas taças em um brinde. Todas sorrimos. A linguagem universal das mulheres.

— De onde vocês são? — perguntou Lily.

— Brasil — respondeu a mais alta. Ela balançou o dedo entre as duas e disse: — Irmãs.

— Estados Unidos. — Lily imitou o gesto com o dedo e disse: — Amigas.

Elas acenaram com a cabeça e sorriram.

— Você é fotógrafa? — Apontei para a câmera no pescoço da mulher que parecia ser a mais nova.

Ela levantou a câmera, mas parecia não entender o que eu estava perguntando. Então, como se a pergunta tivesse feito sentido de repente, ela entregou sua taça à irmã e fez sinal para que Lily e eu ficássemos perto uma da outra para ela tirar uma foto nossa. Sorrimos e ela tirou várias fotos.

— E-mail? — Ela me entregou um pequeno caderno e uma caneta. Simpatizei com ela, ao ver que ainda havia pessoas nesse mundo que levavam papel e caneta consigo em vez de trocar informações pelo celular.

Escrevi nosso nome e e-mail.

— Eu sou a Fern. — Apontei para meu nome no papel. — Ela é a Lily.

Elas assentiram, mas não disseram seus nomes. Ou, se disseram, não percebi, pois estavam trocando muitas frases entre si. Supus que estavam falando português, que eu sabia ser o idioma oficial do Brasil.

Nosso guia maasai se aproximou.

— Poderiam me acompanhar?

Ele nos conduziu pelo bosque, onde cinco mesas haviam sido preparadas. Cada mesa tinha uma ampla vista para o rio. Estavam todas cobertas com toalhas de mesa e com guardanapos de pano dobrados em cada lugar. Pratos brancos brilhantes estavam flanqueados por conjuntos completos de talheres. Ao lado, havia pratos com pão e uma faca de manteiga.

Cinco minutos atrás, estávamos vagando por um bosque indomado onde precisávamos de um guia armado com lança para nos guiar. Mas aqui nos esperava uma civilização elegante. A vista era encantadora.

Dois homens e uma mulher mais velha já estavam sentados na primeira mesa. Lily se dirigiu a uma mesa vazia no final, longe dos outros. As irmãs do Brasil nos seguiram e Lily sorriu, fazendo sinal para que se sentassem à nossa mesa.

Um garçom uniformizado perguntou se gostaríamos de café ou chá. Ele apontou para a esquerda, onde dois homens com chapéus de *chef* brancos estavam em pé diante de uma mesa. Um deles preparava omeletes feitos a nosso pedido e o outro abria a tampa dos *rechauds* para um convidado.

— Quando quiserem, peguem seus pratos no bufê, por favor — disse ele.

As irmãs seguiram o garçom até a estação de omeletes. Lily e eu demoramos um momento para absorver tudo aquilo. O sol já estava alto no céu e a luz morna atravessava as árvores ao nosso redor. Observei as sombras dançando em nossa mesa.

— Não estou acreditando — falei a Lily.

— Eu sei. Eu amei. Tudo isso. Lembra que eu disse no avião que seria uma ótima senhora rica? — Lily sorriu. — Isso confirma minhas suspeitas.

— De fato — concordei, tentando parecer formal. — Mas eu me sinto um pouco burguesa, como se fôssemos turistas brancas privilegiadas esperando um serviço requintado onde quer que vamos.

Lily riu.

— Bem, de certa forma somos, não somos? Não deveríamos aceitar e ser gratas? Eu certamente estou grata. Muito grata.

— Sim, eu também. Muito grata.

— Então vamos apenas aceitar isso. Toda essa viagem tem sido um presente extravagante. Não a conseguimos com nosso esforço. Não a merecemos. Fomos imensamente agraciadas.

Concordei com a escolha de palavras de Lily. Pareciam algo que uma pessoa abençoada de Nashville diria e descreviam perfeitamente aquela semana. Fomos imensamente agraciadas.

— Falando em graça — disse Lily —, talvez devêssemos agradecer antes de escolher nossa comida.

Lily baixou a cabeça. Acompanhei-a enquanto fazia uma doce oração de gratidão, mas, em vez de fechar os olhos, mantive-os fixos no brilho do sol que cintilava nas águas calmas à nossa frente.

Uma passagem familiar da minha infância me veio à mente. Minha mãe frequentemente nos dirigia em oração recitando-a quando estávamos à mesa do jantar. Quando Lily disse amém, as palavras antigas saíram dos meus lábios como se fossem um poema querido. E de fato eram, em um canto profundo do meu coração.

> *O Senhor é o meu pastor;*
> *nada me faltará.*
> *Ele me faz repousar em pastos verdejantes.*
> *Leva-me para junto das águas de descanso;*
> *refrigera-me a alma.*
> *Guia-me pelas veredas da justiça*
> *por amor do seu nome.*
> *Ainda que eu ande pelo vale da sombra da morte,*
> *não temerei mal nenhum,*
> *porque tu estás comigo;*
> *o teu bordão e o teu cajado me consolam.*
> *Preparas-me uma mesa na presença dos meus*
>   *adversários,*
> *unges-me a cabeça com óleo;*
> *o meu cálice transborda.*

> *Bondade e misericórdia certamente me seguirão*
> *todos os dias da minha vida;*
> *e habitarei na Casa do Senhor*
> *para todo o sempre.**

Lily sorriu para mim.
— "Preparas-me uma mesa."
Estávamos ambas com os olhos marejados quando dissemos a palavra final em uníssono.

Demos as mãos e as apertamos. A unidade que experimentamos pela primeira vez quando adolescentes pousava sobre nós mais intensamente do que naquelas noites estreladas ao redor da fogueira. O Espírito do Senhor parecia muito próximo.

Meus pensamentos se voltaram para Mamacita. Ela estava lá agora. Na casa do Senhor.

Para sempre.

Meu coração doía pelo Dani. Ele e o Miqueias estavam caminhando pelo vale da sombra da morte dela. E aqui estava eu, sendo conduzida junto às águas tranquilas, com o meu cálice transbordando.

Acho que nunca senti uma justaposição tão extrema de vida e morte. De perda e abundância. Era a alegria do leão dourado e o horror das hienas com o bebê zebra. Ambas as realidades sempre presentes de vida e morte.

O inexplicável era que eu sentia paz. A paz era tangível, mas não completa. A realidade da dor e do sofrimento ainda flutuava dentro e fora da paz. No entanto, de algum modo, estava tudo bem.

---

* Salmos 23:1-6 (ARA).

Sem palavras, Lily e eu nos levantamos, pegamos o prato e fomos até a estação de alimentos. Pedi uma omelete e deslizei ao longo da mesa do bufê, onde peguei um inhame, uma salsicha e um pequeno pão redondo. Também aceitei algo que o garçom chamou de *chapati*. Parecia uma tortilha e eu sabia que precisava experimentar uma. Era mais um toque agridoce da Mamacita nesse lugar onde o véu entre o céu e a terra parecia fino.

Lily ficou radiante ao descobrir que o café dela veio em uma pequena cafeteira francesa. Ela o saboreou lentamente e me deu um grande sorriso.

Uma das mulheres apontou para a água do rio. Inclinando-nos em sua direção, vimos algo que parecia ser rochas cinzentas flutuantes com pequenas abas rosa pálido nas laterais.

— Hipopótamos! — anunciou Lily.

Um deles levantou a cabeça, como se respondesse ao seu chamado.

— Uau! Eu não gostaria de encontrar uma dessas criaturas gigantes cara a cara — continuou ela. — Ah, olhe. Há um grupo deles do outro lado do rio. Eu pensei que fossem grandes rochas. Um bebê está indo para a água.

— É impressionante como eles se camuflam bem — comentei. — Eles se misturam com as rochas arredondadas do outro lado. O bebê é fofo, não é?

As irmãs começaram a conversar novamente e apontaram para algo na água.

— É um crocodilo? — Um arrepio de medo percorreu meu pescoço.

Lily procurou nosso guia e fez um gesto para ele vir até nossa mesa. Ele havia se posicionado à margem do rio, entre ele e nossa mesa. Em vez do guia, foi o garçom que veio até a mesa perguntando se gostaríamos de mais chá ou café.

— Eu queria perguntar ao nosso guia se aquilo é um crocodilo — disse Lily.

O garçom olhou para a longa criatura flutuante que se movia lentamente em nossa direção.

— Sim, madame, é um crocodilo.

— Sei que vai parecer coisa de turista — disse Lily com uma risada nervosa —, mas é seguro estarmos sentadas aqui tão perto de crocodilos e hipopótamos?

O garçom sorriu-lhe com os lábios fechados.

— Vocês estão bem protegidas o tempo todo. Aproveitem o passeio aqui. Ele terminará em breve.

Se eu tivesse meu diário comigo, teria anotado suas palavras. Ele parecia resumir o que eu estava tentando entender antes sobre essa mistura desconfortável de vida e morte. Eu esperava lembrar do que ele disse da próxima vez que sentisse o medo se aproximando de mim pelas costas, pronto para me abater e devorar.

Terminamos de comer, e o tempo todo eu continuava olhando para onde o crocodilo havia se movido, do outro lado do rio, subindo à margem lamacenta. Ele estava a pelo menos vinte metros do bebê hipopótamo, que parecia bem cercado por três enormes e pesados hipopótamos que andavam na lama e depois se revezavam entrando no rio. Era surpreendente o quão silenciosos os hipopótamos eram quando entravam na água. Eles deslizavam perto da margem, um de cada vez, com apenas o focinho largo, os olhos e o topo da cabeça com suas pequenas orelhinhas fofas visíveis acima da água.

O crocodilo deve ter percebido que estava diante de um rifle de um lado do rio e de um grupo de hipopótamos protetores do outro. Pulando na água com um notável estrondo, pude vê-lo subindo o rio, onde não teria um público a observá-lo e poderia, possivelmente, encontrar uma presa fácil para seu café da manhã.

Uma das irmãs começou a assobiar. Reconheci a melodia. A outra irmã juntou-se a ela, cantando suavemente em português. Elas começaram a harmonizar lindamente.

Senti como se um toque da minha infância tivesse chegado até nós naquele canto de sombras e luz do sol. Cantar com minhas quatro irmãs era uma prática constante naquela época, mas fazia anos que nós cinco não cantávamos juntas.

Quando a música delas terminou, Lily começou a assobiar em voz baixa um refrão que havíamos cantado muitas vezes na Costa Rica. Era a música que ela havia colocado para tocar em seu celular na noite em que dançamos na Mansão Girafa enquanto a chuva caía lá fora.

O louvor preferido de Lily devia ter chegado ao Brasil, pois as irmãs cantaram junto, trocando olhares que indicavam que a música também tinha um significado especial para elas.

A irmã com a câmera chorou. Senti lágrimas se formando dentro de mim. Lily e a outra irmã terminaram o refrão em um dueto melodioso de inglês e português. Elas cantaram como se fôssemos as únicas pessoas restantes na Terra e, se não louvássemos, as pedras clamariam.

Lily emendou outro refrão familiar e nós quatro cantamos juntas, sem barreiras de idioma ou significado. Os problemas que cada uma de nós carregava naquela manhã não nos impediram de nos aproximarmos de Deus.

Eu sabia que Ele havia se aproximado de nós.

Esse sentimento de proximidade continuou quando voltamos ao hotel e fomos levadas em nosso último trajeto até a pista de pouso do aeroporto. Aquelas harmonias e palavras atemporais continuaram a ressoar dentro de mim quando sobrevoamos Masai Mara e mais uma vez vimos a magnificência lá de cima, no céu. Não fiquei com medo do pequeno avião como havia tido no nosso primeiro voo. Mas ver os animais lá embaixo ainda me emocionava, e o corte profundo na terra que marcava o Grande Vale do Rift continuava a me surpreender.

A descida e o pouso rápido no aeroporto não me causaram pânico. Eu me sentia em sintonia com o ambiente ao nosso redor.

Eu sentia o Deus de toda a criação e de toda a humanidade perto de mim. Estávamos protegidas e nosso tempo ali estava prestes a acabar.

18

> Deus nos fez amigas porque sabia que nossos
> pais não nos aguentariam como irmãs.
>
> DESCONHECIDO

UMA SURPRESA nos aguardava no remoto Aeroporto Wilson em nosso retorno do safári. O cenário era de boas e más notícias.

A boa notícia era Wanja!

Ela foi ao nosso encontro quando entramos no pequeno terminal e jogamos nossos braços em torno dela, abraçando-a como se fosse nossa irmã há muito perdida.

— Temos uma pequena mudança no seu itinerário — começou a dizer. — Isso é comum por aqui.

— O que precisar ser ajustado no cronograma estará bem para nós — disse Lily. — Você tem tempo para tomar um café?

— Talvez — disse Wanja.

— Qual é a mudança? — Eu também adorei a ideia de nos sentarmos e conversarmos, mas queria saber o que ela queria dizer com aquilo. Qual era a má notícia?

— De acordo com a sua agenda, vocês iriam embarcar agora e viajar algumas horas até o hotel no monte Quênia.

— Sim — disse Lily.

— Amanhã à noite, vocês estavam programadas para voltar a Nairóbi e ficar em nosso hotel parceiro no centro da cidade.

— Aquele onde o namorado da Mia quebrou o tornozelo — comentei com Lily.

— Sim, mas o tornozelo dele não quebrou, foi só uma torção.

— Que bom — disse Lily.

— Sim, muito bom.

Tentei novamente avançar a conversa.

— Onde ficaremos essa noite e amanhã à noite? Nossos voos para casa mudaram?

— Não, seu voo de volta para os Estados Unidos não mudou, só mudaram os hotéis. Hoje à noite, vocês ficarão no Clube de Campo Aberdare e amanhã passarão a noite no hotel do monte Quênia.

— Isso não é problema — disse Lily.

— Na manhã seguinte, nosso motorista as trará de volta a Nairóbi, onde garantiremos que vocês almocem antes de irem ao aeroporto para voltar para casa.

— Está ótimo. Aliás, um clube de campo parece bom para mim — disse Lily. — Você parecia tão séria.

— Alguns hóspedes não gostam de ajustes. Mas eu sei que vocês duas são mais compreensivas do que qualquer hóspede que tive o privilégio de receber.

— É porque para você nós somos as melhores, lembra? — Lily sorriu.

— É verdade. Minhas Peregrinas são as melhores. Devo revelar a vocês que já tive várias outras "melhores" hóspedes na vida?

— Não, não nos diga isso — disse Lily. — Deixe-nos acreditar que estamos no topo da sua lista.

— E o que vocês acham que meu noivo diria se soubesse que foi substituído no topo da minha lista dos melhores?

Rimos e acompanhamos Wanja até a pequena cafeteria do aeroporto.

— Antes de nos sentarmos — disse ela —, devo avisar que seu traslado para Aberdare só sairá daqui a três horas. Eu ficaria feliz em pagar um café para vocês aqui ou em Nairóbi, se quiserem ir até lá.

Eu não tinha preferências.

— Sabe — disse Lily. Eu conseguia vê-la checar mentalmente sua lista de tarefas. — Existe a possibilidade de irmos a algum lugar comprar lembrancinhas? Sei que você pode pensar que não somos do tipo que compra isso, mas a verdade é que preciso levar alguns presentes para casa. Tenho uma lista.

— Que tipo de lembrancinhas? — Wanja perguntou.

— Eu não sei. Esse é o problema. Compramos algumas girafas de madeira na Mansão Girafa, mas preciso de mais presentes. Talvez algumas cestas. Ou miçangas. Eu amei as miçangas maasai. Podemos comprá-las em algum lugar?

Wanja fez que sim e se voltou para mim.

— E você? O que gostaria de comprar?

— Eu não sei. Alguma coisa para meu marido e meu filho, mas não sei o quê.

— Um tabuleiro de xadrez? — sugeriu Wanja.

— Ótima ideia. Tinha um bonito na Mansão Girafa, com as peças esculpidas em forma de animais. — Tive mais uma ideia. — Pode parecer besteira, mas eu adoraria comprar enfeites de árvore de Natal. Ou qualquer coisa pequena que possa ser pendurada em um fio. As mulheres da minha família dão enfeites umas às outras todos os anos.

— Que lindo — disse Wanja. — Eu deveria começar a fazer isso com as mulheres da minha família.

— Aah! E que tal canecas? — acrescentou Lily. — Eu coleciono canecas de café. Sabe onde podemos comprar?

— Sei, sim. E conheço um lugar onde você pode comprar tudo que está na sua lista. Mas precisaremos de ajuda. Vamos lá.

Saímos do café e corremos até a van. Sem explicar o que estávamos fazendo, Wanja dirigiu pelo trânsito do horário de almoço e entrou em uma área de Nairóbi que tinha grandes avenidas de duas pistas nos dois sentidos. Prédios altos e belas árvores grandes com flores roxas se alinhavam nas laterais.

— Que árvores são essas? — perguntou Lily.

— Jacarandás. Não são lindos? Essa é a melhor época do ano. Que bom que vocês puderam vê-los.

— Parece que estão chovendo roxo — eu disse.

Wanja entrou em um estacionamento subterrâneo e parou ao lado de uma van grande com o logotipo da agência de turismo estampado na lateral.

— Vocês se importam de esperar aqui? — perguntou ela. — Vocês estarão seguras. Eu só quero levar sua bagagem comigo até o nosso escritório. É melhor não ficarmos com elas no lugar aonde estamos indo.

Nós prontamente seguimos as instruções de Wanja. Tínhamos todos os motivos para confiar nela. A questão era: para onde ela estava nos levando?

Ela deixou as janelas ligeiramente abertas e, pelo número de cliques que ouvi, tive a sensação de que ela nos trancou dentro da van. O estacionamento subterrâneo estava fresco, mas notamos na viagem do aeroporto para Nairóbi que o ar estava mais quente do que durante toda a nossa viagem. Desejei que ela tivesse levado meu casaco junto com a mala. Se fôssemos andar em um grande shopping fechado e entrar em várias lojas, sabia que seria quente demais para vesti-lo e incômodo demais para carregá-lo. Agasalhar-me e depois andar em ambientes internos era uma das coisas que nunca gostei no Colorado.

— É uma espécie de aventura, não é? — me perguntou Lily.

— Como assim "uma espécie"? Essa é uma jornada para o desconhecido tanto qualquer outra parte da viagem.

Lily pegou o celular.

— Estou adicionando algumas coisas à minha lista de compras. Quer que eu faça uma lista para você também?

— Não, acho que saberei o que quero quando o vir.

Como estávamos com sinal completo no celular, usei aquele tempo para mandar uma mensagem para os meus meninos e ver as que recebi. Miqueias havia me mandado uma mensagem curta e fofa. Li três vezes, grata por cada palavra. Fiquei muito feliz que ele estava no Colorado com o Dani. Embora Dani não tivesse me mandado nem uma mensagem, deduzi pela atualização do Miqueias que eles estavam bem. Aquele poderia ser um momento importante para os dois. E para o Miqueias também poderia ser um momento de luto pessoal pela mulher que dera tudo de si para desempenhar o papel de mãe dele em seus primeiros treze anos da vida.

Uma onda inesperada de gratidão tomou conta de mim. Fiquei contente por não estar lá. Miqueias valorizava sua privacidade. Se eu tivesse voltado correndo para casa, acho que, no meu estado de mudança de fuso horário, talvez tivesse voltado às minhas antigas tentativas de ser mãe dele, invadindo sua maneira de processar as coisas.

Mais uma vez, Deus estava agindo com precisão.

Wanja voltou para a van e abriu a porta lateral.

— Certo, venham comigo, por favor. Temos um motorista. Tito aceitou adiantar seu horário de almoço.

Mais uma vez seguimos, mesmo sem eu entender por que Wanja não seria nossa motorista. Ela nos conduziu até o nível da rua, onde esperamos na calçada. Um pequeno carro azul, com calotas enferrujadas e um amassado acima do pneu dianteiro, parou em fila dupla na nossa frente. Os carros começaram a buzinar.

— Rápido! — Wanja gritou para nós, abrindo a porta do carro.

Um homem de meia-idade no banco do motorista nos cumprimentou. No banco da frente, Wanja colocou seu cinto de segurança e nos apresentou como as Peregrinas. Em seguida, continuou a conversar com ele em suaíli. Nós colocamos o cinto e nos seguramos quando Tito se lançou no meio do trânsito.

— Quanto dinheiro vocês têm? — perguntou Wanja. — Dólares americanos. Quanto vocês querem gastar?

Instintivamente coloquei meu braço sobre a mochila que estava usando à frente do corpo há dias. Eu gostava de saber o tempo todo onde estavam meu passaporte e outros itens importantes. Pareceu estranho ela nos perguntar algo assim.

Lily abriu a carteira e tirou um tanto de notas de dez e vinte dólares, que entregou para Wanja sem hesitação.

— Não tem nada menor? Notas de um ou cinco?

Lily conseguiu sete notas de um dólar. Wanja dobrou as notas e as escondeu em vários lugares do corpo: três das notas de um dólar foram dobradas e colocadas debaixo da larga pulseira de seu relógio, outras foram para dentro da camisa e as últimas foram para sua bolsinha a tiracolo.

— E você? — me perguntou.

Hesitante, entreguei oitenta dos cem dólares que tinha na carteira. A parte de mim que leu muitos livros de suspense achou que era importante guardar os vinte dólares restantes; afinal, essa poderia ser nossa única esperança, caso Lily e eu estivéssemos no meio de um sequestro bizarro.

— Preciso perguntar — falei, cautelosamente. — Por que você quer segurar o dinheiro?

— Vocês vão ver.

Seu sorriso me dizia que eu deveria confiar nela. Todos os demais eventos indicavam o contrário.

— O plano é esse, Peregrinas: quando chegarmos, fiquem perto de mim o suficiente para segurar meu braço a qualquer momento. Não falem nada. Isso é importante. Nem uma palavra. Se virem algo de que gostem, simplesmente toquem meu braço. Não apontem. Não parem para olhar de perto. Não falem. Eu sei o que vocês estão procurando.

— Quanto mistério. Para onde você está nos levando? — perguntou Lily com um risinho, que eu sabia ser uma risada nervosa. Será que só agora ela tinha começado a perceber a situação? Será que ela estava sentindo a mesma preocupação que eu senti quando fomos deixadas sozinhas no estacionamento subterrâneo?

— Vamos fazer compras — disse Wanja. — Agora, por favor, coloquem suas mochilas debaixo do banco. Elas estarão seguras.

Ela falou novamente com Tito e ele jogou o carro para o lado, estacionando em fila dupla apenas o tempo suficiente para que saíssemos rapidamente do carro antes que as buzinas começassem.

Nós permanecemos juntas, próximas o suficiente para nos tocarmos. Eu me senti pelada sem minha mochila. Notei que, naquela área degradada da cidade, Lily e eu éramos as únicas pessoas brancas em um mar de pelo menos cem pessoas indo e vindo. Pela primeira vez na vida, senti uma migalha do que Miqueias deve ter sentido desde o Ensino Fundamental até o segundo ano do Ensino Médio, sendo o único de pele visivelmente diferente dos outros colegas de classe.

A percepção era real. Naquele momento eu entendi. A consciência de que você é diferente desperta um tipo estranho de medo. Naquela hora, não importava o que alguém pudesse me dizer sobre ser aceita, estar segura ou simplesmente ser eu mesma. Lily e eu éramos anomalias. Eu sentia isso.

— Lembrem-se. Não falem nada — murmurou Wanja.

Movemo-nos como uma só pessoa, entrando em um mercado que mais parecia uma aldeia organizada e humilde sendo reconstruída após um furacão.

Os vendedores também se moviam como uma pessoa só. Levantaram-se de seus pequenos banquinhos de três pernas e vieram até nós, formando um círculo. As barracas estavam em condições precárias, e cada pequeno espaço estava cheio de itens artesanais africanos. Lily e eu olhamos pelo canto dos olhos para cestas, miçangas, esculturas, tecidos, tigelas de madeira e tabuleiros de xadrez com peças esculpidas.

Wanja mantinha a cabeça erguida, destemida. Meu coração batia loucamente. Eu me sentia como o pobre pequeno Simba cercado pelas hienas no filme *O rei leão*.

Falando em suaíli, Wanja aparentemente fez um pedido específico, pois todos os vendedores se dispersaram para suas barracas. Permanecemos no centro do mercado enquanto cada um deles retornava, apresentando seus melhores itens esculpidos para nós.

Muitos mostraram girafas, que Wanja afastou com um gesto, sabendo que já as havíamos comprado. Outros ergueram elegantes estátuas polidas de mulheres africanas. Ela desprezou essas ofertas com uma série de palavras que mandaram os esperançosos vendedores de volta para tentarem agradá-la com uma nova tentativa. Os vendedores se espalharam como ondas na água depois que uma pedra é jogada.

Eu estava impressionada. Nenhum dos homens se aproximou o suficiente para tocar uma de nós três. Todos falavam com tons respeitosos. Estava claro que queriam fechar uma venda.

Eu não entendi por que, mas meu medo intrínseco começou a se dissipar e uma nova perspectiva me sobreveio: aqueles eram vendedores fazendo o melhor que podiam com o que tinham em um lugar de oportunidades limitadas. Como em qualquer mercado a céu aberto em qualquer cidade, fazia sentido eu estar sendo protegida de batedores de carteira. A insistência de Wanja em que deixássemos nossas mochilas para trás e a tornássemos a guardiã de nosso dinheiro fez sentido.

Poucos instantes depois de seu segundo pedido, os braços de todos os homens estavam cobertos de colares de miçangas coloridas. Lily e eu tocamos o braço de Wanja, e a negociação começou. Ela tirou uma única nota de um dólar de sua pulseira de relógio, e um grito surgiu entre os vendedores ao nosso redor. Alguns levantaram os braços, outros pareciam se balançar com os joelhos dobrados. Eu estava morrendo de vontade de perguntar a Wanja o que estava acontecendo.

Ela pareceu escolher as miçangas de um homem, mas depois se virou para outro, que estava atrás dela. O círculo foi girando na mesma direção, e pareceu que éramos nós que estávamos girando, como se estivéssemos em uma bandeja giratória.

Mais palavras foram trocadas com o vendedor favorecido por ela. Ele estendeu pelo menos vinte colares de miçangas. Ela pegou a nota de um dólar, se virou e a entregou ao primeiro homem com quem havia negociado. Ele aparentemente lhe entregou mais do que o outro havia oferecido.

Contudo, tanto Lily quanto eu tocamos novamente seu braço. Tive a sensação de que havíamos sentido uma simpatia mútua pelo homem que perdeu a venda. Wanja voltou até ele. Ele contou a mesma quantidade de colares que ela havia acabado de receber e recebeu com gratidão a outra nota de um dólar.

Entre nós duas, Lily e eu agora tínhamos muito mais colares de miçangas do que poderíamos dar de presente, mas vi Lily dar outro toque no braço de Wanja.

Um homem esperto percebeu nosso movimento discreto. Dessa vez, ele ergueu as miçangas na frente de Lily para sua inspeção. Wanja levantou a palma da mão, como uma guarda de trânsito escolar, e se afastou. Lily e eu tivemos de nos apressar para voltar ao passo dela. Ela saiu do mercado sem dizer nada e caminhou quase um quarteirão em silêncio antes que o último vendedor parasse de nos seguir.

— Fiquem perto — disse ela calmamente.

Caminhamos mais um quarteirão antes de parar.

— Quantos colares de miçangas vocês ainda querem?
— Ela nos entregou uma coleção de colares a cada uma.
— Vocês estão planejando abrir sua própria loja quando voltarem para casa?

— Senti pena daquele homem — disse Lily. — E os colares custavam apenas um dólar.

Wanja olhou por cima de nós, como se estivesse verificando se algum vendedor ambulante estava vindo em nossa direção. Achei que ela iria nos dizer que era assim que as coisas funcionavam e que não deveríamos ser tão americanas em nosso modo de agir. Em vez disso, ela disse:

— Preciso de mais detalhes. Digam sua lista exata e quantidades. Eu comprarei para vocês.

A palavra "lista" era tudo de que Lily precisava. Ela a tinha decorada e repetiu os itens e quantidades enquanto Wanja assentia com a cabeça.

— E você? — Wanja se virou para mim.

— Eu vi um lindo tabuleiro de xadrez com animais esculpidos — respondi. — Estava na terceira barraca depois da entrada, à esquerda.

— Sim, eu também vi. O que mais?

— Havia também um jogo redondo de madeira com bolinhas de gude na barraca ao lado da que tinha o tabuleiro de xadrez.

— Qual o tamanho? — Wanja perguntou.

Eu mostrei com as mãos.

— Mais alguma coisa? Enfeites de Natal?

— Se você vir algum, sim. Eu poderia usar seis ou sete. E gostaria de uma pequena cesta de pão. Mas você pode acabar precisando de todo o dinheiro que lhe dei para os dois jogos.

— Eu aviso você. Vou conseguir tudo o que pediram.

— Ela olhou por cima de nós novamente e fez um gesto com a mão para o lado. O carro com a calota enferrujada se aproximou atrás de nós.

Mais uma vez, fizemos o que nos foi dito e fomos para o banco de trás do carro. Wanja nos deixou e voltou para o mercado. Seus longos passos deixaram claro que estava em uma missão. Lily e eu tínhamos enrolamos nosso excesso de colares de miçangas ao redor do pescoço e permanecemos de olhos arregalados observando tudo que estava acontecendo tão rapidamente.

Tito abaixou todas as janelas e começou a dirigir. Ele estava prestes a passar por um homem em uma bicicleta instável que estava segurando uma galinha debaixo do braço. Havíamos quase passado o homem no espaço estreito quando a galinha escapou do seu braço, atravessou a janela aberta do carro e caiu no meu colo.

Lily deu um grito.

O ciclista gritou alguma coisa. Tito também.

Eu abracei a galinha, como fazia desde pequena, e a segurei calmamente enquanto ela bicava a abundância de miçangas coloridas ao redor do meu pescoço.

Tito parou o carro, esperando que o homem da bicicleta chegasse ao nosso lado. Enquanto os carros buzinavam, o homem alcançou minha janela aberta, e eu consegui devolver a galinha para ele. Voltamos a dirigir como se nada tivesse acontecido.

Mas aconteceu. Olhei para Lily, mas não deveria ter feito isso, porque ela soltou a melhor e mais incontrolável gargalhada de todos os tempos. Eu pensei que a tinha ouvido rir loucamente na Costa Rica. Porém, aquela sua gargalhada africana foi de outro nível. E, é claro, eu tive de rir junto com ela.

Coitado do Tito.

Quando circulamos o quarteirão pelo tempo suficiente para Wanja terminar sua tarefa e se sentar no banco da frente com os braços cheios, Lily e eu ainda estávamos mergulhadas em uma poça de risadas que iam e vinham. Limpamos os olhos e seguramos as barrigas.

Wanja virou para trás e nos lançou um olhar perplexo.

— O que foi que eu perdi?

19

> Não pense que não há crocodilos
> só porque a água está calma.
>
> PROVÉRBIO AFRICANO

MINHA MÃE sempre dizia que Deus guarda o melhor para o final. Eu nunca entendi exatamente o que isso significava, mas essa frase me veio à mente quando nosso passeio de compras improvisado e o tumulto com a galinha foram seguidos por um café com a Wanja.

Ela nos levou à Java House. Adorei o ambiente desde o momento em que entramos naquela cafeteria artística contemporânea. Wanja pediu uma variedade das especialidades da padaria para dividirmos e me convenceu a pedir o *chai latte Malindi*[*] em vez do *masala chai* oferecido no extenso cardápio. Ela disse que tinha as deliciosos condimentos do *masala chai*, mas com um toque extra de café *espresso*. Afinal, os grãos de café eram cultivados no Quênia e torrados à mão. Ela disse que eu precisava homenagear a terra em que estava pisando.

— E então, o que achou? — perguntou Wanja depois do meu primeiro gole da bebida quente e espumosa.

---

*[N. T.] O *chai latte Malindi* é uma bebida quente semelhante ao *masala chai* e ao *cappuccino*, feita de chá condimentado e leite espumoso.

— É gostoso.

— Mas não tanto quanto o *masala chai* da Cheryl — arriscou Wanja.

— O que eu posso dizer? Eu sou uma apreciadora de chá. — Dei outro gole. — Mas é gostoso, sim.

Lily riu.

— É o mesmo que dizer que alguém tem uma boa personalidade porque é o único atributo positivo em que você consegue pensar.

— Vou pedir um *masala chai latte* para você — disse Wanja.

— Não, eu só quero isso mesmo — respondi. — Sério, ainda estou com a cafeína do nosso lindo café da manhã à beira da lagoa dos hipopótamos. Mas, se tiverem *masala chai* que eu possa levar para casa, gostaria de comprar um pacote antes de irmos embora.

— Vou contar a você o segredo para fazer o melhor *masala chai* — disse Wanja.

— Sim! Conte!

— É igual à receita *secreta* do pão de banana da sua avó? — perguntou Lily.

— Claro. Porque essa é a *minha* receita. — Ela ergueu a cabeça. — E vocês também precisam saber a verdade: fui eu quem deu essa receita à Cheryl.

Abri meu diário e preparei a caneta.

— Você tem que usar duas partes de água e uma de leite. Ferva a água em uma panela e, em seguida, adicione todos os temperos. Deixe ferver por dois a cinco minutos. Depois, adicione as folhas de chá. Desligue o fogo para deixá-lo em infusão. Depois, adicione o leite, deixe o líquido ferver e desligue o fogo novamente. Use uma peneira para despejar na xícara. Ah, e nenhuma mulher respeitável da minha família beberia o *chai* sem adicionar mel. Sempre use uma colher de pau para colocar o mel. Nunca use metal com mel.

— Quanto tempo deixo em infusão? E quanto aos temperos? Qual é a combinação secreta? Como eu sei quanto colocar?

Wanja riu.

— Ninguém nunca levou tão a sério a minha receita quanto você. Vou mandar um e-mail com todos os detalhes. Nunca coloque erva-cidreira como minha mãe faz. Acho que estraga as notas de fundo do cardamomo.

— Acho que é o cardamomo que estou sentindo nesse *Malindi chai* — disse Lily. — Não é uma especiaria que usamos com frequência. Em casa, chamaríamos isso de *chai* sujo.

— Já ouvi isso antes, da nora da Cheryl. O *Malindi chai* é o favorito dela. Eu queria que eles voltassem a tempo do meu casamento, mas parece que só voltarão depois do Natal. Espero que um dia você a conheça.

— Eu também — disse Lily. — Não tenho muitos parentes do meu lado da família. Gostei muito da ideia de me conectar com um primo que não conheço e ser apresentada à família dele.

Wanja deu uma olhada no celular.

— Vocês têm certeza de que não querem comer mais nada?

— Eu não — respondi.

— Sabe — disse Lily —, talvez eu deva pedir mais alguma coisa. Ouvi dizer que em Nairóbi a galinha tem um sabor especial.

Demoramos um pouco para entender a piada dela.

— Quero dizer, aqui as pessoas levam o conceito de "da fazenda ao consumidor" a outro nível com os entregadores de bicicleta.

Ri só para manter a amizade. Depois que Wanja se acomodou no carro e contamos o que ela perdeu enquanto fazia nossas compras de lembrancinhas, foram muitas as piadas sobre galinhas. A essa altura, a tentativa de Lily de nos fazer rir uma última vez não deu muito certo.

— Se vocês têm certeza de que não querem pedir mais nada, vamos comprar um pouco de chá e café para levarem para casa — disse Wanja.

— Você vai nos levar ao clube de campo? — perguntou Lily.

— Não, vou levar vocês a um ponto de encontro perto do aeroporto e meu colega vai levá-las até Aberdare.

— Isso significa que temos que nos despedir de novo? — Fiz um biquinho exagerado de tristeza.

— Sim, infelizmente. Esse é o nosso próximo adeus — disse Wanja. — Espero que nos vejamos de novo antes do paraíso. Se não, nosso reencontro ao lado do Rio da Vida será muito melhor.

O último gole da minha bebida ficou preso na garganta, que senti se apertar. Mamacita estava lá agora. No Rio da Vida.

A realidade continuava a me atingir em ondas.

Fiquei pensando se Wanja sabia que a mãe do Dani havia falecido. Quando estávamos no safári, ele ligou diretamente para o hotel, não para a agência de turismo. Provavelmente ela não tinha recebido a notícia. Fiquei feliz por ela não saber, porque isso tornava a parte sobre o céu em seu sentimento como um toque de mel em meu coração. A eternidade parecia especialmente próxima. Da mesma forma que Lily esperava conhecer seu primo e a família dele um dia, eu esperava ser a pessoa que apresentaria Wanja a Mamacita.

Wanja nos levava ao ponto de encontro e meus pensamentos continuavam a correr como rios profundos, mas eu os guardei para mim. Lily foi para o banco da frente, dizendo que queria ver como era estar no banco do "motorista" sem dirigir. Elas conversaram sobre o casamento da Wanja que aconteceria em breve e eu pensava em casa.

Mandei uma mensagem para o Dani com o nome do lugar onde ficaríamos naquela noite. Comecei a contar a ele sobre o mercado ao ar livre e a galinha, mas apaguei a mensagem. Aquela história seria mais legal se contada pessoalmente. Ele estava ansioso para que eu voltasse para casa com histórias e eu sabia que ele iria gostar dessa.

Quando Wanja chegou ao ponto de encontro para o transporte, seu colega já estava lá. Nos despedimos com abraços e trocamos promessas de manter contato.

— Boa viagem, Peregrinas.

Lily pegou o lenço que Cheryl lhe dera, parou antes de subir na van e acenou com ele na direção de Wanja.

— Você sempre será a melhor, Wanja!

Uma última mistura de nossas risadas se tornou nossa bênção.

— Vou sentir falta dela — falei, enquanto prendia meu cinto de segurança.

Lily não conseguiu responder por causa dos três rapazes que ocupavam o banco de trás. Eles se inclinaram em nossa direção, ansiosos para conversar em inglês e nos contar que tinham acabado de chegar e estavam para fazer uma expedição ao monte Quênia. Fiquei aliviada ao ver que, após uma conversa superficial amistosa, Lily saiu da conversa.

Ela recostou a cabeça na janela lateral e olhou o celular. Ela não repetiu seu papel de anfitriã amigável como fizera com os nossos companheiros de passeios anteriores, e fiquei grata por isso, porque tornava mais fácil que eu fizesse o mesmo.

Lembrei do que Lily me disse naquela manhã: que agora estava pronta para ouvir sugestões, não apenas para receber simpatia. Eu sentia o mesmo. Se estivéssemos sozinhas na van, teria sido um ótimo momento para começar a propor soluções. Tínhamos uma viagem de três horas pela frente. Mas, sabendo que o trio do banco de trás entenderia cada palavra que disséssemos, entendi que teríamos de esperar. Fiquei pensando em qual seria a melhor hora para isso. Estávamos programadas para voltar para casa em voos separados, então não podíamos contar com aquelas longas horas para conversar e processar tudo.

Logo entramos em uma área mais rural, mas ainda cheia de gente. Observei as lojas passarem. Seus nomes me faziam sorrir. Autopeças Espírito Santo. Mercearia Orvalho da Manhã. Moda Aleluia Feliz. Açougue Fé Duradoura. Salão de Beleza Glória de Deus.

Pensei em Wanja e sorri. Queria ver o cabelo dela depois que decidisse o que fazer com ele para o casamento. Ou, melhor dizendo, depois que a irmã dela decidisse o que fazer com ele. Eu queria ver como Wanja ficaria no belo vestido que a ouvi descrever para Lily.

Certa vez Dani me disse que a curiosidade era o meu risco ocupacional. Ele disse que meu cérebro de editora estava programado para ouvir histórias até o fim. Eu queria saber o que aconteceria depois e sempre esperava finais felizes. Perguntei-me se era por isso que eu continuava reprimindo os pensamentos sobre minha inevitável busca de emprego. Eu não estava pronta para encarar de perto a história da minha vida até ter pelo menos uma vaga ideia de como ela poderia terminar.

Percebi que estava querendo fazer o que qualquer escritor ficaria horrorizado que um leitor fizesse: eu queria ler o último capítulo. Queria primeiro saber como tudo terminava, para depois voltar e ler cada capítulo.

Sinto muito.

Peguei meu diário. Precisava escrever uma carta de desculpas ao Autor e Consumador da minha fé. Para dizer que confiava Nele, eu precisava ler a vida que Ele estava escrevendo em mim página por página, capítulo por capítulo. Como Njeri havia declarado sobre mim, eu precisava esperar no Senhor.

Um dos rapazes me cutucou no ombro, interrompendo-me no meio de uma longa frase que eu estava escrevendo.

— Nós estávamos conversando... — disse ele.

Seu comentário era óbvio, pois eu os ouvi falar por dez minutos, mas não entendi nada do que disseram. Meu palpite foi que eles eram escandinavos, mas meus conhecimentos de linguística não eram suficientes para adivinhar de qual país vinham.

— ... e achamos que vocês garotas deveriam cancelar seus planos e vir com a gente.

Lily convenientemente estava dormindo com a cabeça encostada na janela. Olhei para os três loirinhos sorridentes esperando minha resposta.

— Quantos anos vocês têm? — perguntei.
— Dezoito.
— Eu tenho um filho mais velho que você.

Eles ficaram boquiabertos. Um deles apontou para Lily, como se ela ainda fosse uma opção para o plano deles.

— Dois filhos — falei, levantando dois dedos em um sinal de paz intencionalmente descarado. — O mais velho acabou de fazer dezessete.

Eles expressaram seus pensamentos um para o outro em sua língua nativa e colocaram os fones de ouvido novamente. Virei-me para a frente, sorrindo por dentro com meu momento Lorelai Gilmore. Se Lily estivesse acordada, provavelmente teria adorado saber que os rapazes achavam que éramos jovens o suficiente para sermos loucas de nos apaixonar por eles.

Meu telefone vibrou e vi que Dani respondeu às mensagens que eu havia enviado mais cedo. Disse que ele e Miqueias estavam bem, e que ficou feliz por terem a chance de passar esse tempo juntos. Dani contou casualmente que tinham ido à funerária para fazer os arranjos. Sua última frase dizia que os dois choraram, mas que foi uma experiência preciosa para eles.

Por um momento, senti-me estrangeira em nossa pequena família. Contudo, a sensação de insegurança logo passou quando pensei em quantas vezes Dani e eu oramos para que Miqueias confiasse em nós. Dani queria ser próximo dele, mas, enquanto o Miqueias estava debaixo do nosso teto, nada do que ele tentou fazer criou um laço entre os dois. Agora era o momento deles. Isso era importante para os dois. Um sentimento de gratidão me fez esquecer todas as ideias que tive sobre voltar para casa antes do planejado.

O planejado era esse que estava acontecendo. Essa era a história que precisava ser escrita nas páginas da minha vida. Mais importante ainda, esse era o ponto de virada na história de Miqueias e Dani, que eu esperava que acontecesse antes do fim de sua história compartilhada.

Enquanto Lily descansava e os jovens ouviam música, enchi sete páginas do meu diário com a enxurrada de pensamentos que continuavam vindo sobre mim como uma cachoeira. Continuei a registrar os eventos dos últimos dias com uma caligrafia tremida.

Quando chegamos ao Clube de Campo Aberdare, senti que tinha colocado para fora todos os pensamentos que estavam borbulhando na minha cabeça há dias. E também estava mais do que apertada para ir ao banheiro.

Lily e eu fomos as primeiras a sair da van. Fomos direto ao balcão da recepção para perguntar onde ficava o banheiro.

— Ufa, foi por pouco — disse Lily. — Não acredito que você ainda bebeu uma garrafa de água no caminho.

— Não bebi inteira, mas você tem razão: foi por pouco.

Voltamos à recepção, onde um atendente uniformizado se aproximou de nós. Ele nos convidou a acompanhá-lo até a sala de jantar, caso quiséssemos comer algo enquanto esperávamos nosso quarto ser arrumado.

Perguntei se poderíamos comer do lado de fora em vez de ir à sala de jantar. Algo simples como suco e talvez um pequeno lanche.

— Claro — respondeu ele com uma leve reverência.

Estávamos de volta ao mundo da formalidade britânica e do serviço luxuoso. Quase esperei que sua resposta seria "Como quiser".

— Hora de agirmos como madames de novo — falou Lily em voz baixa.

Seguimos o atendente até o pórtico, onde havia cadeiras acolchoadas ao ar livre. Os arredores confirmavam a sofisticação do lugar. Sentamo-nos e respiramos fundo.

— É tão bonito — murmurou Lily. — A temperatura está perfeita. E essa vista...

— Pois é.

A varanda aberta era feita de pedra e tinha pilares de sustentação que seguravam uma cobertura de madeira finamente trabalhada. À nossa frente, havia outro cenário de tirar o fôlego: quilômetros e quilômetros de colinas verdes que cercavam um amplo vale.

As árvores que preenchiam essa área montanhosa eram mais abundantes do que em todos os outros lugares que visitamos até então. Algumas delas estavam mudando para tons vibrantes de vermelho e laranja, à medida que as folhas velhas encenavam a última cena das estações.

Lily e eu não conversamos muito. Apenas respiramos, tentando absorver tudo. Dois copos grandes de suco de laranja foram trazidos até nós em uma bandeja, juntamente com um prato de biscoitos, queijos e uvas. Tudo estava perfeito. Absolutamente perfeito.

— Mandei uma mensagem para o Tim — disse Lily — e para os meninos.

— Já teve resposta?

Ela olhou o celular.

— Não. Ainda não.

— Você tem sinal aqui? Parece que estamos em um lugar bem remoto.

— Meu celular diz que sim, mas já disse isso antes e mesmo assim não consegui enviar nem receber mensagens. Mandei as mensagens quando ainda estávamos perto de Nairóbi.

— Ainda está cedo lá em casa — comentei. — O Tim costuma responder mensagens de manhã?

— É verdade. Vou esperar até mais próximo da hora do almoço lá em casa.

— Tenho certeza de que eles estão ansiosos para você voltar para casa.

Lily olhou para o mundo exuberante à nossa frente.

— Seria horrível se eu dissesse que não quero voltar para casa?

— Também estou feliz por ainda não estarmos indo para casa. Eu fiquei receosa por estar pensando isso, mas estou feliz por não termos mudado nossos planos.

— Eu não quis dizer que não quero voltar para casa *agora*. Eu não quero voltar para casa nunca mais.

— Nunca mais? — Eu me virei para ver se ela estava falando sério.

— Bem, acho que mais cedo ou mais tarde terei que voltar.

— Sim, mais cedo ou mais tarde — repeti. — Tipo, em dois dias. Então, viva! Temos mais dois dias nesse lindo país.

— Um dia e meio, na verdade. Vai passar rápido. — Lily fez um pequeno sanduíche com duas bolachas e uma fatia de queijo e deu uma mordida esfarelada. — Sabe a nossa palavra *fernweh*? — Ela limpou as migalhas que caíram na camisa bordada.

— Claro.

— Acabei de decidir que *fernweh* tem um lado negativo.

— Não diga isso.

— É verdade. Depois de experimentar viajar para lugares distantes, você anseia por mais. E acho que esse anseio diminui o carinho que você sente por tudo o que deixou para trás.

Pensei nas palavras dela por um momento e fiquei feliz por sermos as únicas que estavam ali na varanda.

Finalmente parecia que poderíamos ter uma conversa sem interrupções.

— Será que o anseio por lugares distantes tem o potencial de diminuir nosso contentamento, e não nosso carinho pelo que é familiar? — sugeri. — Isso não significa que esse anseio automaticamente nos tira o amor pelo que deixamos em casa.

— Está dizendo que a familiaridade gera descaso?

Assenti.

— Minha mãe costumava dizer isso. Com frequência. — Lily se virou para mim, em vez de continuar admirando a paisagem tranquila. — Sendo bem sincera, isso descreve como eu me sinto em relação à minha vida. Tudo nela é muito familiar.

Coloquei meu copo vazio na mesa.

— Está pronta para ouvir sugestões?

— Sugestões sobre minha vida?

— Sim.

Um funcionário do hotel se aproximou de nós com duas chaves na mão.

— Com sua licença, madames. Nosso gerente pediu para informá-las de que seu quarto está pronto. Gostariam que eu as levasse agora com sua bagagem até lá?

— Sim, pode levar nossa bagagem, por favor — disse Lily. — Mas gostaríamos de ficar aqui mais um pouco. Isso seria um problema?

— Não — respondeu ele com um grande sorriso. — Não é problema algum. Aqui nada é problema. *Hakuna matata.*

Lily repetiu aquela conhecida expressão, popularizada pelo filme *O rei leão*, e tirou alguns dólares americanos que sobraram em seu bolso para dar de gorjeta ao rapaz.

Enquanto ele se afastava, tive a sensação de que suas palavras — de que nada era problema ali no belo Aberdare — poderiam ter mergulhado Lily ainda mais fundo em seu desejo de nunca mais voltar para casa.

Um arrepio de medo percorreu meu pescoço da mesma forma que ocorreu quando estávamos na lagoa dos hipopótamos e notei o crocodilo na água vindo em nossa direção.

20

> O melhor espelho é um velho amigo.
>
> GEORGE HERBERT

— CERTO — disse Lily. — Estou pronta para as suas sugestões. Vá em frente. Despeje sua sabedoria em cima de mim.

Eu empurrei minha cadeira da varanda um pouco mais para perto e a girei para que pudesse ver Lily de frente, em vez dos vastos campos do Clube de Campo Aberdare.

— Mas primeiro — Lily levantou a mão — deixe-me dizer que tenho pensado no seu comentário lá no Brockhurst. Você disse que Tim e eu estamos em uma encruzilhada. Eu não acho que estamos. Não estamos tentando decidir qual é o próximo caminho a seguir. Gostamos dos nossos empregos. Não vamos nos mudar para lugar nenhum, não quando os meninos estão quase terminando a escola. Além disso, amamos Nashville. O problema é que tudo continua igual. Tem sido assim há muito tempo.

— E é por isso que você quer ir em outra direção, certo?

— Eu não sei o que eu quero. Só não quero voltar para a minha vida do jeito que ela tem sido. E, Fern, eu falei sério quando disse que tenho medo de acabar como a minha mãe. É um medo real. Noah está com a mesma idade que eu tinha quando meu pai saiu de casa. Eu não quero afastar o Tim, mas sinto que estamos tão desconectados. Assim como minha mãe e meu pai estavam naquela época. A incapacidade de nos comunicarmos nessa viagem só enfatizou isso.

— Você não é a sua mãe, Lily. Ouça o que eu estou dizendo: você não é a sua mãe. Sua vida não vai ser como a dela. Não tem sido como a dela e não vai acabar como a dela.

— Como você sabe disso?

— Eu simplesmente sei.

Lily desviou o olhar.

— Lembra que você me disse mais de uma vez que eu iria me casar com o Dani? Você disse que simplesmente sabia. E a primeira vez que ouvi isso de você foi logo depois de conhecê-lo e falei que não daria certo com o filho dele.

— Você também me disse que o Dani tinha, nas suas palavras, "os olhos mais sinceros e atraentes do mundo".

Eu sorri.

— Ele ainda tem. Meu ponto é que você sabia que o Dani era o cara certo para mim muito antes de eu concordar em sair com ele. Muito antes de eu estar disposta a superar todos os desafios necessários para fazer nosso casamento funcionar. É assim que eu sei que você não vai se transformar na sua mãe. Melhores amigas sabem dessas coisas. Vemos o que a outra não consegue ver.

Lily não comentou.

— Eu conheço você e já vi como Deus trabalha na sua vida. Creio que você vai continuar se tornando a versão mais completa de si mesma. E também sei que isso vai dar trabalho. Assim como me casar com o Dani e viver com ele, Miqueias e Mamacita deu trabalho.

— Como você sugere que eu faça isso? — Ela me olhou com lágrimas nos olhos.

— Faça uma lista.

Lily inclinou a cabeça para o lado.

— Você está zombando das minhas listas?

— Não, de jeito nenhum. Eu quis dizer que suas listas são a forma como você processa as coisas. Você até disse, quando estávamos saindo do Brockhurst com a Wanja, que listas são a forma como Deus orienta você. Lembra? Eu estava contando para ela que escrevo em um diário e você disse que...

— Eu lembro.

— Comece a fazer algumas listas hoje, enquanto ainda estamos juntas, para que possamos conversar sobre elas antes de voltarmos para casa.

— Listas de quê?

— Acho que você deve começar com você mesma. Liste o que foi bom e o que foi ruim na sua infância. A conselheira do Miqueias o mandou fazer isso e ajudou muito. Ele precisava separar a verdade de todas as mentiras às quais ele se agarrava. A conselheira fez com que ele listasse dez coisas que acreditava sobre si mesmo e sua identidade. Quando ele e o Dani revisaram a lista, sete das principais crenças dele sobre si mesmo eram mentiras.

— Você está dizendo que eu devo ir a um conselheiro?

— Você pode. Você sabe o quanto eu sou fã da terapia familiar que fizemos. Seja qual for a maneira de você lidar com o trauma relacionado à sua mãe, eu acho que você precisa resolvê-lo.

— Meu trauma com minha mãe? — Lily cruzou os braços.

— Você entendeu o que eu quis dizer: as questões não resolvidas que você tem com a sua mãe. Desde o dia em que conheci você, você expressou muita mágoa e raiva pelas escolhas que ela fez, como isso destruiu sua família e rompeu seu relacionamento com ela.

— Por que eu iria querer fazer uma lista de tudo isso?

— Porque acho que você carregou muito disso para a sua vida adulta. Acho que você precisa começar o processo de perdoá-la. Só então você poderá avaliar seu próprio casamento sem que as escolhas da sua mãe sejam o padrão de como você enxerga sua vida e seu futuro.

Lily tomou um gole de seu suco de laranja lentamente e olhou para a paisagem pastoril.

— Sabe, quando eu pedi sugestões, pensei que você fosse me dar ideias mais suaves, como adoçar minhas palavras e marcar uma noite de encontro.

— Essas ideias não são ruins.

— Sim, mas eu não acho que afirmações são suficientes para impedir que um casamento desmorone.

— Você realmente acha que está nesse ponto? Que seu casamento está desmoronando?

Lily não respondeu.

Eu me recostei na cadeira confortável e esperei.

Ela suspirou.

— Não, ele não está desmoronando. Mas poderia. Não estamos no melhor dos lugares. Mais do que tudo, eu me sinto presa. E você está dizendo que eu estou presa porque não fiz as pazes com a minha mãe.

Eu fiz que sim com a cabeça. Não tinha certeza se estava certa. Não tinha treinamento formal como conselheira. Mas, na minha mente, foi o que fez mais sentido. Eu estava me baseando em intuições, do mesmo jeito que ela costumava fazer quando me dava sugestões sobre minhas escolhas de vida.

Ficamos sentadas em um silêncio tranquilo, como amigas íntimas conseguem fazer confortavelmente.

— Hum. — O som saiu de mim involuntariamente.

— Hum o quê?

— Eu estava pensando naquela citação africana que seu tio disse quando a Njeri me levou para a cozinha. Lembra? Ele disse: "Se você quer saber o final, olhe para o começo". Depois de passar o dia com a Cheryl, muita coisa dolorosa relacionada à sua mãe veio à tona.

— Sim.

— Quando você resolver isso, acho que seu coração terá espaço para se apaixonar por seu marido de novo. No momento, seu coração está muito cheio para você sentir qualquer outra coisa.

Lily se recostou na cadeira e descruzou os braços. Pensei nas muitas vezes em que ela e eu tivemos longas conversas por telefone do tipo simpatia-sugestões. Sempre precisávamos desligar o telefone, refletindo acerca de tudo sozinhas antes de nos reconectarmos e continuarmos processando as ideias juntas. Raramente conversamos dessa maneira pessoalmente. Nem sempre concordávamos com os conselhos uma da outra, mas o tempo que passávamos conversando sempre nos ajudava a sair de qualquer bloqueio mental que estivéssemos enfrentando.

— Lily, acredito de verdade que você será capaz de seguir em frente quando não estiver mais carregando essas velhas mágoas relacionadas à sua mãe. Isso tem sobrecarregado você há muito tempo.

Ela olhou para as mãos e disse baixinho:

— Eu sei.

— Depois que resolver seu trauma com sua mãe, você poderá fazer outra lista. Uma lista mais feliz das coisas que você e o Tim precisam resolver. Você será capaz de encarar o casamento como um assunto só, sem toda a...

— Bagagem? — Lily completou meu pensamento.

— Exatamente.

Lily pegou a última bolacha do nosso prato de petiscos.

— Porque as Peregrinas fazem viagens leves.

Eu sorri para minha melhor amiga.

— Sim, nós fazemos viagens leves. É melhor assim, não é?

— Sim. Obrigada, Fern. Acho que você tem razão.

— Aah, espere, diga isso de novo! — Coloquei a última uva roxa na boca. — Acho que não ouvi direito. O que foi que você disse? Algo sobre eu ter razão?

Ela ignorou minha brincadeira e pegou o celular.

— Preciso de três listas, porque vou dividir minha avaliação em três partes. Do nascimento até os dez anos, dos dez aos quinze, e dos quinze aos vinte. — Ela olhou para cima. — Acabei de perceber que vivi mais tempo com o Tim do que com minha mãe. Não tinha parado para pensar nisso. Por que demorei tanto para lidar com essa questão?

— Não importa. Você está começando um novo capítulo agora. E posso acrescentar mais uma ideia? Lembra quando o John disse que a Darla tinha sido casada com cinco maridos?

— Aquele cara era estranho, não? Achei estranho ele dizer isso sobre a esposa dele.

— Eu entendi isso como algo que ele estava dizendo sobre si mesmo. Eles estavam casados há muito tempo, e ao longo dos anos as pessoas mudam. Achei que ele queria dizer que, apesar de cada vez ter uma nova versão de si mesmo, a Darla escolheu continuar casada com ele.

Lily concordou lentamente.

— Foi igual quando a Cheryl disse que gostaria que meus pais tivessem encontrado uma maneira de resolver as coisas entre eles. Eu sei que meu pai foi pelo menos três homens diferentes desde que o conheço. Minha mãe também mudou muito. Ela era diferente quando eu era pequena.

— E se a sua encruzilhada for uma pausa para que você possa fazer uma nova escolha? Ou uma escolha renovada. Você pode escolher se apaixonar de novo pela versão de quem você é agora. E por quem o Tim é agora.

— É uma ideia interessante. — Ela olhou para trás de mim e pareceu fixar o olhar em algo. — Aquilo são pavões? — Ela apontou. — São, não são?

Dois grandes pássaros saíram tranquilamente da sombra de uma das árvores volumosas e caminharam pela grama. Seu corpo era de um azul *royal* vibrante, e as pequenas plumas no topo de sua cabeça pareciam leves coroas.

Enquanto observávamos, um deles parou e de repente abriu sua cauda, revelando as belas cores e padrões.

— Uau — falei. — Acho que nunca vi um pavão antes. Você já?

— Não. Mas eu quero um.

Eu ri.

— E onde você vai colocá-lo? Eu já vi o seu quintal.

— Vamos ter que nos mudar, porque eu preciso de um pavão na minha vida. Não são lindos? Vamos até lá. Tem outras pessoas tirando fotos. Eu preciso de fotos.

— Para todos os seus seguidores? — brinquei.

— Para.

Lily conseguiu chegar a poucos metros dos pavões, e nós duas tiramos um monte de fotos. Se ela tivesse o tipo certo de ração na mão, tenho certeza de que teria conseguido alimentar os pavões do mesmo jeito que alimentamos as girafas.

Pensei novamente em como nossas experiências nessa viagem pareciam orquestradas por Deus. Eu caminhei por um campo de chá, Lily alimentou uma girafa e agora estávamos fazendo amizade com pavões. Havia uma doçura nisso, como se fosse o jeito de Deus de adicionar mel à nossa viagem.

Os pavões se afastaram descendo a colina, e Lily e eu decidimos fazer nosso próprio passeio por aquela área.

— Acho que deveríamos estar usando vestidos vitorianos esvoaçantes — falei — e segurando sombrinhas rendadas rodopiantes.

Lily riu.

— Espero que você esteja anotando tudo isso. Eu vi você escrever no seu diário a caminho daqui. Quando tivermos noventa anos e morarmos juntas em um asilo, você vai pegar seu diário e lê-lo para mim, para podermos nos lembrar de tudo o que aconteceu nessa viagem juntas?

— Claro.

— Promete?

— Sim, prometo. E não se esqueça de que estarei esperando você me mandar todas as fotos que tirou, e eu farei o mesmo.

— Combinado.

Continuamos caminhando pelo gramado inclinado e vimos uma placa indicando o caminho para a piscina.

— O que você acha? — Lily tentou fazer seu sotaque britânico bobo. — Desejaria dar um mergulho na piscina antes do jantar? Suponho que é isso que todas as madames fazem aqui no clube de campo em um fim de tarde como esse.

— De fato. Uma sugestão adorável. — Eu não tinha a intenção de imitar um sotaque, mas acabou saindo assim. Meu comentário soou tão bobo quanto o de Lily.

Quando contornamos a área da piscina, vimos que não havia ninguém lá. Teríamos a piscina só para nós, assim como na Mansão Girafa. Eu gostei mais ainda da ideia. De um lado da colina havia um grande deque com várias espreguiçadeiras sob guarda-sóis. Parecia tão convidativo. Eu queria estar com meu maiô por baixo da roupa para poder tirá-la e pular na água na mesma hora.

— "Continue a nadar, continue a nadar" — repetiu Lily em voz baixa.

— O que você está dizendo?

— Estou sendo a Dory.

— Quem?

— A amiga do Nemo.

Eu continuei olhando para ela, balançando a cabeça negativamente.

— Ah, eu esqueci que você não passou pela fase de assistir filmes de desenho com o Miqueias. — Inclinando a cabeça para algo que acabara de perceber atrás de mim, Lily disse: — Ah, não! Alerta de paquera à frente.

Eu me virei e vi algo que nem ela nem eu conseguiríamos esquecer.

Os garotos escandinavos estavam deitados nas espreguiçadeiras, recém-saídos da piscina. Sua pele clara brilhava ao sol do fim da tarde. Dois deles estavam fumando e suas roupas de banho eram... bem, deixavam muito pouco à imaginação. Nenhum dos homens e garotos de nossa vida se atreveria a usar algo tão ousado em público.

— Que sinuca! Mudança de planos. — Acelerei o passo e voltamos direto para o prédio principal.

Voltando a seu sotaque britânico, Lily disse:

— Querida, por que nos levou para essa sinuca? Eu disse que queria ir ao bilhar.

— Você acha que tem uma sala de sinuca aqui? — perguntei com uma voz normal. — Quero dizer, perdoe-me o deslize, uma sala de bilhar?

— "Elementar, meu caro Watson." — O sotaque de Lily mudou e ficou péssimo.

— Espera aí. Estamos brincando de Sherlock Holmes agora? Por que eu tenho que ser o Watson?

Nossa brincadeira continuou enquanto seguíamos por uma trilha que nos levaria de volta à varanda. Os arredores eram lindamente convidativos, assim como no Brockhurst. Mas aqui a sensação era diferente. Não eram apenas os garotos na piscina. O propósito e as pessoas desse lugar eram diferentes do Brockhurst. Não parecia solo sagrado para mim.

Acho que essa percepção pode ter contribuído para nos sentirmos peixes fora d'água no jantar. Éramos apenas hóspedes ali. Não conhecíamos ninguém, nem tentamos iniciar conversas com ninguém. Não estávamos mais experimentando tudo pela primeira vez. Já estávamos nos familiarizando com o ritmo do Quênia e seus vários estados de humor.

Nosso quarto era tão confortável quanto esperávamos. O bônus foi que tínhamos uma lareira. O fogo já estava aceso e nos aguardava quando voltamos do jantar. Como duas irmãs idosas independentes, afundamos nas duas poltronas em frente à lareira e silenciosamente seguimos com nossos respectivos passatempos vespertinos.

O barulho da madeira no fogo era acompanhado por outra das cuidadosamente selecionadas *playlists* da Lily. Essa não tinha palavras, não convidava a dançar nem a cantar junto. Era um tranquilizante rio de música instrumental. Fiquei pensando por que eu não ouvia música com mais frequência. Tinha um efeito tão calmante. Músicas como essa deviam ser o refúgio da Lily, da mesma forma que banhos eram o meu. Aquele era outro aspecto da vida dela que eu não conhecia, devido à nossa amizade à distância.

Lily estava digitando no celular, montando suas listas. Fiquei pensando se esse seria o melhor momento para interrompê-la e dizer que eu estava pronta para suas sugestões sobre meu dilema de trabalho. O longo tempo que passei escrevendo em meu diário a caminho do clube de campo tinha acalmado boa parte da minha tristeza pela perda do emprego. Eu me sentia preparada para tomar as medidas necessárias quando voltasse para casa. Depois que a situação de Mamacita estivesse resolvida, eu tinha certeza de que o Dani poderia me ajudar a me candidatar a outros empregos. Talvez uma livraria local tivesse uma vaga. Suavizaria o golpe se eu pudesse pelo menos estar cercada de livros todos os dias e conversar com as pessoas sobre eles. Eu me perguntava qual seria o salário de bibliotecários na nossa região do Colorado.

Mesmo tendo algumas ideias, eu queria ouvir os pensamentos de Lily, com suas listas e tudo mais.

— Lily?

— Hum? — Ela não tirou os olhos do celular.

— Estou pronta. Finalmente. Conselhos, por favor.

— Ah! Chegou uma mensagem. Do Tim. — Ela leu a mensagem em silêncio, e eu observei seus lábios se curvarem até formar seu típico sorriso de orelha a orelha. Bom sinal. — Eu disse que apreciava muito o fato de ele ter cuidado de tudo em casa para que eu pudesse fazer essa viagem. Acrescentei um pouco de doçura, como você sugeriu.

— E...?

— Ele disse que sente minha falta. — Ela leu a mensagem para si mesma novamente. — Disse que não tinha ideia do quanto eu faço para manter nossa família funcionando e que me valoriza mais do que nunca. E disse umas coisas carinhosas também. Vou tentar ligar para ele.

Lily se levantou, foi para o banheiro, fechou a porta e, alguns minutos depois, consegui ouvir pedaços de sua conversa abafada. Fiquei muito feliz por ela. Então lembrei que estava prestes a pedir suas sugestões para o meu dilema profissional. Ainda bem que eu estava confortável com minha posição na ordem de nascimento, assim como onde eu me encaixava na hierarquia de urgência quando me casei com o Dani. Eu sabia esperar minha vez.

Fiquei pensando se deveria tentar ligar para o Dani. Em vez disso, abri meus e-mails. Eu só tinha dado uma olhada uma vez durante a viagem. Talvez Dani tivesse me mandado um e-mail, já que o telefone não foi tão confiável quanto esperávamos.

Excluí rapidamente os e-mails desnecessários. Os que decidi abrir eram bons e ruins. Cinco autores com quem trabalhei haviam ouvido sobre minha demissão e, como escritores, tinham muitas coisas eloquentes a dizer sobre como tudo foi conduzido. Eu sabia que não era o melhor momento para responder a nenhum deles.

Dois e-mails eram do departamento de recursos humanos da nova editora. Aparentemente, eu não havia preenchido todos os formulários necessários para finalizar minha saída. Os formulários estavam anexados para eu preencher e retornar. Eu não conseguia me obrigar a abri-los e a procurar campos que eu não marquei ou que esqueci de assinar eletronicamente.

Eu devia ter feito qualquer outra coisa em vez de abrir meus e-mails. Fazer isso me trouxe de volta à realidade, e decidi não ver meus e-mails novamente até chegar em casa.

Então, vi um e-mail da minha mãe e o abri alegremente para ver as fotos do novo cachorrinho deles. Ela perguntou como eu estava. Tentei lembrar a última vez que atualizei minha família durante a confusão das últimas semanas. Minha mãe sabia que eu tinha sido demitida e que estava indo para o Quênia. Ela contou às minhas irmãs. Mas eu ainda não tinha contado a elas sobre Mamacita. Acho que o Dani não teria pensado em fazer isso.

Escrevi um e-mail para minha mãe e minhas irmãs, contando sobre o falecimento da minha sogra e que eu estaria voltando para casa em um dia e meio. Também mencionei que meu sinal de celular não tinha sido confiável ultimamente. Expliquei demais, como sempre faço, e disse que a Lily estava convencida de que nossos planos de celular não vieram certos, já que supostamente os serviços adicionais que pagamos deveriam funcionar.

Minutos depois de eu clicar para enviar, minha irmã mais velha, Anne, respondeu. Ela disse que eu estava em suas orações e acrescentou um parágrafo perguntando se eu sabia que a Rainha Elizabeth também estivera no Quênia quando recebeu a notícia da morte de seu pai, o Rei George VI. No verdadeiro estilo Anne, ela fez uma charada.

Quem foi a princesa que subiu em uma árvore e desceu como rainha?

Eu pesquisei no Google e descobri que Elizabeth e Philip estavam hospedados em um hotel de observação de animais em 1952 quando seu pai faleceu. O hotel não estava mais em funcionamento, mas parecia semelhante ao lugar onde Lily e eu iríamos no dia seguinte passar nossa última noite no Quênia.

Eu tive que sorrir. Claro que Anne sabia um fato aleatório como esse. Ela escreveu cartas para o Príncipe William e para o Príncipe Harry quando era pequena. Ela chamou sua filha mais velha de Elizabeth e organizava festas de chá para seu clube do livro que eram dignas da realeza.

Anne pode ter tentado comparar a notícia que recebi sobre o falecimento de Mamacita com a notícia que a rainha Elizabeth recebeu, mas a grande diferença era que eu não tinha descido nenhuma escada, nem ganhado novos títulos na manhã seguinte à notícia. Quando acordei, eu ainda era a Fern. A princesa desempregada, que nem sequer conseguiu preencher corretamente os formulários de demissão.

Enquanto Lily falava palavras doces para o marido, eu me arrastei para a cama. Naquela noite eu seria a primeira a cair no sono.

21

> Deixe seu amor ser como o chuvisco,
> que vem suavemente, mas inunda o rio.
>
> Provérbio africano

Meu sono foi agitado naquela noite no clube de campo, nas Colinas de Aberdare.

Lily estava vibrante na manhã seguinte. Pela primeira vez desde que chegamos ao Quênia, ela acordou antes de mim. Ela cantarolava e preparava café na cafeteira do quarto enquanto eu me virava para o outro lado e puxava as cobertas sobre a cabeça.

— Chá — disse ela alegremente. — É chá inglês, porque é o único que tem aqui no quarto. E sem leite. Espero que você goste sem leite. Vou colocar na sua mesinha de cabeceira.

Tentei me fingir de morta, como meu pai costumava dizer, e parecer que ainda estava dormindo.

— Eu sei que você está acordada. — Lily tentou repetir o poema que eu tinha recitado para Samburu em nosso passeio de jipe: — "A manhã merece pérolas e tudo está no mundo afinado!"

Puxei a coberta para baixo o suficiente para lhe dar um olhar de sobrancelhas erguidas.

— "A manhã merece pérolas"?

— E não é assim? Como se todos merecessem ganhar pérolas em uma linda manhã?

Eu dei um suspiro e me enfiei de volta na minha caverna.

— Pelo menos recitei a outra frase certa, não recitei? "Deus está no seu céu e tudo está no mundo afinado." Esse é um bom motivo para se levantar no nosso último dia inteiro no Quênia, não é?

Eu virei na cama e me apoiei para levantar.

— Sim, é um motivo muito bom — resmunguei de brincadeira. — Obrigada pelo chá.

— De nada, senhorita leoa. Agora me diga. Como foi que você entrou sorrateiramente à noite e por que comeu minha doce petúnia de amiga?

Tomei um gole do chá quente e imediatamente queimei a língua. De certa forma, senti que merecia.

— Estou com dor de cabeça.

— Espero que o chá ajude. — Lily voltou para sua cama com seu café e deslizou para debaixo das cobertas.

Nossas camas tinham sido nossos cantinhos aconchegantes no Brockhurst, assim como tinham sido na Costa Rica. E aqui estávamos nós novamente, sendo "nós". Esse pensamento reconfortante trouxe um pontinho de brilho ao meu humor.

— Então, querida amiga de todas as amigas, me diga o que você ia dizer ontem à noite antes de eu ligar para o Tim. Mas espere. Antes de me contar... — Ela se ajustou na cama e pegou o celular. — ... tenho que agradecer a você outra vez. Sei que não fui muito receptiva ontem à sua sugestão sobre as listas, mas, Fern, você não tem ideia de como isso me ajudou. Foi como olhar no espelho pela primeira vez. Ou puxar uma cortina para outro mundo. Eu enxerguei. Quero dizer, ainda não entendi tudo, mas consigo ver de onde as mentiras vêm. Sei que elas vêm do "Acusador de nossos irmãos", mas consigo ver onde começaram e posso orar para expulsá-las da minha mente. Agora estou vendo minha mãe com outros olhos também.

— Que bom. — Eu queria ter parecido menos irritada.

— É muito bom. E minha conversa com o Tim foi muito, muito boa. Eu pedi desculpas por não estar totalmente presente no nosso casamento faz um tempo. No início, ele não entendeu minha grande confissão. Eu disse que precisava que ele soubesse que eu o amava. Sempre o amei. Sempre o amarei. Eu precisava me lembrar de que nossos votos e nosso casamento são sagrados. Eles têm um valor insubstituível.

— Uau — falei.

— Eu sei. Acho que foi um "uau" para ele também. Ele não ouvia palavras assim de mim há muito tempo. Sou lerda para aprender, mas, quando aprendo, aprendo mesmo. — Ela tomou um gole do seu café fumegante, me espiando por cima da borda da caneca com as sobrancelhas erguidas. — Sua vez. Estou falando demais.

— Não, não está. Estou feliz por você e, sendo sincera, estou um pouco aliviada que você e Tim tiveram uma conversa tão boa. — Tomei o último gole do chá e me aninhei de volta debaixo das cobertas, esticando as pernas e os dedos dos pés.

— Eu também contei ao Tim sobre aquele cara estranho, o John, e o que você disse sobre mudarmos à medida que envelhecemos. Eu disse que gostei da sua teoria de que temos a chance de escolher nos apaixonar pela versão atual um do outro.

— E o que o Tim disse?

— Ele disse que concorda. — Ela sorriu. — E disse que me ama. Eu não o ouvia dizer isso intencionalmente há muito tempo. Parece que um pouco de doçura faz muita diferença.

Eu sorri para minha amiga satisfeita. Tudo aquilo era muito bom. E eu não queria mergulhar de cabeça nas minhas questões de trabalho agora. Na noite passada, o assunto parecia apropriado. Agora de manhã, eu queria deixar meus problemas de lado e apreciar o brilho que envolveu Lily.

— Você está com fome? — perguntou ela. — Porque eu olhei o cronograma e o café da manhã é servido até as 9h30. Precisamos sair do quarto até as 10h30. Vai ter dançarinos no saguão às 10h, e nosso transporte chega às 13h, então temos tempo para almoçar, nadar ou fazer o que você quiser.

— Podíamos simplesmente ficar na cama e dormir o dia todo, depois tomar chá onde nos sentamos na varanda ontem?

— Parece que é você quem não quer ir embora agora.

— Eu quero ir para casa. Em algum momento. Mas eu tenho tanta coisa para enfrentar quando chegar lá. Não recebi mais notícias do Dani. Acho que ele e o Miqueias estão bem, mas é frustrante não poder falar com ele. Você sabe como é.

— Sei, sim. Agora me diga o que você ia dizer ontem à noite, logo antes de eu ligar para o Tim.

Suspirei.

— Ontem à noite cometi o erro de olhar meus e-mails e fiquei deprimida por causa do meu trabalho. Ou, devo dizer, pela falta de um trabalho. Eu me sinto sem rumo. Negação só funciona por um tempo.

Lily assentiu.

— É verdade.

— Quer ouvir algo patético?

— Quero ouvir tudo.

— As únicas duas candidaturas de emprego que eu já preenchi na vida foram a do Brockhurst, quando eu tinha dezoito anos, e a da vaga de estágio na editora.

Ela pareceu confusa.

— Eu não tenho um currículo — falei claramente.

— E daí? Isso é fácil. Posso ajudar você com isso, se quiser. O que mais está incomodando você?

— Fiquei pensando em como foi ridículo eu dar conselhos para você, sendo que sou eu quem está em uma encruzilhada. Acho que projetei meus problemas em você e peço desculpas por isso.

— Sem desculpas, lembra? E eu já disse que o seu conselho foi ótimo. Foi exatamente o que eu precisava.

— Bem, eu não sinto que posso levar o crédito por isso.

Lily ergueu o queixo e pareceu prestes a fazer uma de suas declarações, como da vez em que chamou os gnus pelo nome correto.

— Sabe o que você é, Fern? Você é um pavão.

— Um pavão? Quer dizer que eu sou orgulhosa e fico de nariz empinado por aí?

Torci o nariz e Lily me imitou. Talvez ela nunca tivesse ouvido a expressão "orgulhosa como um pavão" e só pensasse coisas fofas sobre eles.

— Não, o que quero dizer é que você parece calma e tranquila até o momento em que... *voilà*! Seus dons escondidos se revelam em um leque deslumbrante de beleza. As pessoas olham para você e ficam maravilhadas. Mas você fica lá parada, surpresa, porque não consegue ver isso. Está bem ali. Faz parte de você. É incrível, mas você não consegue ver.

Eu não tinha palavras, nem de gratidão nem de protesto, para responder à analogia de Lily. No entanto, eu sentia meu espírito se acalmando. E a voz dela se suavizou também.

— É por isso que você sempre vai precisar de mim como sua melhor amiga. Eu consigo ver a maravilha que você é. E sempre lhe direi quando sua maravilha aparecer.

— Obrigada — agradeci suavemente, me sentindo humilde.

— *Karibu* — respondeu Lily com um pequeno sorriso.

— Estou pronta para os seus conselhos — falei. — Era isso que eu ia dizer ontem à noite. Quero suas sugestões. Chega de simpatia. Diga o que você acha que eu deveria fazer em relação a trabalho.

— Faça uma lista. — Lily sorriu. — Mas você já sabia que eu ia dizer isso, não sabia?

— Sim, e já comecei uma.

— Acho que você precisa fazer duas listas. A primeira deve ser sobre toda a sua experiência e tudo o que você ama fazer na sua área de especialização. A segunda lista deve conter todas as possibilidades que estão abertas para você. Possibilidades de um novo emprego, de um futuro lugar para morar e de quantos bebês você quer tentar ter.

— Quê? Bebês?

— É uma possibilidade.

Eu lancei a Lily um olhar de reprovação amigável.

— Só fique aberta à possibilidade. Agora é a hora de pensar e orar sobre isso. Sério, pense nisso. Daqui a dez anos, provavelmente não será uma possibilidade.

— Eu não preciso fazer uma lista de futuros lugares para morar, nem de bebês, nem de outras coisas. Eu só preciso de um emprego. E as opções são muito limitadas onde moramos.

— Fern. — A voz dela ficou terna. — Já passou pela sua cabeça que o único motivo de você e o Dani ficarem no Colorado era a mãe dele?

As palavras dela me atingiram em cheio.

Eu senti o aperto que sempre sentia quando me lembrava que a Mamacita partira. Porém, quando ela se foi, também se foram todas as visitas diárias e o dever de cuidar dela. Não tínhamos mais responsabilidades pesando sobre nós nem despesas extras. Lily tinha razão. Nós não precisávamos mais ficar no Colorado.

— Você não tinha pensado nisso, tinha?

Eu fiz que não com a cabeça.

— Bem, eu pensei. E não quero ser desrespeitosa ao tocar nesse assunto tão cedo, mas você voltou a ser uma mulher de possibilidades. Não apenas com relação ao seu trabalho, mas também com as opções de onde você e o Dani podem morar.

Eu ainda estava assimilando a ideia.

— O Miqueias quer que vocês o visitem na Califórnia. Você disse que ele nunca mais quer voltar ao Colorado. Por que não pensar em se mudar para a Califórnia?

A primeira coisa em que pensei foi no Dani e no quanto ele amava o lugar onde passamos nossa lua de mel, perto da praia no sul da Califórnia. A segunda coisa em que pensei foi que era caro demais viver lá. Principalmente sem saber se eu conseguiria encontrar um emprego. E onde o Dani iria trabalhar?

— Não — respondi. — Não temos como nos mudar para a Califórnia.

— Por que não?

— Porque... — Eu não tinha uma resposta imediata para ela e preferi mudar de assunto. — Acho que minha dor de cabeça está voltando.

— Então eu vou fazer outra xícara de chá para você em um minuto — disse Lily. — Continue pensando nisso comigo. Você e o Dani têm uma página em branco pela frente. Há muitas possibilidades. Apenas pense nisso. Ore sobre isso. Dê um passo de cada vez, igual um bebê.

Eu percebi que ela enfatizou a palavra "bebê" e respondi:

— Eu notei que você voltou à história dos bebês, ok?

— Você notou. Ok. E daí? Do que você tem medo?

— Eu não tenho medo.

Ela limpou a garganta.

— Essa é uma pergunta importante. Vocês não se permitiram sonhar em ter um bebê por causa do Miqueias?

— Não, acho que não. Nós não tentamos, nem deixamos de tentar. Eu só não engravidei no curso natural da vida.

— Mas e se acontecesse, o que você pensaria? O que o Dani pensaria?

— Aí tudo bem para nós.

— Apenas "tudo bem"?

— Eu não sei. Não falamos sobre isso há muito tempo.

— Fern, ter um bebê é um privilégio. Gerar uma nova vida juntos é um presente. Futuras gerações e tudo mais.

— Eu sei.

— Então se abra para essa possibilidade, ore, converse com o Dani e tente, tente, tente! Essa é a melhor parte: tentar!

— Acho que não ousei me sentir nem de um jeito nem de outro em relação a gravidez.

— Eu sei. E, como você disse, negação só funciona por um tempo.

Lily devia estar energizada demais para conseguir continuar na cama enquanto eu despejava meu coração em cima dela. Ela se levantou e eficientemente preparou uma segunda xícara de chá para mim enquanto conversávamos.

— É muita coisa para você processar — disse ela.

Eu concordei e tomei um gole do chá.

— Vou tomar meu banho, se você não se importar de eu ir primeiro.

— O banheiro é todo seu — falei.

Fechando a porta do banheiro, ela me deixou sozinha refletindo sobre suas palavras. Bebi o chá lentamente e voltei à ideia de que Dani e eu não estávamos mais presos ao Colorado. Como eu não tinha pensado nisso? As opções que estavam abertas para nós agora eram tão amplas quanto Masai Mara, com infinitas direções para seguir. Eu me perguntei se o Dani já havia pensado em deixar o Colorado. Ele tinha vivido lá a vida inteira e parecia contente em não ir a lugar nenhum.

Tirei meu celular do carregador e dei uma olhada em minhas mensagens e e-mails para ver se havia alguma notícia dele, mas nada havia chegado durante a noite. Eu sentia falta dele mais do que nunca.

Meus pensamentos agitados me disseram para ignorar os três novos e-mails em minha caixa de entrada, então foi o que eu fiz. Dois deles eram da editora-chefe da nova editora, o que não passou despercebido. Mas eu não conseguia lê-los agora. Ela sabia que eu estava fora do país. Quaisquer arquivos que eu não tivesse enviado teriam de esperar até eu chegar em casa e abrir meu notebook.

Peguei meu diário na mesa de cabeceira e escrevi minha provável última carta de amor para Jesus no Quênia. Comecei exatamente com aquilo que estava em minha mente. Afinal, Ele já sabia de tudo. Quem precisava ver as palavras escritas no papel era eu.

> *Senhor, aqui estou eu, a milhares de quilômetros de casa, e a casa que eu conhecia nunca mais será a mesma. As placas tectônicas se moveram e agora há uma grande fissura no centro da minha vida. Um grande vale de possibilidades. Mamacita está com o Senhor, Miqueias está com o Dani, e eu estou aqui. Pelo menos por mais um dia. Por quê? O que o Senhor está fazendo? O que o Senhor quer que eu faça?*

Um pensamento doce, como uma fina camada de mel, cobriu meus pensamentos ansiosos. Senti meus lábios se curvando em um sorriso.

O Senhor está guardando o melhor para o final, não está?

Jesus parecia tão próximo. Eu tinha sentido sua presença dessa mesma maneira silenciosa quando estava no campo de chá, à deriva em um mar esmeralda. A paz estava vindo até mim. Eu não precisava ir atrás dela. Eu estava me aproximando de Deus e Ele estava se aproximando de mim.

Quando chegou a minha vez de usar o banheiro, o chuveiro quente curou minha dor de cabeça. O café da manhã farto no restaurante, seguido pela apresentação dos dançarinos locais, trouxe meu coração de volta ao Quênia. O ritmo constante em que dançavam, com suas roupas coloridas, era como um batimento cardíaco, e também era melodioso, como um coro de pássaros em uma árvore. Era como uma árvore que estendia seus galhos acolhedores em torno de um banco de espera. Um convite para me aproximar. Um convite para ter coragem.

Mais um dia. Mais um local para visitar. Um hotel na copa das árvores. Mais uma descida pelas escadas de manhã e o encontro com o que quer que viesse em seguida.

22

> Volte aos antigos poços d'água não apenas para beber; ali há amigos e sonhos para conhecer.
>
> PROVÉRBIO AFRICANO

LILY E EU NÃO esperávamos que a pousada nas encostas do monte Quênia tivesse a aparência que vimos. A descrição no itinerário dizia que ela foi construída na copa das árvores, e eu imaginei algo parecido com a casa na árvore de *A Família Robinson*, onde cada quarto ficava em uma parte diferente de uma árvore muito velha e muito grande.

Depois que Anne me contou a história da Rainha Elizabeth, achei que nosso hotel seria magnífico e muito britânico. Assim, fiquei esperando algo saído de um livro infantil, inspirado nos hobbits do Condado, só que construído nos braços de árvores antigas, em vez de escavado nas encostas das colinas.

A pousada na montanha à nossa frente era enorme; era um único prédio feito de madeira escura disposta em tiras verticais. Aproximamo-nos puxando nossas malas de rodinhas por uma longa rampa, também feita de madeira, mas cortada em tiras curtas e estreitas. Os corrimões também eram de madeira. Brotando do chão e esticando-se por cima de nós havia arbustos, árvores rasteiras e folhagem verde da selva.

Senti como se estivesse prestes a entrar nos restos da Arca de Noé, logo após ela ter pousado no monte Ararate.

O interior dela foi outra surpresa: uma mistura de decoração africana acentuada por acessórios de influência britânica. Fizemos o *check-in*, pegamos a chave do quarto e subimos as escadas carregando nossas malas até o andar superior. Lily nem precisou dizer que, mais uma vez, ela estava orgulhosa de fazermos viagens leves.

Ficamos ofegantes demais para dizer qualquer coisa.

Nosso quarto confortável continuava com o tema de painéis de madeira e tinha duas camas de solteiro com duas poltronas junto a uma grande janela. Fomos até ela assim que entramos e vimos lá fora um grande lago. Circulando aquele bebedouro havia folhagem verde. Além disso, era possível ver a borda de uma área densamente arborizada.

Lily se jogou em uma das camas e percebi que, todas as noites, escolhemos onde dormir do mesmo jeito: de frente para as camas, Lily sempre pegava a da direita, e eu automaticamente ia para a da esquerda.

— Era assim que nossas camas estavam na Costa Rica? — perguntei, depois de compartilhar a curiosidade com ela.

— Acho que era. Você se importa de eu ficar perto da janela?

— Não. Claro que não.

— Você viu o papel que me entregaram no *check-in*? Ele cita os animais que costumam vir a esse bebedouro à noite. Podemos circular no papel quais deles queremos ver, e alguém virá nos acordar à noite para olharmos pela janela. Podemos nos sentar aqui e observá-los de nossa vista no topo das árvores.

— Você está brincando.

— Não estou, não. Quais você quer que eu circule? Mais elefantes, talvez?

— Sim, por favor. Eu adoraria ver um elefante ou dois.

Segui o exemplo de Lily, chutando meus sapatos e me espreguiçando na cama. Era difícil resistir à tentação de uma soneca à tarde depois da minha noite de sono turbulenta e da viagem sinuosa subindo a estrada montanhosa.

— Se vamos ser acordadas durante a noite, eu vou precisar de uma soneca. Você está cansada?

— Não. Nem um pouco. Vou descer até a recepção e ver a que horas devemos estar prontas para partir pela manhã, já que não está escrito na agenda. A organizadora de eventos dentro de mim não vai ficar tranquila até ter um horário definido por escrito. Talvez eu faça uma das caminhadas guiadas se algum dos guias estiver saindo agora.

Puxei o cobertor dobrado aos pés da cama e me cobri.

— Queria não estar tão esgotada. Eu até iria com você, mas acho que não aguentaria ir muito longe na trilha.

— Não se preocupe. Viajar cansa. Nós duas já sentimos isso.

— Eu sei, mas acho que o que estou sentindo está ligado ao luto, entende?

— Claro que entendo. Você perdeu o emprego e depois perdeu sua sogra. São dois eventos enormes na vida, mesmo se você não estivesse viajando.

— É verdade. Sinto como se estivesse me transformando em uma ameba, mas não quero desacelerar ainda. Posso dormir no avião no caminho para casa amanhã.

— Você não é uma ameba. Só precisa descansar. — Lily me lançou um beijo. — Bons sonhos.

Ela fechou a porta e foi fácil eu adormecer. Dormi profundamente e acordei com um pulo ao ouvir a porta do quarto se abrindo e Lily voltando.

— Que horas são? — perguntei, esfregando os olhos.

Lily foi até a janela e olhou para o lago.

— Quase na hora do chá. Quer?

— Sim, por favor — Sentei-me e tentei fazer meus olhos focarem. — Como foi a caminhada?

— Ótima. Você sabia que esse hotel está construído sobre uma antiga rota migratória de elefantes? Espero que vejamos alguns. Perguntei ao guia se ele tinha visto algum bebê elefante por aqui, e ele disse que uma elefanta grávida parou de vir ao bebedouro há algumas semanas. Ele espera que ela esteja bem.

— Tem algum animal lá fora agora?

Lily olhou pela janela novamente.

— Só alguns daqueles antílopes que vimos antes, com os chifres em espiral. Acho que o guia disse que eram cudos. Tem muitos por aqui — Ela saiu da janela e se sentou na beira da minha cama, com um olhar nostálgico. — Estou com tanta saudade do Tim. E dos meninos também. Fiquei pensando neles durante a caminhada. Queria que o Tim tivesse vivido tudo isso. Foi incrível. Muito melhor e mais fascinante do que eu imaginava.

Eu a toquei de leve na perna.

— Olha só você, se apaixonando pelo Tim Graden tudo outra vez.

Lily sorriu.

— Não consigo acreditar que estava tão perdida quando chegamos aqui, duvidando de tudo sobre o nosso casamento. Agora quero que ele fique cada vez melhor.

— Vai ficar, sim. Como era mesmo aquele ditado africano do seu tio? "Se você quer saber o final, olhe para o começo"?

— Tim e eu tivemos um começo lindo, não foi? Lembra que ele escrevia músicas para mim?

— Sim. E me lembro o quanto você ficava animada toda vez que ele deixava um dos seus doces bilhetes de amor no para-brisa do seu carro.

— Eu costumava sempre dobrar as cobertas do lado dele da cama e deixar a luz do banheiro acesa se eu fosse dormir antes dele. Acho que eu devia voltar a fazer isso. Essas pequenas coisas significavam muito para ele. Eu estava com tanta raiva dele quando chegamos. Todas as pequenas irritações pareciam amplificadas, como se fosse ele quem estivesse se afastando. Mas era eu quem estava me fechando emocionalmente. E então todas aquelas coisas sobre a minha mãe vieram à tona.

— Seu pobre coraçãozinho estava sobrecarregado.

— Estava. E não era com coisas boas. Mas tudo aquilo foi embora agora.

Eu sorri.

— Fica bem em você.

— O que fica bem?

— Seu coração em ordem. Seu amor renovado pelo Tim. Tudo o que eu consigo ver é que Deus ainda tem muita, muita bondade reservada para vocês dois, Lily.

Ela concordou com a cabeça.

— Você disse que era uma encruzilhada. E é. Eu consigo ver por que minha mãe achava que o caminho desconhecido levaria a coisas novas e melhores na vida dela quando tinha a minha idade. Mas permanecer no caminho da família e investir tempo para limpar todo o lixo e ervas daninhas é muito melhor. Eu simplesmente sei disso.

— Lembra de quando você me disse que o Dani e eu teríamos um casamento diferente quando o Miqueias fosse para a faculdade? Bem, acho que você e o Tim também vão viver isso daqui a poucos anos.

O rosto de Lily se iluminou.

— Ei, talvez nós quatro possamos ir a algum lugar!

— Aqui de novo?

— Ou Irlanda... Que tal Itália? Cadê a lista que fizemos na nossa última noite no acampamento da Costa Rica?! Nós guardamos a lista? Você e eu tínhamos uma dúzia de lugares que queríamos conhecer juntas!

— Acho que você deveria começar uma lista nova para nós — falei. — Afinal, viajar com os maridos vai ser um tipo de viagem diferente dessa.

— Eu sei. Mas você não acha que vai ser divertido de outro jeito? — Lily se endireitou na cama. — É tão bom sonhar de novo!

Eu cheguei mais perto e envolvi nos braços minha amiga de coração terno e brilho nos olhos.

— Obrigada.

— Pelo quê?

Eu me afastei um pouco e fiz questão de que ela me olhasse nos olhos.

— Obrigada por me convidar para fazer essa viagem com você e por estar sempre do meu lado. Você é a melhor amiga que uma mulher poderia ter.

— Sinto o mesmo por você, Fern. Você me vê de uma maneira que ninguém mais vê.

Nós duas ficamos com os olhos lacrimejando. Só um pouquinho.

— Que tal subirmos até o último andar e brindarmos à nossa amizade com uma xícara de chá? — perguntou Lily.

— Por que o último andar?

— Ah, eu ainda não contei para você. É nessa hora do dia que os animais vêm ao bebedouro. Dá para observá-los lá de cima. E o melhor é que servem chá.

— Os animais servem chá? Isso é incrível.

— Pare. Não me corrija. Você entendeu o que eu quis dizer. O hotel serve chá no último andar, lá em cima, na copa das árvores, por assim dizer. E o chá começa em alguns minutos.

— É um chá de alta? — Levantei-me e tentei alisar as marcas da camiseta com que dormi.

— Isso é algum tipo de piada ou você quer saber se o serviço de chá é de alta qualidade?

Abri minha mala e olhei para dentro, mesmo sabendo que já não tinha nenhuma roupa limpa de verdade para usar.

— Eu queria saber se temos que usar roupas de alta classe. Mas, sim, foi uma piada inteligente, não foi?

Lily ignorou minha última pergunta e foi até o espelho, onde passou os dedos pelos cabelos.

— Acho que o que estamos vestindo está bom. Afinal, estamos em uma pousada nas montanhas.

— Com todos esses costumes britânicos aqui e as fotos que minha irmã tirou nos eventos de chá de alta classe dela, acho que devíamos nos arrumar um pouco. Pega aqui. — Joguei para Lily um dos dois lenços transparentes que eu tinha colocado na mala. — Podemos levar esses, se precisar.

— Isso é seda? — Lily deslizou o lenço entre os dedos.

— Não sei. Talvez. Foi a Anne que me deu, então provavelmente é. — Penteei meu cabelo e lembrei que minha mãe sempre fazia minhas irmãs e eu lavar o cabelo comprido aos sábados à noite e usá-lo solto com um laço aos domingos, quando íamos à igreja. Agora seria a primeira vez na viagem que eu o deixaria solto. Ele caiu sobre os meus ombros e, de alguma forma, eu senti que isso adicionava um toque de elegância dominical ao meu limitado guarda-roupa de jeans cáqui e uma camisa de manga comprida azul amassada. Estava difícil eu me sentir pronta para um chá da tarde usando uma jaqueta e botas de trilha.

Quando saímos do quarto, Lily disse:

— Eu amei esse lenço. — Ela brincou de balançar a ponta comprida do lenço rosa e marfim sobre o ombro e depois arrumá-lo em volta do pescoço. — Estamos virando as Peregrinas Fashion. Vamos ter que atualizar a Wanja.

Eu ri, mas não muito, porque subir as escadas até o topo da pousada naquela altitude não era brincadeira. No fim do corredor, abrimos uma porta com a placa "Terraço" e nos deparamos com uma comprida área aberta para observação do bebedouro e da floresta. Lily e eu éramos as únicas pessoas ali.

— Você acha que estamos no lugar certo? — perguntei.

— Acho que sim. Vamos nos sentar ali.

Toquei o braço de Lily e apontei para a placa presa ao poste de madeira em cima das cadeiras: "Proibido alimentar os macacos".

— Sem chance de isso acontecer — disse ela. — Eles foram os únicos animais que eu não gostei nessa viagem. Eles e os javalis enrugados.

— E as hienas — acrescentei.

— Isso, as hienas de jeito nenhum.

— Eu achei os gnus um pouco medonhos. E fedidos.

Lily riu.

— Eu gostei dos gnus. Pelo menos aqui em cima estamos longe o suficiente dos animais. Duvido que vamos sentir o cheiro deles.

Arrastamos as cadeiras acolchoadas para perto do parapeito do terraço e ficamos olhando para baixo, para o bebedouro, como se fizéssemos isso todos os dias e soubéssemos exatamente o que estávamos procurando. Vários cudos, que Lily havia visto antes, estavam reunidos na outra extremidade, abaixando o pescoço e levantando-o para olhar para a esquerda e para a direita. Muitos pássaros voejavam, e um casal de animais parecidos com doninhas atravessou rapidamente a clareira e entrou na vegetação.

— Esqueci de contar para você que, enquanto a van nos trazia até aqui, eu fiz minha lista de possibilidades de trabalho — falei.

— Sério? Achei que você tinha passado o tempo todo escrevendo sobre os meninos escandinavos na piscina.

Meneei a cabeça para minha amiga maldosa.

— Não. Definitivamente, não.

— Está bem, continue. Você estava dizendo que fez uma lista. Sou toda ouvidos.

— A possibilidade mais óbvia seria trabalhar como autônoma e fazer edição de conteúdo para vários autores e editoras. Mas não sei se conseguiria ganhar o suficiente.

— De quanto você precisa? Quer dizer, nunca conversamos em detalhes sobre nossas finanças, mas você não é solteira e a sua renda não é a única da família, certo? Será que você poderia viver com menos do que costumava ganhar?

Bem pensado.

— Dani e eu ainda não conversamos sobre isso.

— Eu sei que é cedo demais, e não quero parecer desrespeitosa, mas preciso perguntar. O Dani vai ficar com a casa da Mamacita? Vocês não conseguem alugá-la para gerar uma renda extra? Se ele quiser vendê-la, com quantas pessoas ele teria que dividir o valor?

— Com ninguém. O pai e a irmã do Dani já faleceram, então somos só nós e o Miqueias.

— Miqueias era o único neto dela — murmurou Lily. — Eu não tinha pensado nisso.

Senti um nó na garganta ao perceber que a linhagem do Dani poderia acabar se o Miqueias não se casasse nem tivesse filhos. O contraste entre a família dele e a minha era gritante. Meus pais tinham dezesseis netos. Eu nunca tinha pensado nisso antes.

— Então, se a casa é toda de vocês, vocês poderiam vendê-la, e isso pelo menos daria uma reserva financeira para você tentar trabalhar como *freelancer* e ver se funciona. Ou vocês poderiam morar em outro lugar. São muitas as possibilidades.

Lily pegou os binóculos que estavam em cima da mesinha lateral e vasculhou o espaço amplo à nossa frente. Além do bebedouro, havia uma floresta de árvores diferentes de todas as que havíamos visto durante a viagem. Lily parecia estar procurando algo em que se concentrar.

Eu sentia o mesmo. Queria encontrar a coisa certa em que me concentrar também. Mas minha busca era interna.

— Lily, como você consegue enxergar todas essas opções que eu nunca tinha imaginado?

— Pavão — ela disse com um sorriso.

Eu peguei a referência imediatamente e sorri de volta.

— Está tudo bem, Fern. Você só não consegue ver. Como é mesmo aquele ditado sobre não enxergar a floresta por haver tantas árvores? Sua vida está cheia de árvores de possibilidades. É como se eu fosse o *backup* da minha melhor amiga. Alguém precisa dizer essas coisas para você. E eu prometo continuar sendo o seu espelho de valor insubstituível. Assim como você é para mim.

Recostei-me na cadeira.

— Obrigada.

— *Karibu*. E posso dar mais uma sugestão?

— Sim, por favor.

— Você já pensou no trabalhão que vai ser você e o Dani esvaziarem a casa da mãe dele? Quantas gerações já viveram lá?

— Só duas. Bem, o Dani e o Miqueias seriam a terceira e a quarta geração.

— Uma vez você me disse que sua sogra guardava tudo.

— Guardava mesmo.

— Então se considere empregada em tempo integral por pelo menos um mês, se for você quem tiver que deixar a casa pronta para vender. Eu sei que não é esse o trabalho que você queria fazer, mas é um trabalho importante. E teria sido muito mais difícil de fazer se você ainda estivesse trabalhando em tempo integral na editora.

— Você tem razão.

— Com licença? O que foi que você acabou de dizer? — Lily me imitou nas provocações.

— Eu disse que você tem razão e você tem mesmo. *Asante sana* por mais uma vez me fazer enxergar o óbvio.

— Pavão — repetiu ela.

A porta se abriu e um atendente uniformizado empurrou um carrinho de chá em nossa direção.

— Coloque o lenço — sussurrou Lily.

Desenrolei meu longo lenço multicolorido e o drapeei em volta do pescoço, dando-lhe uma boa sacudida, como Lily havia feito. Contive minha vontade de rir, como se fôssemos duas menininhas brincando de se arrumar.

Com um leve tilintar de porcelanas sendo selecionadas e um som abafado de líquidos sendo servidos, nosso atendente preparou duas xícaras de chá feito na hora e as entregou em pires a nós. Dois biscoitos amanteigados estavam equilibrados na borda do pires. Em seguida, ele nos ofereceu leite e açúcar em uma bandeja prateada.

Lily adicionou ambos à sua xícara de chá fumegante. Sem saber se era ou não um chá local do Quênia, preferi apreciá-lo puro. Eu queria acreditar que ele tinha vindo dos campos de chá de Limuru. Por isso, assim como não tirei fotos do nosso majestoso leão ao pôr do sol, eu também não quis nada interferindo no meu chá do Quênia.

Sem dizer uma palavra, nosso eficiente servidor desapareceu, deixando o bule de prata, o leite e o açúcar no carrinho de chá estacionado atrás de nós, junto com outro prato de biscoitos amanteigados.

Lily levantou a xícara e, brincando, ergueu o mindinho. Eu imitei seu gesto.

Meu primeiro gole foi perfeito. Não estava quente demais. Não estava diluído com leite nem adoçado com açúcar. Estava puro e perfeito. Tinha leves toques de malte, tipicamente encontrados em um Assam de boa qualidade, mas com um final prolongado que lembrava terra vermelha na chuva.

Pensei em compartilhar com Lily minha avaliação de sommelier de chá, mas decidi que algumas coisas nem sempre se traduzem bem entre apreciadores de chá e bebedores de café.

Acomodamo-nos em um de nossos momentos de silêncio. Não precisávamos dizer nada para que a outra soubesse que estávamos exatamente onde e com quem queríamos estar. E eu sabia que ambas estávamos no nível mais alto de contentamento possível naquele momento.

Acima de nós, um longo rastro de nuvens cor de marfim, tão refinadas quanto nossos lenços, se desenrolava, suavizando o mesmo céu azul sob o qual caminhamos no dia anterior nas Colinas de Aberdare. A luz do dia estava lentamente se apagando, esmaecendo as sombras entre as árvores.

Observei com atenção as sombras à nossa frente parecerem se agitar, como se uma brisa singular tivesse visitado aquele canto da floresta. Lily também viu. E apontou para lá.

Sem palavras, observamos uma única e audaciosa elefanta sair daquele esconderijo com passos lentos e pesados, balançando sua tromba de um lado para o outro, e examinando o bebedouro. Ela era grandiosa. Grandiosa e matriarcal. Eu a amei.

Outras duas elefantas vieram depois dela. A grande dama levantou sua tromba e mais uma irmã emergiu das profundezas da floresta. Um momento depois, outra amiga gordinha se juntou a elas, formando uma bela reunião de mulheres junto ao bebedouro. Eu torcia para que todas elas estivessem grávidas.

As árvores balançaram novamente e Lily se pôs em pé, pegando os binóculos. Eu a imitei, ainda segurando minha xícara de porcelana e estreitando minha visão para focar no movimento na área arborizada. As grandes damas formaram um círculo irregular entre as árvores e o bebedouro. Suas orelhas abanaram e elas pisotearam o solo úmido como se estivessem tentando limpar os pés. Elas me lembravam soldados tomando posição, como se fossem uma força a ser respeitada. E eram.

Dentro do círculo delas, outra elefanta apareceu. Ela se aproximou lenta e cautelosamente. Uma das elefantas emitiu um alto grunhido. A última convidada se aproximou com uma surpresa.

— Aquilo é...? — sussurrou Lily.

Prendemos a respiração em uníssono. Grossas como troncos de árvores, as pernas da última convidada do poço d'água escondiam aquilo que esperávamos com tanto carinho.

Um bebê elefante.

O pequenino era diminuto o suficiente para caber completamente embaixo do corpo robusto da mãe. Tivemos apenas vislumbres do bebê no meio de suas várias tias pisoteando o solo úmido. Elas protegiam o mais novo membro da família, escoltando mãe e filho até a margem do bebedouro, com suas orelhas abanando e seus pés pisoteando.

Lily e eu apertamos os braços uma da outra. Estávamos testemunhando o surgimento de uma nova esperança para a África. Uma promessa para o futuro, embalada no milagre de uma nova vida caminhando lentamente com pernas pequenas e desajeitadas.

— Acho que é uma menina — sussurrou Lily.

— Eu também acho. — Engoli minhas lágrimas inesperadas. Não tínhamos como saber se estávamos vendo um bebê elefante macho ou fêmea, mas sua fofura era cativante e eu amei o fato de que ambas, Lily e eu, achamos que era uma menina.

À beira da água, a mãe deu um passo lento na lama. As guarda-costas continuaram a bater suas poderosas orelhas como asas de anjo. Uma delas — provavelmente a matriarca — levantou sua tromba e emitiu um som de trombeta estridente. Pareceu um anúncio.

A princesa e sua comitiva estavam presentes.

Com proteção e, aparentemente, a bênção de sua mãe, a adorável pequenina avançou em direção à água, com as orelhas abanando, a diminuta cauda fina erguida, e a tromba balançando para frente e para trás. Ela explorou cada sensação de rochas, lama e água com entusiasmo pela vida. Então ela correu para dentro do bebedouro, da mesma forma que uma criança pularia em uma poça. Conseguimos ver claramente quando ela entrou nas águas rasas e começou suas travessuras. A descoberta do chapinhar na lama e do brincar na água parecia provocar pura alegria.

Eu ri docemente ao vê-la continuar a rolar na água rasa e respingar água por todos os lados. A irmandade ao seu redor bebia longos goles de água e mantinha seu círculo protetor imóvel. A bebê tinha espaço para brincar. Ela estava bem protegida, assim como nós estávamos no lago dos hipopótamos.

Lily e eu nos acomodamos em nossas cadeiras acolchoadas, com a vista desobstruída. Absorvemos aquele momento extraordinário, saboreando nosso chá com elefantes.

— Não consigo imaginar um ato final melhor para essa viagem, você consegue? — perguntou Lily.

— Minha mãe sempre diz que Deus guarda o melhor para o final — sussurrei.

Lily sorriu.

— Você sabe por que ela diz isso, não sabe?

Eu esperei.

— Ela quer dizer você. Você é a última filha dela. Deus guardou você para o final. E você é a melhor.

Eu não sabia como responder. Um nó se formou na minha garganta. Eu nunca havia interpretado dessa forma o que minha mãe dizia. Tudo o que eu conseguia pensar era o quão generoso era o comentário de Lily, em comparação com muitas coisas que sua própria mãe havia dito a ela — ou deixado de dizer.

— Se eu encontrar seus pais novamente — disse Lily —, vou agradecer a eles por não terem parado depois de ter quatro filhas. Sou muito feliz por a terem trazido ao mundo e amado tanto. Não sei como teria sido minha vida sem você.

Pisquei rapidamente os olhos.

— Nem a minha sem você.

— Olha para o céu — disse ela. — De que cor você diria que ele é?

— Não sei. Meu vocabulário não é tão avançado para descrevê-lo.

— Isso diz muito sobre alguém com um vocabulário como o seu. Não tem nenhum poema que venha à mente?

Fiz que não com a cabeça. Esse momento não me lembrava de nenhum outro momento familiar da minha vida. Não evocava uma citação poética nem uma descrição vívida de um escritor renomado. Era um momento único. Novo, singular, primitivo e que, de alguma forma, marcava em meu espírito o ponto de partida de um próximo capítulo desconhecido na minha vida.

Como Lily disse antes, era o último ato de nossa aventura impossível de descrever. Eu não queria que as cortinas se fechassem.

— Você faria uma coisa por mim? — perguntou Lily.

Olhei para ela e esperei um pouco mais de explicação antes de mostrar um comprometimento entusiástico com um pedido desconhecido no estilo Lily, com proporções ilimitadas.

— Quando terminar de escrever sobre essa viagem em seu diário, poderia me dar uma cópia? Não quero esperar até estarmos no asilo. Quero lembrar de tudo agora.

— Ok — concordei. — Posso fazer isso.

— Não precisa ser nada elaborado. Basta tirar fotos das páginas, que com certeza terão suas belas descrições das coisas que vimos e os detalhes divertidos do que fizemos.

— Posso digitar, não tem problema.

— Não precisa ser um livro. — Lily fez uma pausa. Não olhei para ela, mas sabia o tipo de sorriso que estava se formando em seu rosto quando ela acrescentou: — A menos que você *queira* escrever um livro. Porque você poderia, sabe. Sendo uma mulher de tantas possibilidades e tudo mais.

Para minha surpresa, não discuti com ela. Pelo contrário, deixei aquela ideia repousar sobre mim, da mesma forma que a luz do sol poente em Masai Mara havia repousado sobre o rosto do leão dourado. Aquele era um momento sagrado de comunhão para mim também.

"Ó Criador desse belo mundo, o que Te traria alegria nesta próxima fase de possibilidades na minha vida?"

Um pensamento claro veio até mim, trazendo uma doce paz. Coloquei minha xícara e pires de lado, e segurei o braço de Lily. As palavras que falei foram palavras que eu não ousava pensar, muito menos dizer em voz alta.

— Lily.

— Sim?

— Eu quero ter um bebê.

Ela baixou sua xícara de chá.

— Ou pelo menos tentar. — Levantei o rosto, sorrindo, sentindo as lágrimas escorrendo pelo meu rosto.

— Ah, aí está ela. Minha mulher de possibilidades. Bem, não diga isso para mim. Diga para aquele homem por quem você é tão apaixonada. Aquele com os olhos sinceros e cativantes.

23

Que o sol da África brilhe sempre em seus olhos e o som de seus tambores bata sempre em seu coração.

PROVÉRBIO AFRICANO

NOSSA PARTIDA de Nairóbi foi pontual. Lily e eu atravessamos as multidões no aeroporto sem dizer nada. Acho que ambas fomos pegas de surpresa pela tristeza que sentimos ao partir, mas não estávamos surpresas com as emoções que encheram nosso coração. A tristeza me levou às lágrimas assim que nos sentamos em nossos assentos de primeira classe e o avião decolou do solo sagrado que havíamos percorrido.

Também para nossa surpresa, as comodidades da primeira classe não pareciam tão alegres e luxuosas quanto foram no voo de ida, o que havia partido de Heathrow. Havíamos sido mimadas em todos os lugares durante a viagem e fiquei constrangida ao perceber que, de alguma forma, parecia normal ter bastante espaço para esticar as pernas, comida saborosa, cobertores macios e uma toalha quente para lavar as mãos. Algo esperado. Eu tinha me preparado para passar por dificuldades nessa viagem, mas toda a experiência foi confortável e agradável.

— Fern, tudo isso pareceu real para você? — Lily ficou no assento do corredor dessa vez. Eu estava olhando pela janela, vendo as últimas luzes da cidade de Nairóbi desaparecerem atrás de nós, e a grande escuridão das regiões pouco desenvolvidas do Quênia se estender lá embaixo. Regiões que agora eu sabia que estavam vivas com animais, campos de chá, pessoas fascinantes e hotéis luxuosos.

Virei-me para Lily com lágrimas nos olhos.

— Não, foi um sonho. Nada parecido com o que eu imaginei que seria.

— Eu sei. Sinto o mesmo. Tudo foi diferente do que eu esperava.

— Obrigada, Lily. Obrigada por ser minha melhor amiga durante todos esses anos e por me convidar para compartilhar essa aventura com você.

Ela apertou meu braço.

— Acho que nunca seremos as mesmas, você não acha? Sinto que o continente africano gentilmente me empurrou, nos empurrou, para a próxima fase da vida.

Concordei.

— Eu não quero esquecer nada do que aconteceu.

— Tive uma ideia. — Peguei meu caderno e uma caneta na mochila. — Vamos fazer uma lista.

Lily riu.

— Nunca sei se você está debochando de mim quando diz isso.

— Não, estou falando sério. Enquanto tudo ainda está fresco na cabeça, vamos fazer uma lista dos nossos momentos preferidos.

Lily começou com sua lembrança de estar na fila no aeroporto de Heathrow, observando nervosamente cada passageiro, esperando que eu fosse um deles para que não perdêssemos o voo. Listamos os melhores momentos do nosso "voo dos prazeres", como Lily o chamou, e continuamos com nossa viagem com Wanja até o Brockhurst, onde nos acomodamos na cama naquela primeira noite à luz de velas. Continuamos acrescentando itens à lista enquanto voávamos pela noite rumo a Amsterdã.

— Não esqueça de escrever "Peregrinas" — disse Lily.

Eu sorri ao escrever essa palavra e pensei que Wanja nos deu um novo nome, da mesma forma que Lily me deu um novo nome anos atrás na Costa Rica, quando sussurrou a misteriosa palavra *fernweh*.

Uma doce sensação de deslumbramento, junto com uma dose de determinação, foi se instalando em nós conforme a lista crescia. Conseguimos. Fomos à África e vivemos momentos inesquecíveis, além de resolvermos importantes questões da vida que trouxemos conosco.

Lily já estava tendo ideias de como poderia se dedicar completamente ao casamento e renovar o profundo amor que costumava sentir pelo Tim. Eu tinha um plano em andamento sobre o que fazer a seguir. A decisão foi tomada tarde da noite, no intervalo entre as sessões para avistar os animais.

A equipe do hotel bateu à nossa porta a noite toda para nos alertar sobre a chegada de animais ao bebedouro. Lily e eu corríamos até a janela para observar os vários animais noturnos que se reuniam. As primeiras aparições foram interessantes, mas, por volta das 2h da manhã, nossa conversa no estilo festa do pijama se tornou o verdadeiro valor da nossa última noite juntas. Lily insistiu em uma opção de carreira para mim, a mesma que o Dani havia mencionado no dia em que contei que fui demitida. Na época, era cedo demais para ouvir seu conselho, mas agora a solução parecia óbvia.

Eu iria ter meu próprio negócio como editora *freelancer*.

— Quando você terminar a lista — disse Lily, agora ajustando seu assento no avião —, escreva seu novo objetivo de começar um negócio e acrescente o meu objetivo.

— Como você quer que eu resuma o seu novo objetivo?

— Basta colocar: "me apaixonar novamente".

Acrescentei esses dois objetivos ao final da lista e Lily pulou para outro tópico que ainda não havíamos esgotado.

— Acho que você deveria acrescentar algo sobre resolver a herança da sua sogra.

— Não, acho que não. Isso está no topo de outra lista que preciso fazer quando chegar em casa.

— Acho que você vai ficar ocupada até o início do ano que vem. No mínimo.

— Pode ser que sim — falei. — O Dani me mandou uma mensagem hoje de manhã dizendo que marcaram o funeral para o próximo sábado. O Miqueias vai voltar para a faculdade durante a semana e retornar na sexta-feira por quatro dias.

— Você gostaria que eu fosse ao funeral? — perguntou Lily. — Eu vou se você quiser.

— Obrigada, mas não. Porém, eu adoraria que você viesse me ver em outra ocasião. Que tal? No próximo verão?

— Ou antes. Ou você pode ir a Nashville.

— Ou podemos nos encontrar em algum lugar. Será que é bom fazer uma lista de possibilidades?

— Depois — disse Lily, reclinando o assento. — A falta de sono da noite passada está me alcançando.

Ambas dormimos quase todo o restante do voo. A hora local era 7h da manhã quando pousamos em Amsterdã e, mais uma vez, tive dificuldade em conter as lágrimas. Era ali que Lily e eu nos separaríamos.

Nós nos abraçamos e nos despedimos com lágrimas nos olhos. Em seguida, com a mala rodando atrás de nós, vestindo nossos jeans amassados, um pouco empoeirados e não tão justos, fomos para nossos portões de embarque.

Senti a ausência de Lily na mesma hora. Principalmente quando me acomodei em um assento no meio, perto do fundo do avião, no voo para Denver. Fiquei imaginando como Lily estava em seu voo de primeira classe para Nashville. Mas logo pensei no quanto sentia falta do Dani e no quanto estava ansiosa para vê-lo.

Quando aterrissei em Denver, ele estava me esperando com lágrimas nos olhos. Aquele treinador durão sempre foi um coração mole comigo. Seus braços me envolveram por bastante tempo e nosso beijo foi terno e demorado.

Meus olhos embaçados tentaram focar seu rosto bonito, seus olhos sinceros. Atrás dele, avistei nosso filho alto se aproximando com copos de refrigerante em uma bandeja de papelão. Um sorriso largo iluminou seu rosto. Pisquei para ter certeza de que estava vendo corretamente.

— Miqueias! — Eu o abracei.

Em meu ouvido, ele sussurrou:

— Bem-vinda de volta, mãe.

Foi então que as lágrimas em meus olhos passaram de uma névoa a uma enxurrada, inundando o rio do meu coração. Ele nunca havia me chamado de "mãe" antes. Por muito tempo, eu era "Ei". Quando ele me apresentava a alguém, eu era "a mulher do meu pai". Mas naquele momento, no aeroporto, eu me tornei sua mãe e sabia que nunca mais seria a mesma.

O voo do Miqueias estava programado para partir em três horas, então tivemos tempo suficiente para encontrar um lugar para nos sentarmos, conversarmos e aproveitarmos nosso café e chá. Mais uma vez, fiquei grata por nenhum daqueles momentos preciosos ser gasto na retirada de bagagem.

— Quero saber de tudo — falei. — Como vocês estão?

— Bem — disse Dani.

— Queremos saber tudo de você — disse Miqueias.

— Eu trouxe alguns presentes. — Peguei a mochila que guardava todas as coisas extras que não cabiam mais na minha pequena mala.

— Depois — disse Dani. — Conte para nós. Como foi?

— Incrível. Foram tantas as vezes que eu quis que vocês dois estivessem lá! Vocês teriam amado tudo: a comida, as pessoas. E, ah, Dani, o leão. — Eu me emocionei e ele também. — Queria que você tivesse visto o leão. Nós o vimos ao pôr do sol. Um grande leão dourado com uma juba cheia, e ele virou o rosto para o oeste, e o vento... — Peguei um lenço no bolso do casaco. — Tenho fotos.

— Você pode nos mostrar todas depois — disse Miqueias, transmitindo o mesmo sentimento do Dani.

— Está bem. Mais cedo ou mais tarde, tudo vai ter a sua hora: os presentes, as fotos e todas as histórias. Provavelmente virão em partes – capítulos, sabe – porque foi muita coisa. Foi tão precioso e completo. — Respirei fundo e enxuguei minhas lágrimas de felicidade. — Quero ouvir sobre vocês. Senti tanta falta de vocês. Várias vezes eu quis voltar para casa.

— Você fez a coisa certa ao ficar. — Os lábios do Dani se curvaram em um sorriso vacilante. — Temos novidades para você. Eu estava dando uma olhada nas gavetas e arquivos na casa da minha mãe e encontrei dinheiro. Ela tinha o hábito de guardar dinheiro escondido há anos. Miqueias começou uma caça ao tesouro e, até agora, encontramos muito dinheiro.

— Muito — repetiu Miqueias.

Dani segurou minha mão.

— Você não precisa procurar um novo emprego imediatamente. Espero que isso tire um pouco da pressão sobre você. Vamos ficar bem.

Miqueias riu.

— Foi bizarro. Cada gaveta tinha um envelope escondido com dinheiro. Tinha até um pote de café no freezer com mais de mil dólares. Mamacita era fora de série, com certeza.

Recostei-me na cadeira, tentando processar o que meus rapazes estavam dizendo. Eu havia sentido o Senhor me dizer para deixar de lado o estresse em relação a meu trabalho enquanto estivesse no Quênia, mas na época não fazia ideia do porquê eu devia me sentir tão confiante e tranquila por simplesmente esperar nele. Era por causa disso.

— A outra razão pela qual você não pode começar a procurar emprego — disse Dani — é porque vou precisar da sua ajuda para resolver tudo. Vai levar semanas para organizar tudo e ver se conseguimos vender alguma coisa.

— Claro. Pode contar comigo, sempre.

Dani me deu seu melhor, mais humilde e mais carinhoso sorriso.

— E eu sou muito feliz por isso.

Ele se inclinou e me deu outro beijo.

— Bem, eu tenho novidades também — disse Miqueias. — Não que o beijo de vocês tenha me lembrado disso nem nada.

Olhei em seus olhos castanhos calorosos e coloquei minha mão no peito.

— Tem mais? Uau, eu devia viajar mais vezes.

— Pelo contrário — disse Miqueias, apontando para o Dani. — Esse cara estava perdido sem você. Pediu pizza toda noite. Não lavou a roupa. Uma das suas plantas, aquela no banheiro, morreu.

Dani fingiu dar um soco no braço do Miqueias por ter contado. Miqueias riu. Era o melhor som do mundo.

— Então me conte sua novidade — pedi.

— Conheci uma garota.

Minha mão foi ao encontro da dele.

— Sério?

Ele parecia muito feliz.

— O nome dela é Shawna. Ela é incrível. Quero que vocês venham para a Califórnia assim que puderem para conhecê-la.

— Claro. Com certeza. — Abracei meus dois homens maravilhosos e disse o quanto os amava. Todos os anos que passamos juntos antes desse momento pareceram pequenos e distantes. A proximidade que eu sentia com eles agora parecia muito maior e ofuscante. Infinitas possibilidades se abriram para nós.

Nos dias seguintes, eu me mexi como se fosse uma das elegantes girafas caminhando pela névoa da manhã. Dei continuidade a todas as tarefas que precisavam ser feitas, mas logo percebi que a confusão da mudança do fuso horário era real. Secretamente, eu amei passar longas horas na casa da Mamacita. Tudo que eu tocava estava impregnado de doces e muitas vezes peculiares memórias dela.

Dani estava certo sobre ser uma caça ao tesouro. O lugar mais engraçado onde encontrei um esconderijo de dinheiro da Mamacita foi em uma cinta de sustentação para gestantes. Eu nunca tinha visto uma coisa daquelas, mas ela tinha uma. Provavelmente era de sua mãe ou até de sua avó. O bolso da frente, que deveria se esticar conforme o bebê crescesse, estava firme e cheio de caroços. Cortei as costuras e de lá pulou dinheiro. Muito dinheiro.

Verifiquei as pequenas datas impressas no canto inferior direito das notas e tive a sensação de que a tradição de Mamacita de esconder dinheiro havia sido transmitida por sua mãe, porque algumas das notas tinham quase cem anos. Uma das notas de dez dólares que encontrei era estranha. Tinha um bisão e era datada de 1901. Sorri, pensando nos gnus, em Patrulheiro e Samburu. Enviei uma foto da nota para o Miqueias, e ele me ligou empolgado, dizendo que encontrou uma semelhante à venda no eBay por mais de mil dólares.

Uma nova lista começou. Precisávamos separar todo o dinheiro. Não apenas para obter um valor final, mas também para encontrar as preciosas joias escondidas, que valiam mais do que seu valor nominal.

A melhor companhia que eu poderia ter me acompanhou em todos os dias de organização, limpeza e empacotamento naquele inverno: as *playlists* que eu havia baixado no meu celular. Minha favorita era aquela que Lily colocou para tocar na Mansão Girafa e me mandou depois. Do lado de fora, a neve caía das Montanhas Rochosas em grandes rajadas, trazidas pelos ventos gelados, mas dentro de mim o sol do Quênia aquecia meus pensamentos, e meu coração seguia o familiar ritmo dela.

Passado e presente dançaram ao meu redor durante aqueles primeiros meses após meu retorno da Mãe África. Comecei a sonhar com as possibilidades do futuro, tanto em minhas horas acordada quanto em minhas noites de sono profundo. Ter o luxo de não precisar trabalhar imediatamente era um presente que eu nunca havia experimentado. Dani e eu demos uma boa olhada em nossas finanças e, com a venda da casa, estávamos bem.

Vi minha pausa do trabalho em tempo integral como um ano sabático autoimposto e não fiquei constrangida em dizer a amigos dos meus antigos círculos editoriais que eu estava disponível para edição *freelance*. Logo consegui dois projetos agendados para o verão seguinte, ambos de autores com quem eu costumava trabalhar. Eles queriam me pagar para revisar seus livros antes de entregá-los ao novo editor. Era o maior elogio que eu poderia receber.

No Natal, Lily me deu um novo diário. Ela disse que eu não deveria escrever nele ainda, mas guardá-lo para nossa próxima aventura como as Peregrinas. Na capa estava inscrita uma citação em letras douradas: "O mundo é um livro e aqueles que não viajam leem apenas uma página".

Eu adorei. Mas não sabia se conseguiria esperar até que ela e eu fizéssemos outra viagem antes de preencher as páginas com anotações.

Com tudo o que estava acontecendo, eu havia deixado de lado a ideia de compilar todas as anotações da nossa viagem e transformá-las em um livro para a Lily. Mas, com a insistência do Dani, criei uma pasta no meu notebook e transferi para ela todas as minhas anotações sobre o Quênia. Depois de passar anos orientando autores e ajudando-os em seu processo individual de escrita, agora era o Dani quem me orientava. Ele disse que eu precisava reunir todas as minhas anotações em um único documento antes de poder decidir se seria apenas uma coleção de memórias para Lily e eu ou se deveria ser transformado em um livro. Um livro sobre Lily, eu e o Quênia. A única maneira de descobrir era fazer o trabalho e começar a digitar.

E foi o que eu fiz.

Dani e eu fomos para o sul da Califórnia para um fim de semana prolongado em fevereiro. Conhecemos a Shawna e eu logo entendi por que Miqueias gostou tanto dela. Shawna era adorável. Eles tiveram algumas idas e vindas no primeiro semestre, mas pareciam estar criando uma amizade sólida, que decidiram ser o que queriam desenvolver primeiro.

O que os conectou durante um encontro de calouros foi o fato de ambos terem sido adotados e não conhecerem seus pais biológicos. Fiquei emocionada ao ver como Deus estava mostrando que cuidava de cada detalhe da vida do nosso filho.

A caça ao tesouro da Mamacita levou semanas para terminar. Meses, na verdade. Dani e eu ríamos sempre que falávamos sobre isso. Encontramos um corretor de imóveis que vendeu a casa como estava por um preço justo. Os novos compradores tinham planos de derrubar paredes e reformar o imóvel. Em certo momento, pensei em dizer ao corretor que os novos proprietários não deveriam se surpreender se, ao usarem a marreta em uma das paredes, notas de dólar saíssem voando. Mas Dani e eu decidimos não dizer nada. Se os novos proprietários encontrassem seu próprio baú de bênçãos, que ficassem com ele. Não fizemos nada para merecer a herança inesperada que encontramos. Por que não deixar que outras pessoas fossem abençoadas com uma possível surpresa agradável também?

Conseguimos abençoar o Miqueias com dinheiro para comprar um carro melhor. Ele ficou encantado. Uma de nossas doações do tesouro foi para o ministério de água potável de Jim e Cheryl. Achamos que Mamacita ficaria feliz em saber que seu tesouro tão bem escondido ajudou a trazer um copo de água fresca para alguém do outro lado do mundo em nome de Jesus.

Todas as transações financeiras ocorreram de maneira rápida e tranquila. O testamento de Mamacita era simples. Ela o havia assinado depois que seu marido faleceu, alguns anos antes do Dani e eu nos casarmos. Estava escrito que tudo deveria ir para o Dani. Em sua caligrafia, em espanhol, ela escreveu que esperava que seu único filho dividisse a herança com Miqueias, porque ele era seu único neto e ela o amava.

E era verdade. Miqueias era seu único neto.

No entanto, para nossa surpresa e alegria, parecia que esse fato estava prestes a mudar. Na segunda-feira após a Páscoa, cinco meses após meu retorno do Quênia, acordei e percebi que estava enjoada pela terceira manhã consecutiva. Comprei um teste de gravidez quando fiz compras naquela tarde. Antes de fazer o teste, liguei para Lily.

— Vai dar positivo — disse ela. — Eu simplesmente sei. É um presente de Deus para vocês, Fern. Prometa que me mandará uma mensagem depois que o Dani souber.

— Prometo.

— O que você acha? Será que vai ser um bebê de dezembro ou antes?

Eu ri.

— Você sempre pensa um passo à frente que eu. Vamos esperar e ver o que o teste diz.

— Seja qual for o mês, eu vou até aí. Você veio ficar comigo quando o Noah nasceu, e eu prometi a mim mesma que iria ficar com você quando fosse a sua vez.

— Eu adoraria que você viesse. Mas, de novo, podemos segurar os planos até sabermos a resposta do teste?

— Claro. Mas eu já sei. Você está grávida, Fern.

Guardei suas palavras como um pequeno buquê perfumado até o Dani chegar em casa. Eu queria que ele estivesse lá para descobrirmos juntos.

Ele rugiu quando vimos o sinal positivo no teste.

Foi a única maneira que encontrei para descrever o som selvagem e alegre que saiu de seus pulmões. O leão que vi na hora dourada não rugiu, então não posso fazer uma comparação exata com o rugido exuberante do Dani, mas em meu coração eu ouvi um rugido. O rugido de Aquele que chama Seus filhos. A próxima geração dependia da chegada deles.

Lily disse que não ia conseguir esperar, então veio me visitar por três dias no início de junho. Ela queria colocar a mão na minha barriga e sentir meu "bebê elefante" se mexer.

Muitas coisas aconteceram com ela também desde que voltamos do Quênia. A melhor mudança foi que ela e o Tim estavam mais próximos do que nunca. Ela também se conectou com seu primo, filho de Cheryl e Jim, que ainda estava na Califórnia com sua família. Ele foi visitá-la em Nashville, onde ela organizou um grande evento de arrecadação de fundos em janeiro para o ministério de água potável. O evento foi tão bem-sucedido que Lily foi convidada para trabalhar em tempo integral organizando mais eventos de arrecadação para outra organização que ela sempre admirou. Eram menos horas de trabalho com um salário maior do que o que ela estava ganhando. Foi incrível. Uma mudança de carreira inesperada para ela e que lhe deu mais tempo para estar com sua família.

O segundo resultado maravilhoso de conhecer seu primo foi que ele e o Tim se deram bem, e Tim perguntou se eles poderiam ir com a família para o Brockhurst nas próximas férias. Ele e Lily queriam que seus filhos tivessem uma experiência internacional antes de irem para a faculdade. O pai do Tim se ofereceu para ir com eles, e Lily não via a hora de fazer a viagem no início de julho. A sogra dela preferiu ficar em casa à beira da piscina e ler um livro.

Minha gravidez seguiu tranquilamente e adorei estar em casa trabalhando em alguns projetos de edição com autores que eu amava. Até trabalhei no meu livro. Toda vez que via a lista de memórias que Lily e eu havíamos compilado durante nosso voo para Amsterdã, eu me sentia grata. Grata pela aventura que nos foi dada no momento certo e grata pela Lily e seu talento para fazer listas. Caso contrário, eu poderia ter esquecido alguns dos melhores momentos.

Eu não contei a ninguém que estava escrevendo um livro. Dani era o único que sabia. Suas habilidades de treinador nem sempre foram apreciadas, mas, se ele não tivesse me encorajado a continuar, acho que teria deixado a ideia de lado até que as imagens, antes vívidas, tivessem se desvanecido.

Miqueias e Shawna passaram o verão juntos trabalhando em um centro de conferências cristão no Oregon. Ele queria que fôssemos para Glenbrooke visitá-los, mas não conseguimos. Nosso verão foi consumido por reformas na nossa casa para alugá-la e pela mudança para um sobrado de três quartos no mesmo condomínio. Eu estava ansiosa para montar um quarto de bebê, e o Dani queria que eu tivesse um escritório separado. Quando o sobrado de três quartos foi colocado à venda, nós o compramos no mesmo dia. Ele precisava de algumas reformas, as quais fizemos antes de nos mudarmos.

Lily veio me ver na última semana de agosto. Ela veio na hora certa, pois havíamos acabado de nos mudar para a nova casa e ela me ajudou a montar o quarto do bebê. Meu escritório era grande o suficiente para acomodar um sofá, então escolhi o melhor sofá que já tive. Era perfeito para tirar sonecas à tarde, algo em que me tornei especialista, e para acomodar hóspedes que viessem dormir em casa. Fiquei feliz que Lily foi nossa primeira hóspede a dormir nele.

— Vamos começar com a lista de nomes — sugeriu Lily uma hora depois que chegou.

Estávamos testando o sofá do meu escritório e saboreando o chá gelado que ela trouxe. Ela me contou que era o melhor, e nós rimos.

— Mas, antes de começarmos a lista — disse ela —, eu já falei o quanto estou animada que você vai ter uma menina?

— Sim. Muitas vezes.

— Só queria ter certeza. E então? Cadê sua lista?

Apontei para minha própria cabeça.

— Como assim, isso é uma charada? Você quer que eu adivinhe?

— Não. Não temos uma lista. Dani e eu já escolhemos um nome. O nome dela será Carolyn Rose.

Lily pareceu mastigar as palavras antes de engoli-las.

— Amei. Não é muito moderno. Nem muito antigo. Rose não era o nome da Mamacita?

— Rosa. Sim, queríamos deixar uma lembrança dela no nome da bebê. E o nome Carolyn não tem ligação com ninguém que conhecemos, nem com algum nome famoso.

Pus de lado meu copo de chá gelado. Era doce demais para mim.

— Dani e eu estávamos dando uma olhada em um livro de nomes de bebês e, quando chegamos ao C e eu li Carolyn, nós olhamos um para o outro e sorrimos. Foi isso. Nós simplesmente sabíamos. As pessoas vão poder chamá-la de Carol, Lynn e até mesmo Rose. Ela será uma mulher de opções quando se tratar do seu nome.

— Rosie — disse Lily pensativamente. — O que você acha da tia Lily chamá-la de Rosie?

— Eu amei.

— E eu amei que você e o Dani encontraram o nome em um livro. É uma homenagem à sua mãe.

— Falando em livros — falei lentamente —, tenho uma coisa para você.

Apontei para uma das muitas caixas ainda não abertas no meu novo escritório. Era uma caixa pequena. Continha apenas dez livros, e um deles era para Lily.

— Pode abrir aquela caixa para mim?

Lily pegou a tesoura da minha mesa e cortou delicadamente o durex.

— A caixa chegou ontem, mas eu queria que você fosse a primeira a abrir.

Lily abriu as abas de papelão e removeu o papel pardo da embalagem. Seus olhos se arregalaram quando ela viu o que havia dentro. Ela não tocou no livro de cima. Em vez disso, virou-se para mim com uma expressão perfeita de surpresa e alegria.

— Você...? Isso é...? Fern...? Você está brincando comigo?

Eu fiz que sim com a cabeça, quase sem conseguir conter minha alegria.

— Eu ainda não o vi. Você pode me entregar um?

Lily pegou dois exemplares do meu livro recém-publicado de forma independente. Era o nosso livro, na verdade. A história de nós duas. Duas melhores amigas em uma aventura que mudou nossa vida na Áaa-frii-caa.

Ela chorou. Depois riu. Depois chorou de novo. Fui até a geladeira e peguei duas grandes fatias de pão de banana da Njeri que eu havia feito antes de nos mudarmos para a casa nova. Eu havia guardado aquele petisco no congelador para um momento como esse. Naquela manhã, coloquei as fatias em dois pratinhos bonitos e as cobri com um guardanapo.

Quando mostrei o pão de banana a Lily com um gesto teatral, sorri ao vê-la rir e chorar novamente.

Não desempacotamos nada nas próximas horas, mas folheamos os capítulos juntas, relembrando, rindo e sorrindo. Eu estava satisfeita e orgulhosa do resultado final, e grata por ter seguido o conselho do Dani de continuar e terminar os últimos capítulos para termos o livro pronto antes de a bebê nascer. Na época não sabíamos que, na verdade, eles precisavam estar prontos antes da visita inesperada de Lily.

— É lindo — disse Lily, abraçando nosso pequeno tesouro. — Por favor, me diga que você vai enviar um exemplar para todos os seus contatos no mundo editorial. Vai haver uma guerra de lances para ver quem vai publicar isso.

— Eu não acho. Na verdade, esse livro é só para nós. Eu prometi a você que juntaria todas as partes antes de nos tornarmos vizinhas em um asilo. Então, estou bem à frente do cronograma.

— Fern, se você não fizer isso, eu vou fazer. Como sua querida amiga de alma e espírito, serei sua Diana Barry e mandarei o livro para eles no seu lugar!

— Minha Diana Barry? Eu não sabia que você tinha lido *Anne de Green Gables*.

— Eu não li. Vi o filme.

Lily estava a todo vapor, tentando inventar mais maneiras de me convencer de que eu deveria apostar todas as minhas fichas e publicar o livro por meio dos meus contatos. E disse que eu deveria contratar a Mia para fazer propaganda do livro. Imaginamos a Mia encontrando um elefante em algum lugar, posicionando seu corpo esbelto nas costas dele e fingindo ler um exemplar do meu livro com uma xícara de chá na mão. Ela estaria fazendo tudo isso em um vestido de gala com uma longa abertura na perna, usando óculos estilosos e um chapéu elegante. Concordamos que o chapéu vermelho dela serviria bem.

— Ah, e ela precisaria de uma pena de pavão presa na faixa lateral do chapéu — disse Lily.

— Com certeza.

Lily apontou para mim.

— Lembre-se, foi para isso que Deus me colocou na sua vida. Você é um pavão e precisa de mim para dizer como você é incrível. Porque você simplesmente não consegue ver.

Naquela noite, quando puxei as cobertas da aconchegante cama do nosso novo quarto e ouvi meu marido respirando suavemente, escrevi uma pequena carta de amor para Jesus em minha mente. Agradeci pela abundância que Ele me deu com o Dani, o Miqueias, a pequena Carolyn Rose e a casa nova, e pelo presente da minha melhor amiga, que estava dormindo no sofá do meu novo escritório. Tudo era tão generoso.

Sussurrei o final da minha carta no silêncio da noite:

— Senhor, eu não sei o que vem a seguir, mas conheço a Ti. E Tu és tão bom. Se escolheste me abençoar e me agraciar de todas as maneiras que já fizeste, o que mais tens em mente? Seja o que for, eu sei que será grandioso, porque minha mãe tinha razão: Tu sempre guardas o melhor para o final. Eu te amo, Senhor. Hoje e para sempre Tua menina, Fernweh.

MASALA CHAI ~~SECRETO~~ DA WANJA

Rendimento: 2 porções

INGREDIENTES:

- ¼ colher de chá de cravo-da-índia em pó
- 1 colher de sopa de canela em pó
- Uma pitada de cardamomo em pó
- Uma pitada de pimenta-do-reino moída na hora
- 1 colher de chá de noz-moscada em pó
- ½ colher de chá de gengibre em pó
- 2 xícaras de água
- 2 colheres de sopa de folhas de chá preto
- 1 xícara de leite integral
- 2 colheres de chá de mel

MODO DE PREPARO:

1. Em uma panela, coloque a água e leve ao fogo até ferver.
2. Adicione todas as especiarias em pó (cravo, canela, cardamomo, pimenta, noz-moscada e gengibre) à água fervente. Deixe ferver por 2 a 5 minutos, liberando seus aromas.
3. Coloque as folhas de chá preto na panela e desligue o fogo imediatamente. Tampe e deixe infundir de 3 a 6 minutos, conforme a intensidade de sabor desejado.

4. Adicione o leite à infusão e leve ao fogo novamente. Aqueça até quase levantar fervura, mas evite deixar ferver para não queimar o leite.
5. Coe a mistura para remover as folhas de chá e as especiarias. Sirva quente, adoçando com o mel.

SOBRE A AUTORA

Robin Jones Gunn é autora best-seller de mais de cem livros, amplamente conhecida no Brasil pelos títulos da série Cris para meninas adolescentes.

É coapresentadora do podcast *Women Worth Knowing* [Mulheres que vale a pena conhecer] com Cheryl Brodersen e é constantemente convidada como palestrante em eventos locais e internacionais.

Após morar uma década em Maui, no Havaí, ela e seu marido se mudaram para a Califórnia para ficarem mais próximos de seus dois filhos adultos e de seus quatro netos.

Os detalhes desse romance foram inspirados nas viagens de Robin ao continente africano, onde ela passeou por um campo de chá, dormiu em um hotel no topo de uma árvore no monte Quênia e fez um safári com sua amiga queniana que prepara um delicioso *masala chai*.

Este livro foi impresso em papel pólen natural 80g/m² pela Santa Marta para a Thomas Nelson Brasil, enquanto refletíamos que o mundo está cheio de canções esperando para serem ouvidas — e, quem sabe, vividas. Sim, talvez tenhamos sonhado com elefantes e campos de chá enquanto fechávamos este arquivo.

Las Vegas
ARRIVAL
14.03.2016
DEPARTED
SYDNEY
11.03.2015
APPROVED
ARRIVE
15 APR 2012
NEW ZEALAND
14 SEP 1992
CALIFORNIA
UNITED STATES OF AMERICA
ARRIVAL
27.08.2015
PASSPORT CONTROL
ARRIVAL
2013 OCT 09
LONDON
JAPAN
CALIFORNIA
WELCOME
14 MAR 1996
DEPARTED
AUSTRALIA
SYDNEY AIRPORT
ROME
13 DEC 2015
POST BOX
ARRIVED
CHICAGO
5 NOV 2014
12 AUG 2009
DEPARTED
SEATTLE
UNITED STATES OF AMERICA
SEATTLE
ARRIVAL
14.03.2016
John Wayne
Airport (SNA)
TRAIN TICKETS
69€
TO ROME

ARRIVAL
ROME
13 DEC 2015
DEPARTED
SEATTLE
12 AUG 2009
UNITED STATES OF AMERICA
SEATTLE
ARRIVAL
14.03.2016
0124
ARRIVE
15 APR 2012
0123
APPROVED
Egypt
Civilization of Ancient Egypt
TRAIN TICKETS
69€
TO ROME
John Wayne
From city 4 miles S of SANTA ANA, CA
Airport (SNA)
PASSPORT CONTROL
ARRIVAL
2013 OCT 09
LONDON
JAPAN
The "Land of the Rising Sun" is a country where the past meets the future
CALIFORNIA
WELCOME
DEPARTED
SYDNEY
11.03.2015
POST BOX
Las Vegas
Founded May 15, 1905
32-40000
UNITED STATES OF AMERICA
CALIFORNIA
ARRIVAL
27.08.2015
ARRIVED
CHICAGO
5 NOV 2014
AOU-PARIS
Dp14
1990
POLAND
IMMIGRATION AUSTRALIA
14 MAR 1996
DEPARTED
AUSTRALIA
SYDNEY AIRPORT 298X
SANFRANCISCO.CA
INTERNATIONAL AIRPORT
NEW ZEALAND
14 SEP 1992